ВОСХОД ИЛИ СУМЕРКИ?

О постсоветской русской литературе

夜明けか黄昏《たそがれ》か

ポスト・ソビエトのロシア文学について

ガリーナ・ドゥトキナ著
荒井雅子訳

群像社

目次

夜明けか黄昏《たそがれ》か

ポスト・ソビエトのロシア文学について

〔 〕内と傍注は訳者による補足。

第1章　偉大なるロシア古典文学はロシアでは不要品?

「今もロシアでは古典文学が読まれているのですか?」と数年前、インターネットのとあるサイトにスレッドが立った。

「そんなもの、今は誰も欲しがりませんよ。隠居している人たちでさえ、ドンツォーヴァなどのミステリーしか読んでいませんから!」と図書館員に言われ、ロシア古典文学の書籍の寄贈を断られてしまった。——このような体験が投稿されていた。

(http://otvet.mail.ru/question/6621625)

世界に名だたるロシア文学——トルストイの『戦争と平和』、ドストエフスキーの『罪と罰』といったロシアの古典文学は、今は必要とされていないのだろうか?

この数年で変化したことは少ないとも言えるし多いとも言える。パラドックスだ。その理由は、この章を終りまで読んでいただければお分かりになるだろう。ところで、筆者個人も、これと全く同じ経験をした。所蔵本の一部を地区の図書館に寄贈しようとしたのだが、古典文学は、取りつく島もなくはねつけられてしまったのだ。

序文にかえて——ソビエト時代の子どもと現代の子ども

我々ソ連邦の子どもたちは、アナログ文明で育った。デジタルの時代は、はるか先の動乱の未来にあり、影も形も見えなかった。

しかし、我々の子ども時代は幸福だった。

我々はにぎやかに外を駆け回り、けんかしたり仲直りしたり、時にはつかみ合いをすることもあった。しかし私を囲んでいたのは生き生きとした子どもらしい子どもであって、インターネットの中でニックネームやアバターなどの陰にひそむ透明な存在ではなかった。友だちには温かい手や熱いハートがあった……。自分の悩みを打ち明けて慰めを得ることも、喜びを分かち合うこともできた。

私たちは、コンピューターのモンスターではなく、石蹴り、鬼ごっこ、ラプター〔ロシアの打球戯の一種〕、戦争ごっこで遊び、雪でお城を作り、チームに分かれて雪合戦をしたりした。

夕暮れになると、母たちは窓から身を乗り出し、良く響く声で私たちを家に呼んでいた。携帯電話を使わずに。

我々は大人のように互いに手紙を書いた。よくわからない短いSNSメッセージではない。手紙は素晴らしい紙の香りがしていた。あちこちにインクのしみができていたが。

さらに我々には本があり、子どもの生活の半分は本が占めていた。我々は学校のカリキュラムのためだけに本を読んでいたのではなかった。当時書棚が本で一杯だった家庭は少なかったので、我々は地区の図書館に毎週、当時普及していた網状の手提げ袋を携え、大急ぎで通ったものである。一週間分の読み物を、なるべく多く借りるためだ。一回に借りる六、七冊の本はまさに一週間で「飲み込まれ」てしまい、それからまた次の分を借りに走った。

当時、ソ連邦は世界で「最も本が読まれている国」であったが、これは誇張ではない。そしてロシアの古典文学は、戦闘的無神論の国の我々にとって聖書の代わりとなっていた。それは、公正と名誉に従い生きること、そして善と悪を見分けることを教えてくれていた。

学校で私は、文学全般、特にロシアの古典文学への自発的な愛をおぼえたが、それはずっと続いている。学校で私は、最初は子どもっぽい作品を書きはじめ、そののちに子どもっぽくない作品を書き始めたのであった。ロシア文学の時間は私にはパラダイスのようだった。十一学年での卒業試験の作文を、私は韻文で書いた。そして金メダルを取ったのだが、それは学年で私一人だった。

ソビエト時代の子どもと本――私の場合

ロシアの古典文学は、目にはみえなかったが、我々全員を取り囲んでいた。わが国の空気全体に、古典文学はしみ込んでいた。家庭で童話を祖母と一緒に読み、幼稚園では読み聞かせてもらい、近所の映画館では、一九世紀の童話をもとにしたアニメーション映画や童話の映画を観ることができた（当時映画館は遊びの合間に立ち寄ることもでき、昼の子どもの部の入場券は数コペイカで、無料の上映会もあったのだ）。それから（我々が少し年長になったとき）、古典文学が学校のカリキュラムに入り、本も「大人向き」になり、そして我々の生活に劇場が登場した――古典文学のストーリーが原作の演劇、オペラ、バレエなど。

当時人気だった児童書・折り畳み式の絵本になっているプーシキンの童話を読んでいない子どもはいなかった。

今の子どもたちも、同じお話を読んでいる。ただ、我々と今の子どもたちは、時代が違うためにすべてが異なっている。我々の時代には、プ

児童用の折りたたみ式絵本

ーシキンは全員が読まなければいけなかったが、誰も抵抗しなかった。面白かったからだ。現代の子どもたちは厳しい母親または家政婦といっしょに絵本を開くが、その際、コンピューターやモバイルが気になって仕方がない――そこではエンドレスに続くゲームが待っている。子どもの大多数が読書をするのは、親たちがそうしろと言うからである。我々は自らすすんで読んでいた。この自発的な読書のプロセスには、選択にチャレンジがあり、ロマンがあり、自分に対する勝利があった。そして我々にこれを読めなどと命令する人はいなかった（もちろん、学校のカリキュラムは別であるが）。

思い出してみると、ごく幼い時から私はいつも本を手にしていた。散歩に行くにも、母に見つからないように本をコートの下に隠していた（母は私が普通の子どものように駆けまわることを望んでいたのだが、私は読書から離れることができなかったのである）。中庭の、家のそばの人目に付かない隅にあったアカシアの木に登り、太い枝が二股になっているところに座って本を読んだものだ。ベンチに座って読むのでは、そんなにも「おいしい」とは感じなかった。

冬の夜は、床に置いた平たいクッションに座り、ページをめくりながら、暖房器に寄りかかってザクロを食べるのが大好きだった。私の子ども時代の本には、今でも赤い色のシミが残っている。

本の選択の自由について話をしよう。私は学校の低学年のとき、他の子どもより恵まれていたことがあった。ロシアの古典文学は皆が読む基本中の基本であったが、そのほかに、私は英米文学を夢中になって読むことができた。もちろん、それは偶然の産物ではない。母が専門学校で英語を教えていて、家にはジャック・ロンドン、O・ヘンリー、ゴールズワージーなどの作品集をはじめ、良書がたくさんあったのだ。私は低学年で次から次へと貪るように読み、家の本棚を読みつくすと、地区の図書館でヨーロッパの古典文学や冒険小説を選んで借りた（私も学校で、英語を掘り下げて学んでいたので）。夢中になって読んだ。『フォーサイト・サガ』は長い時間ためらった後に手に取ったのだが、一旦本を開くと、最後のページをめくるまで離すことができなかった。私の心は泣き、喜びで震え、自分がひどく大人になって賢くなったように感じた。実際、私はすべてを理解し一行一行を細胞一つ一つで吸収していたのだった（今でも暗唱できる個所がいくつかある）。今思うと、そうした書物に愛情を覚えたのは必然である。それらは、すでに私の血や肉となっていたロシアの古典文学と同じものを伝えていた――名誉、良心、勇気、勇敢さ、人の痛みへの共感を……。現代の教育課程の改革者たちは、高学年の生徒にはドストエフスキーの『白痴』やトルストイの『戦争と平和』が難解だと述べているが、それは嘘だ。子どもの知性の境界は不可解なのである。また、時には子どものほうが大人よりも多くを理解することもある。まさに子ども時代に、道徳心や倫理の基礎が敷かれ、知性が発達する。だからこそ、小さな子どものいる家庭には、冊数は少なくても、しかるべき良い本が必要不可欠なのだ。

特に私が気に入っていたのは夕べの読書だ。学校が冬休みで、酷寒《マローズ》が広間の三方の出窓すべてに氷の模様を描くころ、私の隣ではもみの木が葉の香りと柑橘系の良い香りを放ち、色とりどりの小さな電球の光を揺らめかせ、母が焼き上げたばかりの祝日用のケーキが香り、そして言葉では言い表せない、なにか魔法のような空気も漂っていた。多分、子どもの頃はそんな香りもしていたはずだ。床にはロシアの童話や古典文学が散らばり、それとは別に、お気に入りのジャック・ロンドンの『北の物語集』やゴールズワージーの『フォーサイト・サガ』の小さな山……私は同時に三つの世界を訪れる。私はここにいたと同時に、どこか遠くの世界にもいた。家族や親戚はそっと歩き、私に構わない。時間は動かず、宇宙の時計の針も凍りつくように止まっていた。今思い出すと、それも幸せだった。

子どもの皆が皆、そのような本の虫ではなかったかもしれないが、ソ連の子どもたちには本の代わりになるものが数多く与えられていた。すでに述べたが、読書に抵抗をおぼえるティーンエイジャーがロシアの（それ以外の国のも）古典文学を知るには、ほかの方法、例えば視聴する方法もあった。二十世紀のはじめ（無声映画の時代）から、貴重な名作映画が多く蓄積されている。その豊富さは、このテーマで別に本を一冊書かねばならないほどである。

初期の素晴らしい映像は、才能あふれる人々によってとても真摯に制作されており、ロシアの古典文学作品の代わりをつとめることができた。それを鑑賞したティーンエイジャーは本に手を伸ばしたくなったものだ。作者自身がどのように書いているかを読むために。

そう、ソ連には偉大なる映画があった。才能あふれる監督、光り輝くような俳優、素晴らしい撮影技師……それがロシア古典文学の映像化の時代であった。

ロシアの視聴者は今もそうした古い映画が放映されるとき、テレビにうっとりと魅入っている。監督たちのロシア古典文学の映像化に対する愛情は、偶然の産物ではない。映画監督が厳しい検閲をすりぬけてその時代の諸問題に対する自分の意見を大っぴらに述べることを可能にしたのは、古典文学の映画化だったのだ。また、国営の組織（文化省や国家映画委員会）自体が自国の映画を西側に進出させることに関心があり、そのための資金を惜しまなかった。アカデミー賞をとったボンダルチュク監督の壮大な叙事詩『戦争と平和』は、まさにその時代の「国家的プロジェクト」であった。

イヴァン・プイリエフは、ドストエフスキーの長編小説の映画『白痴』（一九五八年）や、生涯最後の作品『カラマーゾフの兄弟』の映画（一九六八年）を制作したが、それらはソ連の観客にとって指標となったと言ってよいだろう。

こうした監督たちは原作を非常に重視し、そのおかげでソビエトのプロパガンダを退けることができた。偉大なアレクサンドル・ザルヒ監督、美しいタチヤーナ・サモイロヴァ主演の『アンナ・カレーニナ』（一九六七年）は、忘れられない事件とも言うべき映画である。

現在、古い映画のリメイクの時代が来ている。監督たちは長編テレビシリーズに挑戦している。成功しているものもあれば、失笑を買っているものもある。長編シリーズの『白痴』（二〇〇三年）は意外にも成功し、視聴者を大いに喜ばせた。一九九〇年代の大衆は三文小説にうんざりし、本格的な文学を求めていたのだ。一方、二〇一三年三月に、そのシーズンのハイライトとして公開されたセルゲイ・ソロヴィヨフの『アンナ・カレーニナ』は、実際のところは失敗に終わった。（この映画は複雑な運命を辿った。まる六年間おくら入りになり、いくつかのコピーがレンタルに現われたのに、テレビ用の映画はその間ずっと第一チャンネルの保管所に置かれていた。そして三月八日の国際婦人デー直前に視聴者に公開されることに決まったのであった。）ソロヴィヨフは素晴らしい監督であり、その映画に出演しているのも名優ぞろいだが、しかし彼らは皆、レフ・トルストイの書いた登場人物より二倍年をとっていた。アンナ役の五十歳のヴェーラ・ドルビチ（監督の妻）は彼女なりに素晴らしく、サモイロヴァに似ていると言えるほどだが、しかしそれはロマンティックな若さの魅力に輝くアンナではない。

作品が登場した時代から今日も、人々はそのアンナ・カレーニナが実在したと信じている。カレーニンも、ヴロンスキーも、リョーヴィンもキチィも、スティーヴァもドリーも……。時代は変わり、十九世紀だけではなく二十世紀もすでに過去のものとなった。それでもなお、この二一世紀でも、その作品の登場人物たちについて議論しつくされたわけではない。

トルストイのほか、ニコライ・ゴーゴリの作品もまた、映像の良い土壌となった。真っ先に頭に浮かぶのは『ヴィイ』〈邦題は『妖婆・死棺の呪い』〉であろう。これはソビエト唯一の恐怖映画であり、この世のものならぬ妖怪と怪物の効果的な模型が使われている。棺から令嬢が立ち上がる不気味なシーンを見ると、鳥肌が立った。

古典文学をベースにした映画またはテレビ映画を数え上げると長くなる。一九八四年にミハイル・シュヴエイツェルが作り上げた五部作の『死せる魂』、二〇〇五年にパーヴェル・ルンギンが撮った十二回テレビシリーズ（『死せる魂の事件』）――これはおそらく、ゴーゴリのモチーフとその作品をテーマにしたファンタジーと言うべきだろう、二〇〇八年にウラジーミル・ボルトコが映像化した『タラス・ブーリバ』などなど。

独立したひとつのジャンルとして、古典文学をベースにしたテレビ演劇がある。最良の作品のひとつはアナトーリイ・エーフロス演出の『ペチョーリンの日誌のページ』（一九七五年）で、オレグ・ダーリが感動的な名演を見せた。

さて、小さな子どもたちには、児童向きの古典文学の映画部門がある。それは大人も楽しんで見られる、アニメーション映画や童話の映画だ。ずば抜けて多いのは、やはりプーシキンの作品である。童話（『ルスランとリュドミーラ』、『サルタン王の物語』、『金の雄鶏の話』、『死んだ王女と七人の豪傑』、『司祭と下男バルダ』に基づく映画やアニメーション――モノクロおよびカラー作品）のほか、その他のロシアの古典文学も、アニメーション監督たちの注目をひいている。

クルィロフの寓話をもとにしたアニメーションも、子どもたちを夢中にさせた。また、十九世紀の古典文学（ツルゲーネフ、ゴンチャロフ、ドストエフスキー）をテーマにした独自のファンタジーであるアニメーション『夢』（一九八八年）は秀逸である。ゴーゴリの中編小説をモチーフにしたアニメーション『クリスマスイヴ』（一九五一年）は美しく、お祭り気分があふれている。この作品ではクリスマスの慣習が非常によく描かれている。

大人向けの古典文学の映像化については、プーシキンの作品だけに絞ったとしても、映画を四〇本ちかく挙げることができる。私にとって最も印象深かったのは『百姓令嬢』、『ボリス・ゴドゥノフ』（バージョンが複数）、『小さな悲劇』（バリエーションが複数）、『大尉の娘』、『ドゥブロフスキー』（バージョンが複数）、『吹雪』、『その一発』など。そう、実のところ、すべての映像作品が素晴らしいのだ。

数え切れない演劇やオペラ、バレエについては、もう語るまでもあるまい。

一言で述べるなら、どうしても本を読みたくない人も、映画のスクリーンやテレビ画面、劇場の舞台でのロシアの古典文学を避けて通れないのであった。

現在は、様々な装置の出現により、選択肢が無限大にある。テレビで見ることもビデオ（映画化されたロシア古典文学がすべてそろっている）を鑑賞することもでき、戸外や地下鉄の中で、タブレットやスマートフォンでも見られるのだ……。そして、おそらく、紙の本に手を伸ばすことも可能だ。

しかし、手を伸ばす人はいるのだろうか？

なぜロシア古典文学が読まれていないのか

この疑問に対して、単純な回答はできない。

考えは二つの陣営に分かれている。「イエス」と言う人の考えと、「ノー」という人の考えを見てみよう。

二〇〇九年、ロシアは大々的にプーシキンの生誕二一〇年を祝った。

この記念の年のプーシキンの誕生日（六月六日）をロシア連邦政府は国家の祝日「ロシア・プーシキンの日」

とし、以後全国で記念行事が行われている（この日はプーシキン・ペテルブルグ祭の日でもある）。

この二〇〇九年の祝日の直前に、全ロシア世論調査センターが一般の人々を対象に「あなたはロシア古典文学を読んでいますか？」というテーマでアンケート調査を行った。特に、偉大な詩人プーシキンを読んでいるかどうかと。結果は悲惨なものだった。ロシア人の六二パーセントが、学校を卒業した後、ロシアの古典文学を一度も読んでいないと回答したのである。また、古典文学を読んでいた人は、誰の作品を一番に読んでいたかというと、プーシキン（一四パーセント）、レフ・トルストイ（一一パーセント）、ゴーゴリ（九パーセント）。『青銅の騎士』の作者を正確に答えることができたロシア人はたった五九パーセント、『ポルタヴァ』の作者にいたってはわずか二一パーセントであった（双方ともプーシキンの作品）。http://rusk.ru/svod.php?date=2009-06-08

驚いたジャーナリストたちはロシアの複数の都市で街頭インタビューを行った。回答者の大多数はプーシキンの詩を一行も思い出すことができず、「思い出した」人の多くはレールモントフやエセーニンの詩をプーシキンの作品だと思っていたという。それで、アンケートを行った人々は、なぜか聖職者に説明を求めることにしたのだが……その人たちの回答が驚くほど賢明で興味深いのであった。

多くのコメントがあるが、その中から最も意味深長なものを引用しよう。

国立モスクワ大学付属聖殉教者タチアナ教会主任司祭、モスクワ神学アカデミー教授、ロシア正教会学術委員会副委員長のマクシム・コズロフ長司祭のコメント。

ソビエト時代に全国民がそんなに素晴らしい教育レベルにあったとは思いません、特に七〇－八〇年代は。まさに学校で、古典文学を読む気がしないという意識が植え付けられたのです。現在、一種のお手本にされ、我が国には素晴らしい教育システムがあったとされている、その時代の学校で。素晴らしい面もあったのでしょうが、学校が文学に対する階級的アプローチをしていたことにより、生徒に古典文学への嫌気を植え付けたということは、十分に根拠のあることです。

ソビエト時代に我が国は最も本が読まれている国だったと我々は皆記憶しています。しかし、本当にそうだったのなら、それがほんの何年かで跡形もなくどこへ消えてしまったのでしょうか？

著名な正教会宣教師ラザロ聖霊降臨教会主任司祭セルギイ（ルィプコ）修道院長のコメント。

私は、文学が悲劇的な状況にあるとは思いません。古典文学の認知度が低くなっていることは、十分説明がつきます。我々が生きているのは変革の時代であり、ひとつの制度が崩壊し、ほかの制度で生活がうまくいっていない時代です。危機や債務不履行が多発しています。ですから若い世代が何かに着手するのはとても大変です。今日若者たちに降りかかってくる情報の量は、鉄のカーテンの中で生活していたソビエト時代の人間の数百倍です。当時の人は、社会主義リアリズムの息苦しさから逃れるためにロシアの古典文学を読んでいたのです。

私が思うに、テレビや映画はソビエト時代より高いレベルにあります。本も、ソビエト時代には出版されなかったものが手に入るようになりました。オーディオブックも出現しました。私はロシアの古典文学を読んでいるというより、聴いています。今日、映像化された『白痴』を観ることができます。ドストエフスキーの書いたものを通読するのと同じではありませんが、それでもあのシリーズは出来が良い。現代は我々に選択の余地を与えてくれています。どんな文学も、どんな情報も、探すのは難しいことではありません。しかし選択をするのは個人個人なのです。

クラスノヤルスク州ミヌシンスク市スパスキー寺院聖職者であり著名な詩人セルギイ・クルグロフ司祭

福音書の「小さな群れ」についての聖句「招待される者は多いが、選ばれる者は少ないのです」を思い出します。本物の、高い文化を愛する人は、常に少数だったと私は思うのです。高い文化の世界の隣には、大衆的な需要が存在しています。今日、推理小説作家のダリヤ・ドンツォーヴァの作品が読まれていますが、明日はさらに誰か別の人が読まれ、明後日には誰のものも読まれていないかもしれません。このようなことはプーシキンの時代にもありました。当時は彼が流行だったのです。しかし、だからといって、プーシキンへの民衆の道が閉ざされたのでしょうか？

ですから、アンケートの悲しい集計結果に私は意気消沈しません。詩は文学の大きな海につながっています。その海との相互関係があることが、人と動物との違いであり、潜在意識に深くしみ込んでいるものなのです。もしプーシキンが全く読まれなくなっても、「あらしは空を霧でつつみ」というような言葉〔プーシキン『冬のゆうべ』より。金子幸彦訳〕は、人々の血や遺伝子の中に長い間生き続けるでしょう。プーシキンはそれほど深く我々の意識に入っているのです。私は、居住地の最北端、総人口六万人の、小さなシベリアの都市に住んでいます。ある日仕事に行こうとバスに乗ると、とても若い人が本を読んでいました。その表紙を見ると、『青銅の騎士』だったのです。ですから、すべてが失われてしまったのではなく、我々はプーシキンも失ってしまったわけではない、と私は考えています。

我々はまたも意に反して利口になっていく……

興味深いニュースを発見したので付け足したい。これもまたインターネットという、有益な情報の無限の保管庫で読んだものである。現代のロシアで、ロシア古典文学を読んでいる人の中には心が求めているから読んでいるのではない人もいるという。ロシアでは現在、古典作品が読まれているかという質問に対し、何人かの学生が驚くべき回答をした、ドストエフスキーを読んでいると！

なぜか。なぜならそれが最新トレンドだからだとか。なんと、今日は古典文学を読み、クラシック音楽に通じ、東洋文化や死後の研究をするのが流行なのである。

読書が流行《はや》っているのは、今は図書館に行かずに好きな本を読むことができるためでもある。タブレットや電子書籍やその他の電子機器の出現が、家から出なくても好きな本を読むのを可能にしたのだ。これは年金生活者（最も読書する層）や職場で読書する可能性を探っている社会人、そして図書館に行くのが好きではない若者たちにとって重要なことである。（http://fb.ru/article/104702/snova-umneem-ili-chto-seychas-chitayut-v-rossii）

我々は読書する国であることをやめた

しかしながら、ロシアにおけるロシア古典文学の未来を、全員がそのように楽観的に見ているのではない。例えば、アンケートの結果（二〇一四年三月十三日に世論財団のサイトに掲載）によれば、ロシアに住んでいる人の五六パーセントが、全く文学作品を読んでいない。読んでいるロシア国民のうち、文豪の作品を好む人はたった一九パーセント。

最も人気のある作家として挙げられたのはダリヤ・ドンツォーヴァ（八パーセント）、ボリス・アクーニンとアレクサンドラ・マリーニナ（ともに四パーセント）、タチヤーナ・ウスチノヴァ（三パーセント）、ヴィクトル・ペレーヴィン（二パーセント）。つまり、基本的にミステリー、軽文学と、少し重みのある文学である。興味深いのは、七七パーセントのロシア人が、現代のロシア語書籍の作家の名を挙げられなかったことだ。回答者の二一パーセントは、ロシア文学が衰退していると考えている。反対に、文学が最盛期にあると確信している人が回答者の九パーセントだった。（http://pro-books.ru/news/3/14545）

別のサイトにはより新しいデータもある。

ロシア人に最も人気があるジャンルは、恋愛長編小説と歴史物である。

調査結果によれば、ロシアの人々は三ヵ月間に平均で四・五冊の本を読んでおり、年配者は若者よりも文学を読む頻度が高く、回答者の三人に一人が全く読書をしていない。

女性のほうが男性よりも多く本を読んでおり、男性三・六冊に対し女性は五・七冊。年配者層は若年層よりはるかによく読書している。六〇歳以上の回答者が平均で五・二八冊読んでいるのに対し、一八歳から二四歳の回答者は三・五六冊でしかない。

最も人気のある文学のジャンルはラブロマンスで、回答者の一三パーセントがそのような文学を好むと述べている。回答者の一一パーセントは歴史関係の本を好んでいる。ロシア人にとっては推理ものも魅力を失っていない。回答者の九パーセントが外国のミステリーを、「ロシアの女流」ミステリー同様に読んでおり、ロシア国内のミステリー作家の作品のほうを好んでいるのはそれより少し少数で八パーセントであった。

調査の回答者で古典文学とファンタジーを愛好している人は九パーセントずつである。児童文学を読んでいるロシアの大人は八パーセント。美容、健康、心理学の応用的情報を書物で得ている人は回答者の八パーセントであった。（全ロシア世論調査センターの主導で二〇一四年五月二四―二五日に行われたアンケート調査。ロシア国内四二の州および共和国一三〇居住地の一六〇〇名対象。統計の誤差は三・四パーセント以下。http://pro-books.ru/news/3/15141）

考察のための重要な点は、以下の数字である。

——三五パーセントのロシア人は本を読んでいない（異なる、電話によるアンケートによれば、ロシア人の一九パーセントが本を読んでいない）

——三五パーセントのロシア人は、児童書が不要だと考えている。

——ロシアの住人の五六パーセントが文学作品を読まない。

——ロシア人の七七パーセントが、ロシア語で作品を発表している現代の作家の名を挙げるのに苦労した。（http://silentium2.blogspot.ru/p/blog-page_11.html）

ロシアの古典文学の愛好者が九パーセントでも一九パーセントでも（元の数字が小さいなかでの差は気にする必要はない）、三五パーセントの人が全く本を読まない中では、大して意味を持たないのは理解できる。しかしながら、大変動の時代にもかかわらず、頑固に古典文学を読んでいる人々とは、どんな人なのだろうか？　どのような層の人なのだろう？　干し草の中に落ちた針のような人たちを見つけることができるのだろうか？　しかし可能だということが分かった。レヴァダ分析センターが、ロシア人がどのような本を読んでいるかについて、より詳しい調査（年齢、住んでいる場所、所得、教育レベルなど）を行っていたのである。

「古典文学への関心が比較的高いのは、モスクワに住み、教育レベルが高く、年配層に属している人々。歴史的テーマを含む、恋愛小説や大衆的小説は、地方の、生活にあまり余裕のない人々に多い（ドゥビン、ゾルカヤ「ロシアの読書２００８——傾向と問題点」連邦出版およびマスコミ庁。ユーリー・レヴァダ分析センター、モスクワ、地方間図書協力センター、二〇〇八年。詳しくは第二章「夜明けか黄昏か」の表を参照）

国家はロシア古典文学をどうやって救おうとしているか

我が国の当局さえ、ロシアがもはや世界最大の読書国ではないことを認めざるを得なくなった。これは大統領自身が言ったことである。そして、我が国の溺れかかった文化の救済のため、早急に策を講じはじめた。すでに書いたように、二〇〇九年にロシアは大々的に豪勢にプーシキンの生誕二一〇年を祝い、この詩人の誕生日（六月六日）は、ロシア連邦政府により国民の祭日とされ、この「ロシア・プーシキンの日」は全国で祝われている（この日にプーシキン・ペテルブルグ祭も開催されている）。

その他にも十九世紀の名作にちなんで、二〇一四年は、いささか区切りのよくないものを含め、さまざまな記念の年として大々的に豪勢に祝された。我々はレールモントフ生誕二〇〇年、ゴーゴリ生誕二一〇年、プーシキン生誕二一五年を祝った。そしてもちろん、これらの日には祝典や文化行事が非常に多くあり、すべてを挙げることはできない。その他、ロシア大統領令により、二〇一三年は読書年、二〇一四年は文化年、二〇一五年は文学年と発表された。

そしてまた、非常にたくさんの行事が、各都市、各図書館、各文化センターで行われた。その中には、真の意味で大規模な、そして独自性に満ちたプロジェクトもあった。

例えば、「作品『アンナ・カレーニナ』ライブ読書国際マラソン」（開催期間は二〇一四年十月初旬）。これはグーグル・コーポレーションとレフ・トルストイ邸博物館「ヤースナヤ・ポリャーナ」が計画し、実施したのだった（「『カレーニナ』ライブ出版」と銘うった国際的朗読イベント）。

まる三〇時間、オンラインで全世界の七〇〇名以上が長編小説『アンナ・カレーニナ』を朗読した。文化人や有名なビデオブロガーの他、一般のインターネットのユーザーが参加した。プロジェクトに参加するには、グーグルのプロジェクトのページで登録し、オファーされた小説の個所のうちの一つをカメラに向かって朗読する。その後、You Tubeに載るのである。審査員が、最良の読み手を選んだ。

これはロマンティックで壮大だった。レフ・トルストイの長編小説『アンナ・カレーニナ』が金曜日の正午きっかりによみがえった。そして全世界とインターネットで三〇時間、それが音読されていたのである。読み手の中には有名人もいた。監督、作家、政治家さえいたが、申し込みをした一般のインターネットユーザーもいた。全員で七二八名が参加した。『アンナ・カレーニナ』はロサンゼルスから東京まで、三〇地点で朗読された。外国で参加したのはロシア人だけではなく、ロシア語を学ぶ外国人学生もいた。

この朗読マラソンは、日曜深夜に完了した。

ところで、レフ・トルストイの家庭では、よく自宅読書会が開かれていて、トルストイの家族、レフ・トルストイ自身や子どもたちや妻が客間に座り、そのうちの一人が本を朗読している写真がある。今、我々は二一世紀にいる。そして今は、次の個所を朗読する人が地球上のどの地点、どこの国にいようと関係ない。インターネットは万能である。そして『アンナ・カレーニナ』は実にさまざまな人々にとって近い存在だ。

文化年のこのイベントは若い世代をロシア古典文学に引き込み、家庭での読書の伝統を復活させるという目的を持っていた。

また、二〇一三年にはもうひとつ、グローバルなプロジェクト「ワンクリックで全トルストイ」が実施された。ボランティアがトルスト

友人に囲まれ新作を読むレフ・トルストイ

イの芸術遺産のデータベース化に携わったのであった。この作業の成果はポータルサイト Tolstoy.ru に載せられて自由に閲覧でき、始動はトルストイ生誕一八五周年（二〇一三年十月九日）に合わせたものであった。

それに劣らず興味深いのが、地域間インターネットプロジェクト「判型のない古典文学」であり、これも文化年の一環として実施されたものである。主催者はプーシキン記念市立図書館（サロフ市）、ゴーリキー記念ノボシビルスク州立児童図書館、プーシキン記念市立中央図書館（カメンスク‐ウラリスキー市）のスタッフたちであった。

このプロジェクトは二〇一四年三月から十月にかけて実施された。

先にも述べたが、二〇一四年は、名高いロシアの文豪レールモントフ、ゴーゴリ、プーシキンの記念の年であった。地方間インターネットプロジェクト「判型のない古典文学」は、ロシアの古典文学および現代文学作品をテーマにしたオリジナルの短編映画をインターネットで普及させるためのものであった。つまり、希望者はだれでも短編映画を作ることができ、大人も子供もロシア人作家の作品や本などをモチーフに短編映画を製作した。このプロジェクトは古典文学および現代文学に関する情報をもりこんだ芸術的短編映画のコレクションを作るためのものであった。

コンクールの十九世紀文学の部での受賞者たちは、プーシキン、チェーホフ、ゴーゴリ、レールモントフ、ツルゲーネフなどの本を手にした。

総じて、ロシアの古典文学への関心を再生させるために国家がしていることについて、数時間は語ることができる。しかし、疑問がうかぶ。それは機能しているのだろうか、と。もしそのような巨大な力が注がれているなら、なぜ効果がうすい、つまり読書する六五パーセントのロシア人のうちロシア古典文学に関心がある人が九から一九パーセントと低いのだろうか？

理由を知るには、より掘り下げ、ロシアの学校の中学年以降における古典文学の学習に何が起こっているのかを見る必要があることは明らかだ。つまり、子どもの世界をのぞく必要がある。

改革の歴史、学校のカリキュラムに何が起こっているのか

この問題に深く踏み込む前に指摘すると、ペレストロイカ以後、中等学校はペースを狂わされている。カリキュラムや教科書のめまぐるしい変化のため、小中高生の教養レベルはソビエト時代と比較するとかなり低くなっている。

プーチン大統領が常態化している文学教材の改革を一時中止するよう呼びかけたにもかかわらず、教育省およびロシア教育アカデミーは、上の学年ではニコライ・レスコフではなく、リュドミーラ・ウリツカヤを学習しなければならないとした。古典文学派と現代文学派の議論において、さらに奇妙な傾向がいくつか明らかになった。

教育改革を巡る議論は、モスクワをはじめとするロシアの諸都市の書店に、ロシア教育アカデミー（ＲＡＯ）が作成した新しい文学プログラムが現われてから火がついた。スキャンダルの中心にあったのは、二〇一三年に認定が始まった、文学の教育到達目標であった。

新しい基準について、明らかになっていることは総じてさほど多くない。ロシア連邦法に従い、すべての教育機関の中等学年における新しい到達目標が二〇二〇年より導入されはじめる。現在は試験的に運用されている。この到達目標の重要な新機軸は、文学の授業時間の削減（十―十一学年は二一〇時間から一四〇時間に）、また、ロシア語と文学をひとつの教科にまとめ、「ロシア語ロシア文学」という名称にすることである。その際、統一国家試験で必須なのは語学だけであり、文学が二次的な状況に置かれるのは目に見えて

いる。

その代わり、生徒たちが作品を学ばなければならない作家のリストが増大したのだが、まさにそのリストを巡って、根本的な議論が白熱している。

リストは増大したのに、必要な作家たちが少なくなっている……基本的な作家のリストに、アレクサンドル・クプリン、ニコライ・レスコフ、アレクセイ・トルストイはもういない。ショーロホフの『静かなるドン』からは、今や「数章」（個所は説明されていない）しか知ることはできない。カリキュラムからはプーシキンの『青銅の騎士』も、ゴーゴリの『ペテルブルグ物語』もチェーホフの短編『学生』、『箱に入った男』、『子犬を連れた奥さん』も、バーベリの『オデッサ物語』もない。これらの作品はすべて、文学をより深く学ぶための資産となっていたのだが。

戦後のソビエト文学からは、ゲオルギイ・ヴラジモフ、ヴィクトル・アスタフィエフ、セルゲイ・ドヴラートフの小説、それにアレクサンドル・ヴァムピーロフの戯曲、ベラ・アフマドゥリナ、ニコライ・ルプツォフ、ウラジーミル・ヴィソツキーやブラート・オクジャワの詩がなくなっている。

誰のために、このような一掃が行われているのだろう？　必修の長編小説として導入されたヴィクトル・ペレーヴィンの『ジェネレーションP』や、リュドミーラ・ウリツカヤの『クコツキイの症例』のため。また、生徒たちは、ファンタジー作家のセルゲイ・ルキヤネンコや、誰にも知られていない詩人のアサル・エッペリ（なぜリストに入ったか、どうにも説明がつかない）、散文家のウラジーミル・マカニン、ユーリー・ドムブロフスキー、アナトーリイ・ルィバコフを読む。

教師たちは、新しいものに反対する立場をとっている。

なぜなら、第一に、作家のリストはアルファベット順に作成されていて、ペレーヴィンとプーシキンが隣同士になっている。第十学年は最も内容が多く、ドストエフスキー、トルストイもあるが、時間数が削減されている。第十一学年のリストには、ウリツカヤの『クコツキイの症例』が入っており、この作品には中絶についての記述があるが、何のためにそれが必要なのだろう？　レスコフを削除してエッペリ（どこかで読んだのだが、彼の作品は、校庭でのウサギの交尾についてのもののようだ）を入れる――ここに何かロジックがあるとするなら、それは犯罪的なロジックだ、と教師たちは考えている。

さらば古典文学！　お前は我々にはもう必要なく、お前の内省する主人公たちは我々には関係ない……

悲しいが、事実である……。我が国の子どもたちは時がたつにつれ、教養がなくなっていく。そして、より非文化的になっていく。しかし、役人たちの考えが驚くに値するだろうか（役人だから！）、そして現代ロシアの文学や出版社が古典文学を堅持することは、有害でさえあるのだろうか？

ひとつだけ例を挙げたい。ひとつではあるが、非常に特徴を表していて、分かりやすい例なのだ。それは、アガニョーク誌の四七号に掲載された記事である。

記事の題名は「余計者になるな」、副題では「『余計者』を賛美するのはもういい」と声高に叫んでいる（ロシア古典文学は、性質《たち》の悪いメンタリティーの形成に影響を及ぼし、怠惰を招請し、「爆弾を使用するテロリスト」を育成している）。

この記事を書いたナタリヤ・シェルギナは、教育省の委託によりペテルブルグで作成された新しい文学の教科書の資料を読んだ後で、ペテルブルグの有名女性作家でありネヴァ誌副編集長のナタリヤ・グランツェヴァと対談した。

作家であり（!!!）厚い文学雑誌の副編集長（!!!）の考えをまとめると、次のようになる。なぜ二一世紀のロシアに、きわめて有害な理想を取り入れることがあろうか、と。もし、子どもを、自分たちで現実主義的に物事を決められるよう育てたいならば、十九世紀の、役立たずの登場人物たちのような気取ったおぼこ娘を育成するのをやめる必要がある……。

より詳しく紹介するため、アガニョークのサイト（http://www.ogoniok.com/4972/25/）に掲載されたインタビューの抜粋を載せよう（ロシア語を読解できる方はこのサイト上でご覧ください）。

「現代の生徒の人生を想像してみよう。生徒は、自分の運命が自分の手の中にあるということ、勉強し、出世しなければならないことを知っている。また、権力が理想とはほど遠いものだということも知っているが、それと関わりを持ち、国家機構または実業界のヒエラルキーに組み込まれることはやぶさかではない。現代のロシアが受けついでいるのはソビエト連邦だけではなく、それよりも千年の歴史を持つロシア国家なのだと現実が、生徒が生きていく現実が示している。

そして、未来の市民が読むのを強要されているのは、ロシアの古典文学だ！　あの、十九世紀全体（プーシキンの年代以降）、社会批判や政治的不満に携わっていた、あの古典文学。誰が悪いのか、何をするべきかをずっと声高に問い続けていた、あの文学。……その検察機関的・ユートピア主義的アピールの結果、国家を崩壊させ、「太陽の都市」——怪物級の全体主義を誇った共産主義帝国の出現を招いた、あの文学だ。まさにこの、人民の意志党員（一八七九年成立の人民主義派の革命テロ団体）や「爆弾を使用するテロリスト」の世界観を形成した古典文学、レーニン—スターリン時代の市民が革命の正当な根拠として棒暗記していた古典文学——この古典文学が現在、学校の文学カリキュラムに入っているのだ！　まるで文学が、現在の生徒たちを、新しい国家体制の下、もう一度、思想的な罠に陥るように養成しているようではないか！

文学の課題は、青少年が生きていくための自信を強めるのを助けることだ。ドストエフスキーの作品からは、『白夜』だけ残せば十分である。他の作品は、人文学者や心理学の専門家が哲学的思弁を積みかさね、大学で綿密に研究すればよいのである。

ロマンを求める性格をはぐくむためのものなら、プーシキン、フェートやその他の古典的作家の恋愛抒情詩だけではなく、恋愛を描いた古典的な短編や中編小説も少なからずある。人をわくわくさせ、ためになるものを探すなら、ザゴスキン、ベストゥジェフ＝マルリンスキー、ヴェリトマン、オドエフスキーの作品で探せばよい。これらの作家たちの文章は十九世紀にも流行りだったが、それは自由主義者の文学者のせまい世界でしかもてはやされなかった批判的リアリズムの傑作ではない。芸術的性質は、心をひきつける面白い文章や、空想や活動への情熱を活性化するものや本物の愛情で育むことができる。我々が提案しているのは別のものだ。退屈な、そして泣き言や救いのなさによって士気を低下させる文学である。したがって、我々の芸術的モデルは、ほとんど一人残らず、もっぱら自己表現にいそしむ人間嫌いなのだ。古典文学は確言している――どんなに努力してもすべてうまくいくわけではないと。周りを囲んでいるのは精神的に欠陥のある人であり、手に余る課題でへとへとにならず、墓場への道を行くほうがよい、と。不道徳な世界の一部としての、自分自身の向上も必要ない。これがシニシズムであり、これはもう我々を取り囲んでいる。」

……挑戦的な意見である。とはいえ、いくつか同意してしまう点はある。例えば、十九世紀古典文学のひ弱で、内省する、全く英雄的ではない主人公たちをお手本に育てられた若い人間にとっては、自分の理想を求めて生きたり戦ったりということは困難だ。ただパラドックスがある。なぜ全世界が、トルストイやドストエフスキーやツルゲーネフの、優柔不断で心も体も弱いような登場人物たちやチェーホフの小人物に惹かれているのだろう？　どんな理由があるのだろうか？

それは、そうしたひ弱な登場人物たちが、実は現代の親世代にも子世代にもない力に満たされているからに違いない。それは、善、公正さ、慈悲の力だ……。以下のプーシキンの不死の詩の一節を、知らない者はいない。

わたしはすえながく民のいつくしみをうけるであろう
竪琴をかなでて　よきこころを呼びおこし
わがきびしきとき世に　自由をたたえて
たおれた者へのなさけを呼びかけたゆえに。

〔〈わたしはおのれに人業ならぬとこしえの記念碑をのこす〉抜粋。金子幸彦訳〕

「たおれた者へのなさけを呼びかけた」という一節を考えてみてほしい。現在、たおれた者を哀悼したいという人々は多いだろうか？

我々の生活から、まず聖書が取り去られた。今度はロシア古典文学が取り去られようとしている——ファンタジーの登場人物たちやターミネーターという、名誉、勇気、公正のまがいものとすり替えられて。というわけで、現代世界の残酷さは偶然の産物ではない。木の根を切らないでほしい。そんなことをすれば、木の全体が枯れてしまう。

現実——いまロシアの子どもたちは何を読んでいるか

では、子どもたち自身は、何を読んでいるのだろうか？　大人の助言がなければ、何を？　コンピューターの出現や、映画産業の発達にともなって、子どもたちは読書嫌いになってしまったのだろうか？　こんな愚痴を、保護者や教師たちから聞くことが段々多くなっている。「一日中コンピューターに向かって、ちっとも読書しない」と。現代の子どもたちの多くは、画面上で読んでいるのだが、それについて保護者たちは無視している。それに、無料のオンライン図書サービスのサイトでは、とても小さな読者たちから、「ありがとう！　本がとても気に入りました！　これから次の本を読み始めます、もう遅いし、明日は学校だけど」など、感謝のレビューが載っている。

統計によると、児童生徒のおよそ五分の一が読書に使う時間は一日に三〇分未満、三分の一が三〇分から一時間未満、約四〇パーセントが一時間以上となっている。確かに、読書愛好者は多くが低学年だ。学年があがるにつれ、「自分のために」読書する時間が減っている。不幸なことに、中学年から、大多数の子どもの文学の授業が削減され始める。そうなると教師が退屈でうんざりするし、カリキュラムに魅力もなくなる。しかし、新しくて興味深い本が出ると、子どもたちはそれらを熱心に品定めするだろう。その結果、読書は「学校でよい成績をとるための、仕事としての読書」と「自分のための読書」の分化が始まるのだ。

「仕事としての読書」に常に分類されるのは古典文学だ、と社会学者たちは確言している。確かに、大人たちが喜んで古典文学を読んでいる家庭では、子どもも普通、自ら進んでそれに触れるものだ。しかし、余暇にドストエフスキーやトルストイを読み返している大人は多いだろうか？　子どもたちが「カリキュラムの古典文学」を苦役のように考えているのは、驚くべきことではない。一方、「自分のための読書」は、その子どもの関心しだいで、どんなものでも選べる。十歳から十二歳の子どもたちが宗教史または自然科学の本を、噛まずに飲み込むように読んでいることもある。

そして別の傾向もある。テクノロジーや宣伝がますます多岐にわたり、未成年者たちによる印刷物や情報の受容は変化しつつある。生活のテンポがますます速まり、そのため彼らには、すばやく切り替えができる能力を求められている。子どもたちにとっては、多面的な文章、特にゆったりした中長編小説に集中することが、ますます困難になっているのである。

これに比例しコミックに対する関心が高まり続けており、低学年の生徒たちの読書に占める割合がかなり大きくなっている。子どもたちの読書傾向に、映画産業が影響を及ぼさないことはありえない。映画やテレビにあふれている、心をわくわくさせるストーリーを、子どもたちは本の中で探している。ファンタジー、神秘小説、ホラー、ミステリーなどを。複数の社会学者はさらに興味深い傾向も指摘している。児童や未成年者の読書傾向ではますます性差による違いが大きくなっているという。『戦争と平和』では、男の子は恋愛のシーンをとばし、女の子は戦闘シーンを飛ばして読むということを、おそらく誰もがお聞きになっていることだろう。子どもの年齢が上がるほど、読書における男子と女子の違いが大きくなっている。それが、青年期に顕著なのである。

「僕は恋愛なんて読まなくていい！」と、六年生の男子は怒っている。この年齢の男子は、冒険小説や、コンピューターやエレクトロニクスの本を好んで読む。それに少々遅れをとっているのが、空想小説やファンタジー（セルゲイ・ルキヤネンコ、ニック・ペルモフ、ドミトリー・イェメツ）や、例えばスティーブン・キングその他の作家による「ホラー」である。

女の子たちは長編小説を読んでいる。とはいえ、残念ながら『エフゲニー・オネーギン』や『アンナ・カレーニナ』ではない。それは、「大人」（またはハイティーン）の世界の本であり、本のヒロインは大人になりつつある女性である。具体的な作家や作品のリストは時代によって異なっている。八〇-九〇年代のリストには、シャーロット・ブロンテ、ジョルジュ・サンド、マーガレット・ミッチェルなどが入っていた。二〇〇〇年代と二〇一〇年代に人気なのは、「少女小説」のシリーズ（例えば、ヴォロベイ姉妹）、フランシン・パスカルの「女の子のお気に入り本」、「スイートバレー高校」シリーズ（アメリカの小都市の双子の姉妹の話）や、ジャクリーン・ウイルソンの、三人の女の子エリー、マグドゥ、ナデインの話である。

再びインターネットから引用しよう。

ネットワーク「フ・コンタクチェ」の中の一ページである。「読書する若者はロシアにいるのか？」というスレッドが立っており、そこで以下のように議論されている。

エカテリーナ・ジェフコヴァ——

若者が読書しないというのは、いまいましいステレオタイプだ。確かに、何の根拠もないわけではないだろう（若者の五分の一が夜をどこで過ごしているのかご存じでしょう）。しかし、違うのである。我々の多くは読書をしている。ただ、我々が操作されやすいことは指摘するべきである。ひとりの賢人と思われている人物が何らかの本を「ベストセラー」と名付けると、それでひとつのプロセスが始まるのだ——この本が売れると、その人が信頼される（その人物に自分の言葉の責任をとらせることができるかどうかを考えもしないで）。結局のところ、読書の際、消費者は対象についての一定の意見を持っているのだが、操縦されているのだ。……つまり、多くの人々は頭がいいと思われる人物に従い、本を「立派なもの」と認めているわけだが、それは違う。書店の本棚を見ると、すぐに逃げ出したくなる。私個人は古典文学の棚に惹かれる。それこそが永遠であり、十年後には忘れ去られた本棚でほこりをかぶっているような類似品とは違う。現代文学にも注目に値する作家が少数ながらいる。しかし私の心は、いつまでも古典文学のものだ。（二〇一二年一月二五日一九時二六分）

マリア・ブエンディア――

私は文化芸術大学通信制の二年生で、監督・プロデュース学部に所属しています。今日、ロシア文学の講義で我々の素晴らしい先生が、今の二年生と三年生は昨今の卒業生たちより質的に優れていると指摘し、五年後に学生たちはもっと多く読書するだろうと確言しました。

私の両親は大学で人文学を修めました。母はすでに二十年以上校正係として働いており、私も文化大学に入るまで、エカテリンブルグの演劇大学の学生でした。私は大喜びで文学の講義に出ていました……。そして、恥ずかしいことですが、在学中に、カリキュラムに入っていたロシア文学も外国文学も、何も読んでいませんでした。今はもちろん、脳のその欠落部分をなんとかしましたが。

しかし、実のところ、今日の学生たちは何を読んでいるのでしょうか？　そうです、学生たちは、ペレーヴィン、ウリツカヤ、ルービナや、多くの魅力ある現代文学の作家たちの小説を読んでいます。「読書はファッショナブルだ！」というフレーズがありますが、私ならこう言います。「流行っているものを読むのは、ファッショナブルだ！」と。ダンテ、セルバンテス、ドストエフスキーやトルストイは、あまり……。これは、彼らの作品を読むときに思考能力が求められるからではなく、そこにはいわゆる我々の「主人公」について何も書かれていないから！　我々の新しい、いわゆる「主人公」は、消費者で、都会に住んでいて、今は資本主義の主人公です。飲酒喫煙し、麻薬をやり、そして悪魔に魂を売るようなことをしてお金を稼いでいます。それゆえ彼は成金で、高価な車を複数所有し、ペントハウスや女性たちも手中におさめます。そしてそうした「成り金的なもの」に囲まれている中で、彼は突然、理解するのです。自分がつまらぬ人間だということ、とるに足らない人間だということなどを……。その後二〇〇ページは、どんなにその人物が苦しんでいるかが書かれ、最後にはかつてと変わらない暮らしをおくり、ただ少しだけ、恥ずかしく思うだけ。結局のところ、人間の心についての言葉も考えも、心の救いについても、芸術の真の目的や課題がどこにあるのかについても、全くないのです。皆さん！　これは言語道断です。言語道断なのは、若者が地下鉄の中で流行の本を読み終えたばかりなのに、それによって人間の影さえ掴むことができず、人間というものを見失ったことです……。読んでくださってありがとうございました。（二〇二一年一月二五日一九時二二分）

https://new.vk.com/topic-30033523_26096629?offset=20

さて、現代ロシアにおけるロシアの古典文学についての話は終わりに近づいたが、私は偶然、真珠のようなものを見つけた。「Litportal」、ロシア古典文学愛好家のポータルサイトである。議論のテーマは、「ロシア古典文学を読んでいるのは誰か」。これは二〇〇四年のものではあるが、そのことで私は全く失望していない。なぜなら、そのときから読書、特に古典文学をめぐる状況が良くなったためである。というわけで、私の話を楽天的な雰囲気で締めくくるため、いくつかポジティブな引用をしよう。なぜなら、ロシアの古典文学はさらにこれからも長い間、その傑作群で我々に喜びを与えてくれる、と強く信じたいからだ。

Lalianta です。こんにちは。私は今、トピックを読み終えたところで、ロシアの古典文学に対する自分の考えを述べることにしました。

私は、名作は読まなければならないと考えています。日常生活では得られないものを補うためだけであっても。人々の道徳的レベルを上げなければなりません。二一世紀の若者は、お手本がなくて苦悩しています。現在、大衆の中には注目に値するようなものもありません。ロシアの古典文学には、純粋で善なるもの、はかなくて、そして人間を人間にするものがあります。言葉の巨匠たちは自分の作品の中に心を入れ、そしてそれは、若者が人間になるために助けが必要な今、助けになることができるのです。

このように熱く語ってから指摘したいのは、私が、アパートの近くのベンチに座り、あたりを見回して、憂鬱に「昔のほうが良かったわね」と言うおばあさんではない、ということです。私は若者なのです。十八歳です。そして、現実に光をもたらし、眠っている良心を目覚めさせることのできる、文学者たちを尊敬しています。

カルハルドンカです。皆さんが述べているのは、何かおかしいです。ひとくくりにしています。「古典文学は素晴らしい！」「古典文学を読んでいるのは素晴らしい人たちで、私は、例えば、心を豊かにするために、毎週ドストエフスキーの中編を読んでいます……」とか。「私は魚が好きだ」と言うことはできます。でも、「私は古典文学が好きだ」と言うことはできないのです。作家や作品があまりにも多く、あまりにも様々だからです。例えば、私はレフ・トルストイには我慢できません。あの、一筋縄ではいかない長い文章が好きではないのです。そして私には、彼の登場人物たちが、わざとらしく、不自然であるように感じられるのです。ドストエフスキーの世界のイメージは、あまりにも緊迫していて病的で、あまりにも神経に障ります。そのかわりチェーホフはいくらでも読むことができます。ブーニンは素晴らしいロシア語を作りだした一人です。どの人も、古典文学をこのように捉えていると思います。好きになるものもあれば、そうでないものもあるのです。もちろん、古典文学を自分のために読んでいるのならの話です。「そうすることになっている」から、ではなく。

Elgaです。私にとってのロシア古典文学の主要な価値は、正確なロシア語の文学的文章です。私はそれがどうしようもなく好きです。（常に学術的文章を読むことと、そして特に（！）インターネット・フォーラムに参加することは、私の文体をひどく乱すのです。ですので、あらかじめ申し上げますが、もし文が乱れたりなどしましたら、どうかお許しください。）

私は生物学の研究者であり、古典文学について自分に知識があるとは言えません。でも、ロシアの古典文学の中の、何と言いますか、伝統的な悲劇性とでも言えるものに私は驚いています。「良い」結末は、ギリシャ悲劇のフィナーレにおける幸せな婚礼のように、「シリアスな」作品にはありえない、不吉な感じです。ロシアの芸術家には教育する義務がありました。教育的目的で、芸術家は努めて社会悪やその他の重苦しい醜悪さを暴いたのです。ツルゲーネフの『猟人日記』を読むと、母国語の味わいを得ますが、自分が農奴制のあらゆる惨状を「心からそらす」ように、とばし読みしようとしていることに気付きます。でも、それをするのは難しいです。なぜならツルゲーネフは偉大な芸術家であり、さらに、彼は「怠惰な一般市民」を念頭に置いていたからです。多くのものを読み飛ばせません。複雑な印象が残ります。

azazuです。みなさん、こんにちは。ついに古典文学愛好者の方々を見つけました。地下鉄に乗って、ドンツォーヴァやマリーニナなどの本を見かけるのに、もううんざりしていました。あんな有害なものを読めるなんて、想像できません。

（http://www.litportal.ru/forum/6/topic361.html）

インターネット詩人フィニコフスカヤへのインタビュー

そしてこの章のしめくくりに、インターネットからの引用に少し付け加え、短いインタビューを載せよう。実在する普通の、そして美しい女性のインタビューだ。彼女はテレビ番組のヒロインではない。そのため、自然で、非常に真摯である。

エレーナ・フィニコフスカヤを紹介しよう。実生活では不動産鑑定人だが、私生活では詩人である。インターネット上に詩を発表している。シベリア在住。炭鉱夫や冶金工の街、ノヴォクズネツクである。かつてマヤコフスキーがこの街をこう謳った。「四年後にここに庭園の都市ができるだろう！」

――こんにちは！　あなたはネット上に作品を発表なさっている詩人で、私も読みましたが、とても繊細で、抒情的な詩ですね。私には何か、伝統的な香りも感じられます。あなたは、多分、古典的な詩がお好きなのでしょう？

その通り、私は古典詩が好きです！　好きにならずにいられるでしょうか？　なぜなら、すべてのものがここに由来するのですから……。今、インターネットのおかげで好きな作品を探すのが簡単になって、私は幸せです！

――子どもは皆、遅かれ早かれ、学校で古典文学を「学習」しますが、それぞれ独自の方法で進みます。「通り過ぎる」子どももいれば、立ち止まって、小石や花を一つ一つじっと見つめ、手にとって、それを一生持ち続ける子どももいます。あなたはいかがでしたか？

すべてが遠い子ども時代に始まりました。母が私に、きれいな絵の薄い本を買ってくれました。それはプーシキンのおとぎ話でした！　そして私に読み聞かせをしてくれたのです。私は息をのんで聞いていました。幼稚園でも、この「教育」は続いたのです！　我々は椅子に座り、先生がやはりプーシキンを読んでくれました。ロシアの民話も。それから、それがソビエトの詩人や小説家の作品になりました。

学校では、セルゲイ・エセーニンの本を開きました。（当時、彼の作品がカリキュラムに入っていたのです！）彼の作品は、直義的な意味では古典文学ではありませんが、でも私は彼を崇拝しています。

――あなたの上のお子さんが高校を卒業なさって、下のお子さんが学校の低学年でいらっしゃるとのことですが……。今、ロシア文学、特に古典文学は、学校でどのように教えられているのでしょうか？　教育改革の結果、たくさんの作家がカリキュラムからなくなったそうですが……。あなたのお子さんたちは、古典文学の授業について、どのようにおっしゃっていますか、我々が知っていたくらい良く古典文学をご存知でしょうか？

今学校で進行していることは、正直に言って、私にはよく理解できません。時代が動いているので改革が必要なことは理解できるのですが。でも私は私が学んだカリキュラムを気に入っていましたし、それが本当に深い知識を与えてくれました！

そして私は、先生方にも恵まれていたのです！　先生方は我々を愛し、心のすべてを我々に注いで下さっていました。文学の先生は毎年詩を書かせていましたよ！

でも、エセーニンに話を戻しましょう。彼の詩の一節があります。「私の窓の下に一本の白い白樺……」これを最初に読んだとき、私は自分のアパートの中庭にある白樺の周りを長い時間歩き、ずっとこの詩を繰り返しました。私は、この一節の、思いもよらぬ音楽性と美しさで満たされました。そしてその時、自分でも、何か似たものを書きたくなったのです。少しずつ、こっそりと書き始めました。自分の書いたものは、誰にも見せませんでした。とにかく美しく書くことをマスターしたかったのです。少しずつ、韻を踏んだり、書き留めたりする習慣ができてきました。韻がいつも頭の中に入ってきて、それをできるだけ素早く何かに記録するよう努めました。時にはメモ帳を取り出して書き留めたり、紙ナプキンなどに書いた時もあります。

古典的詩人たちについてですが、次第に、プーシキンにレールモントフがとってかわりました。

——どうしてですか？

多分レールモントフの方が私に近く、天才肌だからでしょう。レールモントフの方がより「繊細」で、より抒情的です。なのに、とても熱心に自分の言葉で感覚や人間について語っています。これは子どもの第一印象ですが。我々が『見習い修道士』を学習した時、教室の黒板のところに出て、一部分を暗唱しなければなりませんでした。私は、それはそれは強く感情を込めてやりました。教室中が静まりかえりました。

七学年では「銀の時代」の詩を読みふけりました。アンネンスキー、バラトゥインスキー、コリツォフ、グミリョフ、ブリューソフ、バリモントなど……。

時折、当時（ソビエト時代）の新聞や雑誌で詩を見つけ、切り抜きました。良い時代でしたね！　テレビをつけて、一人語りを観ることも出来ました。ロシアの古典詩を、当時若かった俳優のオレグ・タバコフ、スモクトゥノフスキー、アーラ・デミドワたちが、どんなに素晴らしく読んでいたことか……いつも、うっとりして観たり聞いたりしていました。それは私にとって、美しい泉にしがみついているような感じでした。

——エレーナ、あなたは現代と詩について沢山お話しして下さいましたが……古典文学については、どう考えていますか？　小説家については？

古典文学は、私に言葉の美しさを教え、「倫理的規範」を植え付けてくれました。そのおかげで、私は決して「やっつけ仕事をする」ことができません。小説家では、チェーホフですね。偉大な作家で劇作家です。母が私に、イラスト入りの大きな二巻本を買ってくれました。戯曲や中編小説、短編が入っていて、私は学校のカリキュラムに入っているよりずっと多く読みました。ひと夏、ずっと読んでいました。でも、読んだものを受容した感覚が来たのは、すこし経ってからのことでした。私は父と交代で読んでいたのです。ある夜は父、別の夜は私、というように。

私はレールモントフの散文作品も好きでした。今も読み返したいと思っています。心を燃え立たせるものが沢山ありますから。

レフ・トルストイは私にはショックでした、『アンナ・カレーニナ』は……。子どもたちが読むには少し早いです。だって、男女関係は、良い例で学ばなければなりませんから。

そのあとの熱情、潜在意識のなかの信号のようなものが刻みこまれました。……苦しむことは美しい、と私は理解しました！（そんな結論を出したのは、精神が子どもっぽかったためですね。）

ところで、『戦争と平和』は多重構造で、様々な意味を持つ作品です。興味深いものや有益なもの、愛国的なものが沢山見つけられる作品を学習しなければならないのは、疑いようもありません！『戦争と平和』の、好きな登場人物について作文を書いた時、私が選んだのはナターシャ・ロストワでもピエール・ベズーホフでもなく、全く目立たないようなリーザで……、それであとで先生に小言をもらいました。私が彼女の中に何を見いだすことができたのか、誰も分からなかったのです。でも私は本当にリーザが、ふさわしい場所にいる女性として好きだったのです。そして私は、心から彼女が可哀そうでした……。

――では、あなたは今、古典文学を読み返していらっしゃいますか？

私は、若い時に読んだものをすべて読み返しています。そしてそれらの作品を、もう「別の目」で見てい

エレーナ・フィニコフスカヤ

ます。以前が単なる感情の「嵐」だったとするなら、今は作家の技術の方に多く感心し、興味深い思索を発見しています……。脇目もふらず「お金を稼ぐ」のではなく、立ち止まって本を手に取り、その作者とともに「今ここで」立ち止まることが、我々全員にとって有益なのです。これはメディテーションです!!! 知力の発展なのです。これは調和です。精神的にも身体的にも健康なのです。

——では、あなたのご友人は、古典文学を読みますか？ そのお子さんたちは？ 我々の現代生活における十九世紀の古典文学について、総じてあなたはどんなことをおっしゃりたいですか。あなたのお子さんたちは、古典文学を理解し、好きですか、それとも、学校のカリキュラムだから学んでいらっしゃるのでしょうか？

私の友人たちは新刊本に詳しいですが、専らビジネス本を読んでいます。「いかにして百万稼ぐか？」とか「生きるモチベーションをどうやって上げるか？」といったものです。

すべての人が、それぞれの価値観に従って子育てをしています。そして、生活における「十九世紀古典文学」の位置付けも、それぞれが独自に決めています。

私個人は、その古典文学と「知り合った」のが学校で、とても幸せでした。

我々が「歴史のゴミ捨て場」に捨て去らなければならないのは古典文学ではなく、生活を取り上げ、崩壊をもたらすすべての戦争です。我々は我々の時代まで生きていた偉大な思想家たちの本を手にとって読み始め、出版し、そしてくりかえし出版しなければなりません。人生を我々よりも理解していた人たちの本を。

私の子どもたちはコンピューターが好きで、私にとって大変残念なことに、あまり（ほとんど！）読書しません。長男が、一時エセーニンに夢中になっていたことを知っています……。彼の心に響いていたのでしょう。長男も金髪で青い目なのです。でも、だんだんコンピューターが、他のすべての趣味を取り上げて行きました。次男も長男と同じになろうとしています。でも、夜にプーシキンを読んでやるようにしています。次男は気に入ってくれています。

古典文学において、私は、それを書いた人々が、お金儲けの方法を優先順位のいちばん下においていたということに価値を置いています。彼らは、本当に自分の人生を生きていたのです。

彼らは情熱と才能をすべて注いで、自分たちの人生や、同時代人の人生を描写しました。

彼らは、人類にとってなくてはならない疑問を投げかけ、そしてそれに対して答えを出しました。

今日、生活様式は変わりましたが、問題は同じです。

なぜなら、現実が我々に、「現実は我々に何も教えない」ということを教えているからです。

世界を観察者の目で見、分析することができなければなりませんし、この現実を愛することができなければなりません、何が何でも！

そしてそれを……自分の灯を、潜在能力を伝えることができなければなりません、他の人々をひきつけ、「焚きつけ」、自分の生き方を考えさせて。私は震えている生き物なのでしょうか、それとも人権を持っている者なのでしょうか、と。

詩を書くことは、この現実への愛情を告白するひとつの手段なのですよ。

詩を書いている人はすべて、「敏感な肌」や独自の世界観を持っている人々です。燃えていたし、燃えていますし、そしてこれからも燃えるでしょう！　だって、我々でなければ、誰がやるのでしょうか？
――では、しめくくりましょう。多分、あなたにはお気に入りの詩がおありでしょう。ご自分の詩ですか？　読んで下さい、何か短いのを。
愛情についての詩でも良いですか？　ちょうど、古典詩がもたらしてくれたものなのです。

私を守りたまえ、私の愛よ！
嫌う力がないときに
お前は私が耐えるのを助けておくれ……
再び心が燃え上がるように、
私を守りたまえ、私の愛よ！

彼を守りたまえ、私の愛よ！
呪う力のないときに
お前は、よく気のつく母のように
すべての異なるものや悪い風から
彼を守りたまえ、私の愛よ！

自らを守りたまえ、私の愛よ！

忘れる力のないときに
我々がもう存在すべきでないよう
何回も唇でささやこう
自らを守りたまえ、私の愛よ！

（エレーナ・フィニコフスカヤの詩集は、すべてサイト「スチヒー・ル」で読むことが可能。
http://www.stihi.ru/avtor/shunay）

ここまで書いたものを読み返した……。すると私の頭の中で、次の三つの不安な考えが、危険を知らせる赤い光のように点滅しはじめた。

ロシアよ、お前はどこへ駆けて行くのだ？　そしてお前の子どもたちはどこへ向かっているのだ、それとも誰かに誘導されているのか？

さらば、ロシアの古典文学、それとも、こんにちは？　お前は我々と永遠にともにいるのか？

時がたてば分かるだろう……。

第2章　夜明けか黄昏か　ソ連邦崩壊と「新しい」ロシア文学

ロシアには二つの不幸がある。それはばか者と道路。（古い慣用句）
ロシアには二つの富がある。それは石油・ガスとロシア文学。（新しい慣用句）

ロシアに豊かにあるもの

ロシアの道路については、轍《わだち》やへこみがあるとか、いろいろ書かれてきた。ロシア文学にもそれが当てはまる。

ロシアの石油や天然ガスの埋蔵量に限りがあるとしても、ロシア古典文学の遺産は尽きることがなく、生き続けている。人類が生きている間は、プーシキン、トルストイ、ドストエフスキーの作品が世界中で出版され、チェーホフの戯曲が上演されるであろう。これらは「金の時代」のロシア古典文学である（ナターリヤ・イヴァノフ『ロシアの十字路』）。「銀の時代」は、世界では「金の時代」より知名度は低いが、モダニズムやデカダンスを好む者の間では、それよりも高く評価されている。ソ連時代に「公式的に認められた」天才たちも尊敬されており、亡命ロシア文学やロシア・アヴァンギャルドは言うに及ばない。

ソ連邦崩壊の瓦礫の中から生まれたポスト・ソビエト文学は、全く事情が異なっている。ロシア国外では現代ロシア作家の十名から十五名——基本的に高いレベルの文学や小説の代表者——が広く知られている。しかし、その範囲は狭い。そして彼らは、「軍団」とも呼べるロシアの大量の書き手たち（ええ、私は間違っていませんとも。「書き手」であって「読者」ではない！）とも大きく異なっている。

現在ロシアでは、書きたい人が皆、ものを書いている。政治家も監督も脚本家も、批評家もジャーナリストも、コラムニストもテレビ司会者も、将軍も芸能界のスターも、モデルも、そして芸術とはかけ離れたところにいる役人も経済学者も書いている。文学者であること、書いたものが新聞や厚い雑誌に載ること、時折顔が新聞のページやテレビ画面に出ることがトレンドの中のトレンドであり、エリートに属している証なのである。出版物や雑誌のお呼びがかからない人には、インターネットがある。ソーシャルネットワークのページ上では、普通のサラリーマンも労働者も、才能ある人もそうでない人も、あらゆる個人が創作活動をすることができる。読んでもらったり気に留めてもらったりするため、誰もが見られる論評のページに、自分をさらけだすこともできる……。

パラシュートをつけたスカイダイビング

「金の時代」や「銀の時代」の古典文学もソビエト時代の古典文学も、すべてが理解され、時代による検証がなされてきた。読者の記憶には最良の作家が残り、二流の名前は人々の記憶から消えた。ポスト・ソビエト文学については今のところ定まっていない。その熱いスープは現実の鍋の中で煮えている最中で、まだ味見しつくされておらず、長い時による試練を経ていないのである。五十年後であっても、そのときに誰が残っているかを述べるのは難しい。現在、ロシアの物書きの運命は、パラシュートを背負った絶望的なスカイダイビングを思わせる。パラシュートは、才能（あるいは凡庸の厚かましさ）とお金、コネ、狡猾さと幸運の、奇妙奇天烈な混合物の象徴である。本を書いた者は飛行機のハッチに歩み、そしてパラシュートが開くかどうかをよく調べず、真っ逆さまに地面へと飛び下りるのである。

書き手＋出版者＝読者？

ロシア古典文学は、質の面でも尽きることのない蓄えを持っていた。そして誰もが認めざるを得ないカリスマもいた。その中には、人に古典文学と個人の人生の時間とを比べさせ考えさせる、ある種の魅力があった。要するに、古典文学は敬虔な規律を教えていたのである。時には聖書に代わって。戦闘的無神論のソビエト時代においては特にそうだった。

ソ連邦が崩壊すると、ロシア古典文学の力強い川がか細い小川に変わってしまい、ロシアの精神を養うのがやっとだ。古典文学の読者は「死滅」しつつあり、現代のことばは、流行作家たちが新しい文学形式と戯れ、巧みに操る月並みな表現や形式の寄せ集めに取って代わられている。そうした戯れに、読者の大部分はずっと気づいていない。基本的に彼らは作家仲間や、ネームバリューでお金を稼いでいる文芸評論家たちに利益をもたらすよう定められているのだ。というわけで、作品が出版されている作家全員が多数の読者に知られているわけではない。従って、「書き手＋出版者＝読者」というのは、現代ロシアにおいては歴然たる事実にはほど遠いのである。

人気のバロメーターは？

それでは、どうやって作家の人気を計ればよいのだろうか？　読者の関心度によってである。

そして読者の関心度は、定期購読者数（雑誌）や部数（書籍）で計られる。つまり、正しい公式は「作家×部数＝読者」となるだろう。部数が約百万部以上だとすると、作者は「流行作家」で「現代の」作家であり、国民全体に読まれ認められる作家の地位を得る。つまり、この作家のパラシュートは開き、ダイビングは成功したのである。

では、読者が僅かしかいなければ？　現代ロシアの作家たちは何をするのだろうか？

方法は二つある。一つ目、大衆にはほとんど理解されないレベルの高い文学の分野に身を置く、全くのエリートになる。二つ目はノンフィクション、小説、大衆文学などといった、純文学に隣接する、より「肥沃な」分野をモノにする。例えばノンフィクションには自伝的文学も含まれる（例としては、セルゲイ・ガンドレフスキーの『開頭手術』）。

シリアスな文学は、難解なものと魅力的なもの、奇妙なものと美しい文体といった興味深いマッチングを行ない、ますます大衆的文学との距離が狭まっている。娯楽的なものと「エリート的」なものとの組み合わせ。そして「レベルの高い三文小説」に大衆は退屈で欠伸していないし、拒絶反応も起こしていない。

ある作家はこれを意識的に行い、ある人は直感的に、またある人は偶然にやっている。この「越境」は、原則的にジャンル間の違いを認めない、高いレベルのポストモダニズム文学に特に顕著である。非常に著名で、シリアスな作品で知られる作家たちも、大衆向けに書くのを嫌がってはいない。それは商業的成功にもつながっているのだから。

特に、ロシアのエリートの作家たちは、あらゆるジャンルの幻想文学に強く心ひかれている。ファンタジー、魔法リアリズム、幻想文学、アンチ・ユートピア、または、単なる時や空間の幻想的移動など。高みから大衆的なものへの「ジャンプ」の成功例は、アレクセイ・スラポフスキーの長編『フェニックス・シンドローム』、タチヤーナ・トルスタヤの『クィシ』、ウラジーミル・ソローキンの『親衛隊の日』、『砂糖のクレムリン』など。神話の代わりに、ヴィクトル・ペレーヴィンによる神話の崩壊（逆説的で真実味がないストーリー）の『宇宙飛行士オモン・ラー』、『虫の生活』、『チャパーエフと空虚』、『怪物の聖典』、『ジェネレーションP』など。マリーナ・ヴィシニェヴェツカヤは異教的フォークロアをベースに中編『カーシェとヤグダ、または天のリンゴ』を書いた。

批評家たちは、ウラジーミル・ヴォイノヴィチのグロテスク文学『記念碑的プロパガンダ』を幻想文学との境目に位置付けている。幻想小説は、ポストモダニズム文学の旗手として認められたリュドミーラ・ペトルシェフスカヤの作品にも（しかも特に幻想文学だけでなく神秘主義的文学も）多く、登場人物たちがこの世とあの世とを往復するために渡る、生と死の境が特に面白い（『三つの旅、またはメニッペアの可能性』や『幽霊の話』）。ペトルシェフスカヤの作品で最も「独自性がある」のは、神秘主義的スリラーの『ナンバー1、または他の可能性の庭で』であり、心の移動や死後の世界への旅、架空の北方民族の儀礼が入った物語は、形式によるジャンル分けが難しい。ペトルシェフスカヤは、社会的幻想小説（『新しいロビンソンたち』、『衛生学』）や冒険小説（『チャリティ』）も書いている。

また、純文学の作家たちの間で非常に人気があるジャンルは疑似歴史小説であるが、これは幻想小説やアンチ・ユートピアとの境界線をひくのが非常に難しい。そんな線引きはせず、ドミトリー・ブイコフの『ЖД詩《ジェーディー》』のサブジャンルもはっきりさせないことにしよう。これは魔法リアリズムにも、アドベンチャーゲームにも、何か他の第三のものにも分類されているのだ。

指摘しなければならないのは、ここに手法の新機軸が特にないことだ。幻想小説や神話は過去の時代にも用いられていた――ダンテ、ラブレー、セルヴァンテス、スウィフトなど。より現代的な作家では、カフカ、ボルヘス、ガルシア＝マルケス。ロシアではプーシキンからゴーゴリ、レールモントフからドストエフスキーまで（「ロシアの恐怖小説」、つまりロシアのロマン主義小説や十九世紀の中編小説は言うに及ばず）、それからミハイル・ブルガーコフ。

エリートの作家たちは推理小説も毛嫌いせず、全く「古典的《クラシカル》」で上質な作品を生み出している。例えば、グリゴーリー・チハルチシヴィリ（エッセイスト、翻訳者、文学研究者、日本学研究者）はボリス・アクーニン（日本語の「悪人」から）というペンネームで、壮大な推理小説の「ファンドーリン」（十九世紀で最も魅力的な探偵）シリーズを書き、目がくらむほどの出世をした。彼は、これが文学作品の亜種だと強調している。その後、さらに新しい推理小説の変形を発明しはじめた。その結果、チハルチシヴィリ＝アクーニンは一度の優雅なジャンプにより、事実上標高ゼロメートルから現実離れした到達不能の高みまで飛び上がることができたのだ。彼は単なる「流行の」大衆的作家ではなく、美しく優雅な文体で書くことが出来る作家であり、彼の作品はロシア国内だけではなく国外でも出版され、その作品をもとに上質な大ヒット映画やテレビシリーズが制作され、舞台化もされている。パラシュートを背負っての幸運なジャンプにより、アクーニンは今日のロシア文学界で右に出る者がいない人物となったと言っても良いだろう。

現実の生活は危険で恐ろしいので、読者は作家と一緒におとぎ話の世界で遊び、スリラーや推理小説のフィクションの中で現実の恐ろしさから逃れ、幻想小説で現実を締め出しているのだ。別の、想像上の現実への落下が進行しているのである。

米国のSF作家シオドア・スタージョンの法則

何気なくラジオをつけたとき、私は偶然、批評家、作家、コラムニストであり、ロシア・ブッカー賞審査員であるデニス・ドラグンスキーの非常に興味深いインタビューをたまたま耳にした（FMコメルサント、七月一四日）。ちょうど現代ロシア文学についての話題だった。彼は大変面白いことを語った。

「ロシア文学に共通する特徴は、十九世紀や二十世紀にはあったが、現在はない。私が述べたいのは、「金の時代」には人間の精神世界への注目、社会的諸問題に対する深い関心があり、そして「銀の時代」には、人間の繊細な精神的経験やエロティックな経験にさえ深い関心（当時、革命のテーマに結合していた！）があったということだ。その代わり、現在ロシア文学には非常に多様なジャンルがあり作家がいて、良いのもあまり良くないものも見られる。総じて、アメリカのSF作家シオドア・スタージョンの法則『あらゆるものの九〇パーセントはクズである』があてはまる。」

したがって私も、現代ロシア（ポスト・ソビエトの）文学の非常に莫大な群れではなく、高名な一〇パーセント以下の人々を詳しく見ることを提案する。なぜなら、ロシア国内外で有名かつ人気のある作家はさほど多くないからだ（単に作家というだけなら、前述の通り、軍団級の人数がいるのだが）。英語のウィキペディアはそれを二〇名にまとめているのだが、ドラグンスキーはもっと少ないとしている。「国内には作家が八名いる。ペレーヴィンとソローキンは皆が知っているところだ。これが『トップ』。それに続くのが、ウリツカヤ、ディーナ・ルービナ、他方にはメトリツカヤ、ダーシュコヴァ、マリーニナ、ドンツォーヴァ」

つまり四名が高レベルや中レベルの文学で、四名が大衆文学の作家である。

豊かではない。ここで疑問。我々はどのようにここまで来たのか？

いかにしてすべてが始まったのか、そしてどう終わったのか　ポスト・ソビエト文学の歴史への旅

批評家や「お人よしの読者」についての言葉

親愛なる読者の皆さん、少し我慢して下さい！　軽いデザート＝現代ロシアのポピュラーなジャンルや作家の個々の魅力的な作品の紹介のまえに、お腹には重い「ロシア式昼食」＝現代ロシア文学の歴史を消化し

なければなりません。これを避けることはどうしても不可能なのです。なぜなら、それを避けると、ポスト・ソビエト文学がどこから、そしてどのように発生したか、理解できないでしょうから。しかし、文芸批評家がみんな使っているような難解な言葉は多用しませんし、自説は最大限に簡潔にするよう努めます。

文芸批評家の書くものといったら！……読者の皆さん！　もしあなたが文学部のご出身ではなく、ご専門が高尚な文学でなければ、どうかお願いです。ロシアの批評家の書くものをなるべくお読みにならず、ご自分で作品をお読みくださいね！

作家は、自分がどんな方向性またはジャンルで創作しようか特に考えずに書く。しかしその後批評家が来て、生きた組織を切り刻み、自分の薬剤のビンに仕分け、全部にホルマリンをかけ、そして必ず「学術的」ラベルを貼る。

「文学は、魔術だ」とデニス・ドラグンスキーは述べている。「読者は創作の参加者だ。でも批評家は……。病理解剖学者が親友になりうると、私は思わない。読者は少しお人よしでいることが必要だ。私は文学部で教育を受けたが、夢中になるほど面白い本を読んでいるときには、それを忘れようと努めている……。」

この部分をお読みになった方には、微笑を浮かべている人も、怒っている人もいるかもしれない。私は誰の気分も害したくない。ただ、本書は、高名な文学研究者を批判しているものではなく、「素晴らしくそして恐ろしい」現代ロシア文学についての「お人よしの」随筆にすぎないのだ。これは一読者の個人的考えにすぎない。なので、いっとき「お人よしの読者」になっていただき、あまり厳しく批判しないでいただきたい。

さて、前置きがすべて終わったところで、本題に入ろう。確かに、ソ連邦崩壊から始めるのではなくもっと遠くの時代——グラスノスチの時代、さらにフルシチョフの「雪どけ」の時代とブレジネフの停滞時代の終わりに移動する方が良いだろう。

おぼつかない足取りではあるが、全面的な社会主義リアリズムとしてのロシア文学（六〇年代から）をみてみよう。公式的に認められたソビエト文学の内部では、当時すでに将来的な自由の芽が出ていた。華々しい実験や新しい文体、潮流、方向性とともに、その根は、十九世紀のロシア古典文学やモダニズムの時代（銀の時代）の文学、ソ連初期（二〇年代はじめから三〇年代初め）の文学にあった。フルシチョフの「雪どけ」は、ロシア国内外の偉大な先駆者たちを回想するのを可能にした。ユーノスチ誌の周辺で、新しい文学の世代（いわゆる「六〇年代人」）が形成された。もちろん、この時代の文学の自由は非常に限られていた。それはボリス・パステルナークへの人身攻撃を挙げれば十分であろう。一九五八年にノーベル賞を受賞し、イタリアで『ドクトル・ジバゴ』が出版された後のことだ。

ヨシフ・ブロツキーの詩、ＳＭＯＧ[1]、「リアノゾヴォ派[2]」、「モスコーフスコエ・ヴレーミャ」グループ[3]なども、新しいロシア文学を別個に代表していたのだが、彼らはすべて、徐々に検閲の圧迫下でアンダーグラウンドへ、国外または国内亡命へと追いやられ、ソ連国内の反体制潮流へと結集していった。

まさにその一九六〇年代に、検閲にもかかわらず、いわゆる「サミズダート」や「タミズダート」という花が咲き誇ったのであった。「サミズダート」は公的な名称ではない。それは非合法に広まっていた文学であり、また宗教的テキストや政治的テキストも指した（「сам《サム》（自分自身の意）」という語が元である）。それらのコピーを著者自身または読者自身が公的な機関の承諾や許可なしで、もっぱらタイプ、写真、手書きで作っていたのであった。「タミズダート」は「там《タム》（彼の地、あの場所）」、つまり外国で出版された発禁本や雑誌で、非合法にソ連国内で広められたものを言う。どちらを広めていた者も、検察庁やＫＧＢに追われていた。タミズダートの本は、国外に出る可能性を有していた者が、こっそりとトランクに隠して持ち込むことが多かった。「タミズダート」は、「サミズダート」と基本的につながっていた。「サミズダート」で広まっていたテキストは国外で出版されたものであった可能性もあり、不法に持ち込まれてコピーされ、「サミズダート」に流れていたのであった。

「タミズダート」の出現は、ソ連邦の社会や文化における少なからぬスキャンダルと関係がある。例えば、イタリアで『ドクトル・ジバゴ』が出版され、それによりボリス・パステルナークが捜査されたこと、作家シニャフスキーやダニエル[4]に対する裁判など。アレクサンドル・ソルジェニーツィンの『収容所群島』、ヴ

1　一九六五年にレオニード・グバノフにより設立された若い詩人たちの文学団体。

2　一九五〇年代の終わりから一九七〇年代半ばまで存続したポスト・アヴァンギャルド主義者の芸術団体。設立したのはリアノゾヴォ村のバラックのアパートの一室に集まっていたアンダーグラウンドの詩人や画家のグループ。詩人のゲンリフ・サプギル、イーゴリ・ホリン、ヤン・サトゥノフスキー、フセヴォロド・ネクラーソフ、画家のオスカル・ラビン、ニコライ・ヴェシトモフ、リディア・マステルコヴァ、ウラジーミル・ニェムヒン、画家で詩人のレフ・クロピヴニツキーがここに入っていた。中心人物は画家で詩人のエフゲーニイ・レオニードヴィチ・クロピフニツキーであったが、一九六〇年代にはこのグループとハリコフ出身の若手詩人エドゥアルド・リモノフが近い関係にあった。

3　「モスコーフスコエ・ヴレーミャ」は、一九七〇年代のモスクワの「サミズダート」に登場した文集や、一九八〇年代にその文集に寄稿していた数名の作家たちが結成した文学クラブ（「文学グループ」と定義されることの方が多い）。文集やグループの主な人物は詩人のセルゲイ・ガンドレフスキー（一九五二―）、アレクサンドル・カジンツェフ（一九五三―）、バフィト・ケンジェーエフ（一九五〇―）、アレクサンドル・ソプロフスキー（一九五三―一九九〇）、アレクセイ・ツヴェトコフ（一九四七―）。

4　ソ連で作品が出版されなかったので、二人は作品を西側諸国に送り、そこでペンネームをアブラム・テ〔五九頁へ〕

アシーリイ・グロスマンの『人生と運命』、ヴェネディクト・エロフェーエフの『酔いどれ列車、モスクワ発ペトゥシキ行き』、ヨシフ・ブロツキーの詩などを含む、二十世紀後半のロシア文学で最も重要な作品群がロシアではなく西側諸国で印刷・出版されていたのであった。「雪どけ」の後に続いたブレジネフの「停滞」[1]時期すべてにわたり、「タミズダート」は「サミズダート」とともに、ソ連国内で書かれたものの、精神的に独立しソビエトのイデオロギーとは相容れない作品の大多数の、唯一の発表方法であった。この文学は国中の友人や知人に「読ませる」ために（時には一晩だけの約束だったこともある）ほとんど字が見えないようなコピーで大量に拡散された。

そうしたコピーを入手するのは、信じがたいほど困難だった。もっと時代が下っても、つまりペレストロイカやグラスノスチ[2]の始まりとともに検閲による制限が取り払われ、数多くの書物が「発禁本」ではなくなっても、まだソ連では出版されない。「サミズダート」のコピーを私は依然として知り合いの本の「闇屋」から買っていた。「闇屋」とは要するに、高度な教育を受けた個人が営む本屋であり、本に対する愛情を良いビジネスにしていた人たちであった。「自分の闇屋」を知り合いに持つということは、「行きつけの美容院」、「かかりつけの婦人科医」や「かかりつけの歯医者」を持つことと同じくらい重要でステイタスであった。「本の闇屋」を訪れた時のことを良く覚えている。モスクワのアパートの広い複数の部屋に、本や原稿のコピーの棚が並んでいた。私がそこから出るときには、給料の半分がなくなったが、すでに書店の棚からは消えていた新刊本だけではなく、「サミズダート」で一杯になった大きなバッグを抱え、幸せで誇らしい気分であった……。それは「宝物」を持つという甘美な震えと異文化に関与しているのだという誇りのようなものを胸に生み出した……。

非常に信じがたいことであるが、「雪どけ」に対する失望の時期、七〇年代の「停滞」の時代における集団化が、文学やメンタリティーにおける新しい息吹の発展を促進したのであった。「停滞」の時代の作家たちの中に、すべての枠――社会主義リアリズムだけではなく、存在していた文学の分類も――を、その才能で壊してしまった作家たちがいたのであった。例えば、ユーリイ・トリーフォノフやファジリ・イスカンデールには、今でも並ぶ者がいないだろう。

この時期に、どこのグループにも属さなかったが、ロシアでも亡命ロシア人たちの社会でも認められていた作家たち（ビートフ、ヴェネディクト・エロフェーエフ、ペトルシェフスカヤなど）の作品でも、ロシアのポストモダニズム文学の基礎が築かれつつあった。新しいロシア文学の誕生を示す鮮やかな事件となったのは、地下文集の「メトロポール」[3]であり、一九七九年にこの文集を編集した人々は、この文学の特徴を

ルツ（シニャフスキー）、ニコライ・アルジャク（ダニエル）とし、作品を出版していた。作品を持ち出していたのは、シニャフスキーの知り合いで、フランスの海軍アタシェの娘であるエレン・ペリチヨ＝ザモイスカヤであった。KGBがそれをつきとめ、二人の作家は逮捕され、裁判にかけられた

1　ブレジネフが権力を手にしたとき（一九六四年）から第二七回ソ連共産党大会（一九八六年二月）、より正確に言えば一九八七年の一月総会――これ以降ソ連社会のあらゆる分野で大規模な改革が展開された――までの二〇余年間を指す。また、時事評論においては、しばしば「停滞の時代」というプロパガンダ的決まり文句が使われている。

2　一九八五年に、国の政治的リーダーの座にゴルバチョフが就いた。「ペレストロイカ」という名称をつけられた、国の発展の新しい方針が定められた。その特徴が「グラスノスチ」であった。一九八五年から一九九一年まで続いた新しい方針の性格は長期にわたる社会的・経済的危機に八〇年代に突入したソビエト社会を改革する目的で定められた。新しい方針は社会主義と民主主義の統合、より良い社会主義を前提条件としていた。ペレストロイカは三段階に分けられる。(1)一九八五年から一九八六年、(2)一九八七年から一九八八年、(3)一九八九年から一九九一年。

3　文集「メトロポール」は、有名な文学者たち（ベラ・アフマドゥーリナ、アンドレイ・ヴォズネセンスキー、エフゲーニー・レイン、ウラジーミル・ヴィソツキー、ユーズ・アレシコフスキー、ゲンリフ・サプギル、〔六一頁へ〕

「すべてを網羅したものではない」としている。この「すべてを網羅したものではない文学は、長い年月の放浪と、寄る辺のなさが運命付けられていた」。

八〇年代半ば（現代文学が形成されはじめたころ）にかけて、ロシア文学はすでに、六〇―七〇年代の一匹狼のポストモダニズム主義者たち（例えば、『モスクワ発ペトゥシキ行き』のヴェネディクト・エロフェーエフ、『プーシキンの家』のアンドレイ・ビートフ、『馬鹿たちの学校』、『パリサンドリヤ』のサーシャ・ソコロフなど）のテキストを含む、多大なポテンシャルを蓄えていた。

概して七〇―八〇年代は、ロシア文学にとって精神的に特殊な時期であった。当時は複雑で教育がいきわたっている国に、文化の多くの層や秘密の引き出しがあったのである。そしてその層や引き出しの中、当局や検閲の目の行き届かないところで、予期されていなかったものが多く発生し、きっちりと閉まった蓋の下で煮えたぎる鍋で熟していたのであった。例えば、寓意的表現で書かれた大っぴらに反ソビエト的テキスト（例えば、ストルガツキー兄弟によるSFの形をとっているもの）、言いたい放題だった当時のリーダー格の文学評論家たちによる自由な議論……。隅に追いやられた精神のこうした酵母で、新しいロシア文学の新たなぶどう酒が発酵していたのだ……。

その後、ゴルバチョフの時代の「ペレストロイカ、グラスノスチ、多元主義」がはじまると水門が開かれ、そこを通って、あたかも決壊したダムから流れ出すように、かつては発禁だったテキストや、ソ連時代に書かれたが出版される見込みなく「机の中へ」しまい込まれていたテキストが流れ込んだ。八〇年代末は、出版のピークと言えよう。結果としてロシア文学に、「文化的爆発」（評論家のユーリイ・ロートマンが用いた言葉）がおこった。すべてがここから、特に、ボリシェヴィキに銃殺された詩人のレフ・グミリョフの作品（『アガニョーク』一九八六年）やアンドレイ・プラトーノフの長編小説『若者の海』（一九八六年）の発表から始まった。まさにこの一九八六年が、新しい文学のための門を開き、その華々しい前進の時期は一九九〇年まで続いたのであった。

私はこの時期のことを良く覚えている！　この喜ばしく素晴らしい時期を……。私は数十冊の雑誌を取り寄せ、ずっと読むことを夢見ていた多くの作家たちの書籍を買いあさった。黄ばんだ紙にタイプ打ちされたペラペラのファイルではなく、ちゃんとした本で読みたかったのだ。アパートの本棚は本で膨らんで余地がなくなり、本は机やテーブルの上、窓辺、床に山積みになっていた……。私はまわりを本で囲まれ、夜ごとにその声、何百人もの、ずっと前に世を去った――しかし生きているように感じられた――賢く勇敢な人々が静かにささやく声に耳を傾けた。朝起きると、私は愛情をこめて本を眺め、生きている存在であるかのように、挨拶していた……。当時十歳の娘を抱っこして座り、私たちはアンドレイ・プラトーノフの『土台穴』を朗読した。おそろしい、ひどく歪んだ、しかし非常に力強い言語を通して語られる筋書きのない長編小説だ。その中で人々はただ土台穴を掘っている。そして我々も巻き込む奇跡が起こっていた。我々もその人々の中におり、手に負えない地面を掘り、死んだ女の子、ナースチャのためにいっしょに泣いた。泣かずにいるのは不可能だったから……。涙は自然に頬をつたっていた……。豪華な白い装丁で出版されたニコライ・グミリョフの数巻の本に、私は聖なるものを前にしたときのように身震いを感じた。私は、お気に入りの詩

ユーリー・カラブチエフスキー、ユーリー・クブラノフスキーなど）や物書きなどの作品で、公式的に発行されなかったテキストを集めたもの。一九七九年にモスクワで、サミズダートにより十二部発行された。著者たちはソ連で、様々な形の迫害を受けた。その文集の一部が、不法にアメリカへ持ち出され、出版社アルディスにより、最初はリプリントで出版され、後に新版が出された。文集「メトロポール」をめぐる物語はノベライズされ、ワシーリー・アクショーノフの長編小説『くだらないことを言え』に入っている。

『船長たち』を開き、本の重さでたわんでしまった本棚のそばに立ったまま、何度も読み、ページを眺めていた……。

幸せな状態は、数年間続いた。それから潤沢な状態が普通になり、歓喜も少しおさまった。が、そうした潤沢な状態がない生活は思い描けなかった。その数年間に発行されたのは、以下のようなものである。［1］イワン・ブーニン、メレシコフスキー、イワノフ、ホダセヴィチ、アダモヴィチ、ベルベロヴァ、アクショーノフ、ゴレンシュテイン、ヴラジーモフ、ヴォイノヴィチ、ジノヴィエフなどの亡命作家（第一、二、三の波）、［2］作家やその子孫たちが、出版の望みなく机や戸棚に保管していたロシア人作家のテキスト。ペトルシェフスカヤ、ビートフ、ルイバコフ、ドゥジンツェフ、グロスマンなど、［3］ソビエト時代に知られていた、あるいは無名だった、一部禁止されていた文学者たちのテキスト。プラトーノフ、ブルガーコフ、ザミャーチン、ツヴェターエヴァ、アフマートヴァなど、［4］新しい世代および中間の世代の現代作家のテキスト（ポポフ、アイギ、プリゴフ、ガンドレフスキー、ルビンシュテイン、クラエフ、サドゥールなど）。これらの潮流は様々だったが、新しいタイプの文学に属していた。そうした文学は、いろいろな批評家が「アーティスティック文学」とか「焦眉の」、「異なる」など様々に名づけており、「悪い」と称している者もいた。こうして大量に出版されていた時期に、二十世紀ロシア文学の創意がつめこまれた。その後エネルギーが極限まで貯まり、そしてユーリイ・ロートマンが書いたところの「文化の爆発」が起きたのだった。すべてが入り混じった。失ったと思われていた小品も大長編も、すべてが混合した。一九一〇年代、二〇年代、三〇年代、五〇年代、六〇年代、七〇年代や八〇年代が圧縮され、すべての時代が平行して同時に存在していた。年代による区別はなく、分厚い雑誌には、実に様々な様式、ジャンル、潮流のロシア文学が「ひとまとめに」されていた。

読者は新しいものに追いつくことができず、何十冊、何百冊もの素敵な書物をたずさえた民間の出版社が雨後の筍のように現われた……。この時期は、自国ロシアの（そして外国の）文化の、大衆による大量認識の時代であり、出版が膨大な利益をもたらす時代でもあった。文学のあらゆるジャンルおよび種類が、重厚なひとつの綴れ錦に織り込まれ、文学的プロットの多様さが生活の多彩さを上回っていた。新しい文学においてはわが国の二十世紀における重要な出来事がすべて（ロシア革命、内戦、大祖国戦争、集団化、粛清、指導者たちの運命、様々な階級や民衆の運命、ソ連や亡命先での実情など）網羅されていた。

リアリズム、モダニズム、一九二〇年代のアヴァンギャルド、そしてポストモダニズムと八〇年代のロック詩……。これらすべてが読者の頭の中で、まさに心を酔わせる年代もののシャンパンのように、風変わりな、ぶくぶく泡立つ魅惑的なカクテルを作っていた。飢餓状態にあった読者は、夢中になってすべてを飲み込んでいった。現役の作家たちも活発になり、アフガニスタンでの戦争やチェルノブイリの悲劇などといった新しい焦眉のテーマを開拓したが、時の試練を経た「帰ってきた」文学の傑作には及ばなかった！　帰ってきた文学の方が、ずっと大きく音を響かせていたのであった。

「ポスト・ソビエト」文学とは何か？

「ポスト・ソビエト文学」――これは決して年代的現象ではない。これに先行する文学全体、特にソビエト文学とは思想的な違いによって区別される。すべてがアンチソビエト的と言うことはできないが、ソビエト文学と対峙するものである。新しい文学の新しい特徴は、社会生活および国の運命における作家の役割の変化（低下）にある。作家は、思考の支配者やイデオロギーの創作者から、自分の意見を述べる個人に変化しているのである。

もし年代を述べるなら、一九九一年のソ連解体から始まっている。政変とクーデター（グラスノスチやペレストロイカの成果を帳消しにして、ソビエト時代の旧体制や古いノルマや法律に後戻りさせようとしたこと）が失敗に終わった後のことである。

ソ連は古いものと新しいものとの血にまみれた対立の中で崩壊し、ソ連に連なっていた複数の共和国が分離された。そこでは作家たちがまだ基本的にロシア語で書いて発表していたのだが、在住共和国の分離とともにロシア現代文学から切り離されてしまった。作家やテキストの巨大な層が離れてしまったのである。文化・文学の空間は分裂してしまったが、血縁は依然として続いており、分離独立した共和国の作家たちはロシアの読者のためにロシア語で書くことを続け、またロシアの読者たちも彼らを愛するのをやめなかった。しかし、公式的な関係は途絶えてしまった。「作家同盟」は分裂してしまった。

九〇年代、国家は出版に対する財政支援と国家機関を廃止した。そして文学は、少数の独占的出版社や傲慢不遜な分厚い文芸誌の温かく信頼できる懐から、自由な市場主義という厳しい生存競争に放り込まれてしまった。

ソ連の出版界の大物であった出版所のプログレス、ラドガ、フドージェストヴェンナヤ・リテラトゥーラ（文学）、ミールは、国家助成金がなくなり、新しい民間の出版社との競争を耐え抜くことができずに崩壊してしまった。民間の出版社は、目まぐるしく変わる経済状況や大衆の好みに、よりすばやく適切に適応していたのだった。文学は芸術から大きなビジネスへとあっという間に変わってしまった……。

伝統主義者たち（「土壌派」）は「民主主義者」（「自由主義者」）との「戦争」を始めた。「伝統主義者たち」はロシアの国民的思想に目を向け続け、ロシアの古典的な伝統との関係を継続した。「民主主義者」たちは全人類的価値（リベラリズム、「市民社会」）を重視した。

文学的成功は、国家や独占的出版社——かつて発行部数を強制的に計画し、その販売網でソ連の各都市や地方に本を普及させていた——によって定められるものではなくなり、市場との関係で定められるものとなった。今や、著者やその本が的を射ているかどうかに左右されるものとなったのだ。つまり、作品のテーマは国内の現代の諸問題や、読者の関心にマッチしていなければならなくなった。発行部数は、まさにこれに左右されるのである。

ここにはプラス面とマイナス面があった。マイナス面は、作家たちが政治的意図で用いられること、文学のレベルが低下すること、そして、過度に人工的に作り出された大衆的人気が、実力を伴った作家や作品を常に求めたわけではなかったことだ。（この数年間であまりにも多く設けられた文学賞が、明らかに実力のない作家たちを押し上げる梃子《てこ》になっている。）出版社は一般的に高い評価を得ているシリーズ物を発売するようになり、時にはひとりの人気作家のために複数のシリーズを打ち出して出版することもあるが、これは最大限に利益を得るという、ただひとつの目的のためだ。特にこの傾向は、推理小説や「ラブロマンス」に特徴的である。作者のランクを上げるための経歴のでっちあげや明らかな嘘八百が考え出されたり、文学的な「崇拝の対象」が人工的に作り出されたりすることもあり、そんなことが珍しくなくなったのである。

ポスト・ソビエト期の作家の役柄は様々である。特に政治および歴史小説での、いわゆる「預言者」（古典文学やソビエト時代の、真の「思想の統治者」とは混同されませんように！）から、いくつかの秘密の「鉱脈」を有している腕のいい文学者や、読み捨てられるもののためにいろいろなテキストの寄せ集めをするコピーライターに過ぎない者まで。

ソビエト時代には読者に本を薦め独自の考えを暗示していた文芸評論家は、事実上、影響力を失ってしまった。一方、文学自体が、かつてのイデオロギー的役割、教育的役割、とりわけ救世主的役割を失っている。

文学は娯楽の方向に変わり、大量消費の波が書籍市場を飲み込んでしまった。

しかしながら、文学全体が大衆的になってしまったわけではない。十分に大きな純文学の分野が出現している。そこでは、すでに述べたように、作者たちが、時にはひとつの作品において異なる「手段」やいろいろな手法を組み合わせたりして、異なる層――純文学と大衆文学――を自由に行き来している。また、基本的に新しくまだ十分に研究されていない現象――インターネット文学が発生し、独自の文学賞、作家および読者を伴い、文学的テキストの新しい形式を有している。可能な限りのあらゆる活動、ハプニング、パフォーマンスが、ますますポピュラーになっている。

九〇年代には、リアリズムが支配的地位を失った。それに代わったのは、欄外の位置にあり、六〇年代末から複数の作品にひそかに存在していたポストモダニズムであった。(このように、リアリズムが毛色の違うモダニズム的傾向にとって代わられた十九世紀末から二十世紀初めの状況が繰り返されたのは、文学潮流のサイクルを物語っている。)

リアリズムとポストモダニズムの他に、多くのその他の潮流が急激に発展し始めたが、それについては後で述べよう。ポスト・ソビエト期の文学は思想的価値を失い、一瞬で様々なサブカルチャー文学や潮流に細かく分かれ、一方ではサークルやサロンに分離し、一方では非常に多数の読者を得た。文学は、文芸に共通する基準による、一般に認識されている価値のヒエラルキーや才能の、単一のものではなくなった。「主流の文学やそのメインストリートについて語るのさえ困難である……ロシア文学にとって伝統的なピラミッド型の構造が、都会の複雑な建造物に取って代わられ、作家たちは、共通する読者ではなく、バラバラに分離する読者を対象として、おのおの道に分かれて進み出した。存在する特徴をひとつとって文学を分類することも不可能になった(純文学か大衆文学か、自由主義的か愛国主義的文学か、新しい文学か伝統的文学か)

……ステイタス（したがって、物書きの本の部数）が形作られる上で主要な役割を有しているのは、各種文学賞やコンクールの周りに集まっている文学グループである。研究者たちはこれを、「文学の虹」または「マルチ文学」と呼んでいる。文学をタイプ分けするには「『縦に』割るのはなく、水平方向の配置に変わり、その選択は作家や読者の個人的事情によるものとなっている。」（オリガ・アンドレーエヴァ、インターネットマガジン《サミズダート》、sovruslit）

それらすべてが一緒に、二十世紀末および二一世紀初めの十年におけるロシア（ポスト・ソビエト）文学を形成したのであった。この時代におけるこのような変化のベクトルは、時代の竜巻にともない、読者にも作家にとっても、そして研究者にとっても、それが気に入るかどうかを考えなければならなくなった……。

一言で述べると、ロシア文学は、恐ろしいまでの困難があったにもかかわらず、とにかく九〇年代を生き抜いた。捨てられた浮浪児が生き抜いているように。どうやって彼が成長したのかは、厳しい時期に彼に食事させたり、暖をとらせてやった者にさえよく分からない。文学評論家にとっても同じである。それゆえに、九〇年代のポスト・ソビエト文学の評価には、次のような正反対といえるほどの違いがあるのである。「素晴らしい十年間」（評論家アンドレイ・ネムゼル）、「文学のたそがれ」（評論家アーラ・ラトゥイニナ）。

結果は逆説的である。二一世紀初めにかけて危機に陥ったポスト・ソビエト文学は、その創造的可能性を広げたが、社会的影響度をかなり失ってしまった……。

文学の「ソラリス」

あらゆる文学は、それぞれの場所で完結している生態系のようだ。長編小説『惑星ソラリス』――日本の読者は、スタニスラフ・レムの長編小説をご存じなくても、アンドレイ・タルコフスキーによる映画をご存知だろう――における大海のようだ。大海、それは独自の未知の命を生きる、理知的な存在だ。

生きている文学の大海も、それ独自の、ほとんど知られていない、自立した、しかし理知的な命である。そこには水底流があり、島もある……潮流やジャンルである。時折、文学の大海は我々に幻影を送ってくる――それは我々のおぼろげな思いや願望である。それは、我々読者の無意識を映す鏡だ。幻影は、文学的潮流、文学作品、文学的崇拝の対象や文学周辺の出来事――特に、文学賞やその受賞者という形で我々に姿を見せる。惑星ソラリスの大海が、調査ステーションの人々に、彼らの隠された思いから作られた幻影を送ったのとまさに同じである……。

「我々には鏡が必要だ……我々は独自の、理想化された形象を見つけたい。それは我々の文明よりもさらに完成された文明を持った世界であるはずだ」と、長編小説『惑星ソラリス』の主人公は語った。

そうだ、読者は鏡を探している。そして文学の幻影は独自の命を生き、独立性を有し始めており、潜在的なリアリティーが現実的になりつつある。この、独自の法則に従って生きていた「大海」の地図――ポスト・ソビエト文学の図を描いてみよう。

何も考え出すことはしない。それは複数の文芸評論家が既に書いている。私は体系化を試み、数多くの原点から非常に矛盾する視点を集めて、まとめてみただけである。

ポスト・ソビエト文学の図

ポスト・ソビエト文学は、互いに否定しあうほどに全く異なる様々な考え方を説いている作家や、作家グループで構成されている。

〈純文学〉

1　ポストモダニズム

A　主流としてのコンセプチュアリズムは、ソッツアートとつながる（コンセプチュアリズムをポストモダニズムの初期の潮流として含める者もいる）。

B　ネオバロック

2　ネオモダニズム

リアリズムの伝統

古典的リアリズム

宗教的リアリズム

新自然主義

ネオセンチメンタリズム

ポストリアリズム（ネオセンチメタリズムと結合）

「新しい私小説的手法」

若い世代の「新しいリアリズム」

ネオリアリズム

メタリアリズム、時にシュールリアリズムが混入する。中間文学の範疇に入れられる作家もいるロシアの新しいドラマの、超自然主義

〈中間文学〉

二十世紀における女流小説の現象。二一世紀の「新しい女流小説」（ポスト・ソビエト文学の図では特異な位置を占める）。

純文学と大衆文学とのあいだの中間的な位置を占めている小説としての軽文学（一方では高尚な文学と、他方では大衆文学とつながっている。）

〈大衆文学〉

推理小説（様々なジャンル）、ときに軽文学に分類されるスリラー、戦記もの

ファンタジー文学（ファンタジー、アンチ・ユートピア、SF、社会的ファンタジー、神秘主義、恐怖小説など、時に軽文学やレベルの高い層とさえ合流する）

マジック・リアリズム（芸術的手法として様々なジャンルと結びつく。大衆文学には分類されないメタリアリズムと合流しうる）

ラブロマンス

グラマラス・ロマンス

政治小説

歴史小説または疑似歴史小説（ときに軽文学（軽い読み物）やファンタジー文学と合流する）

〈インターネット文学〉

では、今度は少し詳細に述べていこう。

ポストモダン文学はかつて論外とされていたのだが、九〇年代に、「流行の」「今日的な」ものとされた。

リアリズム文学は、その中にモダニズムやその他の潮流の特徴を取り込みながら変形している。軽文学は、新しいとされる「中間文学」を形成しつつ、大衆文学のしるしと優雅な文学作品をうまく組み合わせ、大衆文学は、その中に、ときに純文学の作家による質の高い作品や、ほとんど作家ではないようなへぼ文士の「キワモノ」も含んでいる。

なんという雑然としたモザイク……。つまり、ここには評価、価値や才能で測られるヒエラルキーが存在しないのである。

そしてもうひとつのポスト・ソビエト文学の特徴は、慣れ親しんだ叙述が段々削り取られていること、伝統的な散文および韻文のジャンル（長編小説、中編小説、短編小説、詩、韻文）が相互に浸潤していることであり、古典的なジャンルが、中間的なもの（ギンズブルグの言葉を借りると）やハイブリッドの混合物によって排除されていることである。こうしたことが、二十世紀から二一世紀の新しいポスト・ソビエト文学に特徴的なのである（ナタリヤ・イヴァノヴァ『ロシアの十字路』）。

複雑なものを簡潔に――ロシアのポストモダン文学

というわけで、九〇年代の間にロシアのポストモダン文学は、「流行の」「今日的なもの」というランクに移っている。

そのルーツはソビエト時代における地下サークルや個人宅での読書会、「サミズダート」において探すべきである。まさにそこでポストモダン文学的美学が形成され、新しい文学言語が作られていたのだ。八〇年代末、検閲が廃止された後、アンダーグラウンドの文学は合法的な地位を得た。自由と変革を渇望していたソビエトの人々のおぼろげな期待は、ジャンルや潮流どうしのすべての境界を否定する、ポストモダン文学の奇妙な妄想になって現れた。

ロシア文学は（ソビエト時代においてさえ）知識階級の精神世界の中心であった。その中では、人生における「永遠の」問題が提起されており、それゆえにロシア文学は社会における倫理感および世界観の「灯台」の役割を果たしていた。ソ連邦崩壊後、書籍出版が大きなビジネスに変貌したことに伴い、文学の「伝道者」的機能は死に、ソビエト体制に敵対していたロシアの才能ある物書きたちは、歓喜してポストモダン文学の美学に浸った。その美学の「ロシアの分家」が形成されたのだった。ロシアのポストモダン文学は、非常に博識な読者――テキストの中の皮肉に気づいたり、隠された暗号やほのめかしを解くことができる読者を対象としていた。そこは職人たちが知的ゲームをするフィールドであり、「芸術のための芸術」の舞台である。ポストモダン文学は、リアリズムの陳腐さにうんざりした者、高等教育を受けた人文学のエリートたちを対象にした。言葉や知性の実験や古典作品の皮肉を込めた新解釈のための、ある種の実験場であったのである。

ロシアのポストモダン文学の特徴は、消滅しつつあるモダニズムに対する反応ではなく、社会主義体制に対する反応であったことである。そしてモダニズムと並行して存在していた。

ロシアのポストモダン文学の源流には、ビートフ、ヴェネディクト・エロフェーエフ、サーシャ・ソコロフなどがいた。

ロシアのポストモダン文学の三段階

ロシアのポストモダン文学は、次の三つの発展段階を通ってきた。
[1] 形成期（六〇年代末―七〇年代）フルシチョフの「雪どけ」への幻滅に対する反応（テレッ、ビートフ、ヴェネディクト・エロフェーエフ、ネクラーソフ、ルビンシュテイン、サーシャ・ソコロフ、ヨシフ・

ブロツキー、ドミトリー・プリゴフなど）

［2］ロシアのポストモダン文学が文学の一潮流として確立した時期（七〇年代−八〇年代）。アンダーグラウンド、異なる思想の方法を経た、ポストモダン文学の自己確立。テキストとしての世界の認識（ポポフ、ヴィクトル・エロフェーエフ、サーシャ・ソコロフ、ソローキンの初期、ベルグなど）

［3］合法化の時期（八〇年代末−九〇年代）（チムール・キビロフ、ドゥルク、ヨシフ・ブロツキー、ドミトリー・プリゴフ、ガルコフスキー、ペトルシェフスカヤ、ウリツカヤ、トルスタヤ、ペレーヴィンなど）

ロシアのポストモダン文学は雑多である。個々の作品はそれぞれ全く似ていないが、以下の作品がポストモダン文学の散文作品に分類される。ビートフの『プーシキンの家』、ヴェネディクト・エロフェーエフの『酔いどれ列車、モスクワ発ペトゥシキ行き』、サーシャ・ソコロフの『馬鹿たちの学校』、トルスタヤの『クィシ』、ヴィクトル・エロフェーエフの『オウム』、『ロシア美人』、ポポフの『愛国者の魂またはフェルフィチキン宛のさまざまな書簡』、ソローキンの『青い脂』、『氷』、『道BRO』、ペレーヴィンの『宇宙飛行士オモン・ラー』、『虫の生活』、『チャパーエフと空虚』、『ジェネレーションP』、ガルコフスキーの『果てしない袋小路』、スラポフスキーの『真の画家』、『グローカヤ・クズドラ』、『私は私ではない』、アクーニンの『戴冠式』など。ロシアの詩においては、ポストモダン文学やその様々な潮流があらわれている作品がある。プリゴフ、キビロフ、ネクラーソフ、ルビンシュテインなどである。

理論的な議論は省こう。六〇年代末−七〇年代初めに西側諸国で発生した、文学、芸術、思想における運動の一つとしてのポストモダニズム文学については、数百という論文が書かれている。「『シミュラクラ現象』のハイパーリアリティーについて」とか、「世界の、引用や迂言法や文学言語などの無秩序な捏造からなる、巨大な多くのレベルを持つテキストへの変貌について」とか、「ポストモダン文学の特徴について」など多数の論文が書かれているのだ。ここでは、ロシアのポストモダン文学がいくらかの国民性、純粋にロシア的な特徴を有していたことだけに注目しよう。[1]

ロシアのポストモダン文学には、コンセプチュアリズム（ポストモダン文学の主流とされている）もソッツアートも含まれており、それはコンセプチュアリズムとひとつになっているのだが、完全にそうなっているのではない。

二十世紀ロシア文学におけるコンセプチュアリズム（ソッツアート）

コンセプチュアリズム（ソッツアート）とは、初めは一九七〇年代から一九九〇年代初頭にかけてのロシアの詩文学における形式の一潮流であった。ペレストロイカまでの時期において、それはアヴァンギャルド――芸術や文学における「地下の」、非公式的現象だった。一九八〇年代後半から、コンセプチュアリズムは「地下室」から飛び出した。作家には、ドミトリー・プリゴフ、チムール・キビロフ、イーゴリ・イルテニエフなどがいる。

コンセプチュアリズムは最初、西側諸国で産声を上げた。

しかしながら、コンセプチュアリズム的芸術が爆発的に発展したのはソビエトの土壌ゆえであった。ロシアにおいて美術から文学に広がったのだが、それは「全体主義国家のイデオロギーの型にはまったゲームの芸術として」（オリガ・アンドレーエヴァ）のソッツアートであった。コンセプチュアリズムとソッツアートとの間に明確な境界線を引くのは不可能である（たとえば、例のプリゴフの詩はソッツアートとされるが、コンセプチュアリズムとも捉えられる）。しかしソッツアートは破壊的であり、ソビエトの全体主義を滅亡させている。

「ソッツアート」という言葉の発生の歴史も興味深い。「ソッツアート」は当初、半官的「社会主義リアリズム」や国家のイデオロギーに対する反応やパロディーとして、ソ連の非公式的な芸術において発生したのであった。「ソッツアート sots-art」は「ポップ・アート」からの連想で、一九七二年に画家のコーマルおよびメラミドによって考え出された（彼ら自身が確言しているところでは、その言葉は、雪に埋もれたモスクワ郊外の公民館で、ウオトカで暖まりながら、夏のピオネールキャンプのための準備をしていた時に「作られた」という。その日、その言葉を感嘆符とともに、安物の赤いサテンの布に、誰もが知っているスローガンのスタイルで、歯磨き粉を糊で溶いて書いたという。「ソッツアート」という言葉は一息で発音されたが、書くときには、ソビエトの書籍でモダニズムの批判とともに用いられた「ポップ・アート」や「オプ・アート」などのように書かれた。この言葉は、すぐに定着し、「国民に広まった」）。

ロシアのソッツアートの主要な手法となったのは、全体主義的皮肉である。社会主義リアリズムのお馴染みの決まり文句の下の、性質の悪い皮肉。この際、決まり文句はナンセンスにもなっていた。そのような作品に特徴的なのは、「ポスターのような派手さ」（ソビエト時代のイデオロギー的ポスターに使用されていた言葉）であった。作家たちは主に実情を描いていたのではなく、その実情の不格好な社会主義リアリズム的な姿を描いていた。例えば、ソビエト文学の「肯定的な」典型的主人公、人間的な弱さがない不屈の主人公を。ロシアのコンセプチュアリズム（ソッツアート）のメンバーは革命のロマンチシズムや「永遠の」美の理想などをパロディー化していた（イルテネフ、プリゴフ）。

1　大衆文学とエリートの文学の複数の要素の混合、主人公たちが、リアルな世界と空想の中のリアルさという並行して存在する世界に存在していること、エキゾチックなキャラクターとパラドックスを含むストーリー、ごまかし、「汚い」語彙の使用、夥しい引用など。

文学においてソッツアートの手法は上手に改良され、そして今も改良され続けている。この潮流の詩は外国語に翻訳されると理解されがたいので、散文に範囲を絞ろう。ポストモダン文学の作家として崇拝されているソローキンの作品をいくつか例にとる。

長編小説『ノルマ』（一九七九年）を取り上げよう。『ノルマ』は女性の名ではなく、テキストを集めたものであり、そこで著者は「ノルマ」の概念を用いて皮肉な言葉遊びをしている。テキストはソビエトの生活を描いている。市民には毎日、同じ分量で同じ食べ物が与えられており、それが「ノルマ」と呼ばれている（これは人間の糞尿から作られている）。「糞のノルマ」の形象は、この小説の文脈で、社会のあらゆる層に必須でありイデオロギー的な「脳の洗浄」のメタファーとして捉えることが可能であるが、だからと言って語りの不快さが減るものではない。モラルとは、ソビエトの人々にはお馴染みの、この食糞の手順が儀式となったものであり、そこからの逸脱は厳しく罰せられるのだ。

長編小説『マリーナの三〇回目の恋愛』（一九八二―一九八四）は、企業小説のような女性の物語である。「集団の慈善的影響」のおかげで、個人主義者でありエゴイストのレズビアンで宗教や反体制運動に傾倒する女性が、「健全な」生産グループの主要メンバーになっていく。集団生活に溶け込むことは、社会主義にあっては一種の美徳だったのである。

長編小説『青い脂』（一九九九年）は幻想的長編小説であり、もっとも大きな、スキャンダラスとも言える反響をよんだ。登場人物として、ソビエトの神話の原型の人物たちであるスターリン、フルシチョフ、ヒトラーや、ロシアの文化や文学の崇拝されているシンボルであるアフマートヴァ、ブロツキーなども出てくる。この小説のストーリーでは、ある偉大なテキストを書いたロシアの古典文学者たちのクローンが蘇生する前に、物質＝「青い脂」を出す。これは、純粋な形での創造性、独創性である。それから権力者側と、とある秘密結社と、そして現実世界と並行する未来の社会との間で、「脂」の争奪戦が続く。登場人物＝シンボルたちは性的関係を結ぶ。奇跡を起こす物質の争奪戦は、伝統的な神話の典型的なストーリーに入る。ソローキンは、互いに惹きつけあい、互いに浸透しあう古風な関係を、有名な人物のポルノ的ストーリーにまで引きずり落とす。同時に、歴史的遺産や精神分析を笑い物にしている。

しかし、ソローキンのコンセプチュアリズム的およびソッツアート的な作品の列挙はもうやめよう。普通の読者にはそれほどおもしろくないだろうし、専門家には知られていることだから。というわけで、最も特色豊かかつショッキングな短編集『饗宴』を取り上げよう。

『饗宴』は十二本の小説からなる。舞台となっているのは過去、現在、未来の多くの国々である。この本の構想は、この作家がロシア語を教えるために赴任した先の日本で、全く独特な食文化に遭遇した後に生まれた（それは日本文化に対する、とても風変わりな反応だと指摘したい！）。全体として、食のシンボルが、巨大で多くの方言を有し、同時に普遍的でもある人間のコミュニケーション言語として現われている。作者は、自然に、広い意味での消費（食べること）について、より広範なイメージを生みだしているのだ。人間を「食べること」についても（小説『ナースチャ』）。

おそらく、作者にはこの作品集全体、特に『ナースチャ』――この作品では女の子が十六歳の誕生日にかまどで焼かれて親しい人々に食べられる――を書く際に、レベルの高い文学的構想があったのだろう。（中編『ナースチャ』は、批評家たちの考えによれば、ニキータ・ミハルコフの映画『機械仕掛けのピアノのための未完成の戯曲』のベースになったチェーホフの『題名のない戯曲』を、ある部分、パロディー化しているという）。しかし、このような種類の文学をどう受け止めればよいのだろうか。一般のロシア人読者――ポストモダニズム文学の洗練された崇拝者ではなく、そのような作品にある種の嫌悪感を抱く読者の反応は、以下の通りだ。

これほど恐ろしいものは、これまで読んだことがない。『ナースチャ』は別種だ。不快、恐怖……それだけ。ただもう愚かで暗い、クソだ。これが文学だろうか？　そして、ご存知だろうか、この本は、「二七歳になるまでに読まなければならない本二七冊」に入っているのだ。現代に、少女たちがその親たちに焼かれて食べられるのを読むとは。こんなものを二七歳になるまでに知らなければならないのだろうか。二七歳までに、文学に幻滅する必要があるのだろうか。主人公たちはすべて躁病患者の寄り合いであり、精神病院から逃げ出してきたようだ。彼らには独自の社会や決まりごとがある……ああ、これでは何について語れるというのだ……。

「冷たいナイフが、白いバターに入るように恥骨に入った。張り付いた細い毛が震え、半分透き通った皮膚の従順さ、軽く開き、時折しずくが流れ出る陰唇が罪なく微笑む。

司祭は焼けた頭の目にスプーンを突き刺し、思い切って捻った。ナースチャの目がスプーンの上に乗っていた。瞳孔は白色だったが、緑がかった虹彩はそのままだった。司祭は目玉に少し塩と胡椒をかけ、レモンを絞って、口に入れた。」

この本はいったい何なのだ……。

「身をかがめ、服のすそを持ち上げ、パンタロンを脱いで、用を足す為にしゃがむと、おならの音が切れ切れに響いた。「まあ、何て私は大食漢なんでしょう」と彼女はうめいた。」

つまり、これは嫌悪の対象ですらない。全くいかさない。醜悪である。時間を無駄にしないで、読まないでください。

（http://www.livelib.ru/book/1000192974/reviews）

郵便はがき

232-0063

郵送の場合は切手を貼って下さい。

横浜市南区中里1―9―31―3B

群像社 読者係 行

＊お買い上げいただき誠にありがとうございます。今後の出版の参考にさせていただきますので、裏面の読者カードにご記入のうえ小社宛お送り下さい。同じ内容をメールで送っていただいてもかまいません（info@gunzosha.com）。お送りいただいた方にはロシア文化通信「群」の見本紙をお送りします。またご希望の本を購入申込書にご記入していただければ小社より直接お送りいたします。代金と送料（一冊240円から最大660円）は商品到着後に同封の振替用紙で郵便局からお振り込み下さい。

ホームページでも刊行案内を掲載しています。

http://gunzosha.com

購入の申込みも簡単にできますのでご利用ください。

群像社　読者カード

●本書の書名（ロシア文化通信「群」の場合は号数）

●本書を何で（どこで）お知りになりましたか。

1 書店　2 新聞の読書欄　3 雑誌の読書欄　4 インターネット
5 人にすすめられて　6 小社の広告・ホームページ　7 その他

●この本（号）についてのご感想、今後のご希望（小社への連絡事項）

小社の通信、ホームページ等でご紹介させていただく場合がありますのでいずれかに◯をつけてください。（掲載時には匿名に する・しない）

お名前《ふりがな》

ご住所
（郵便番号）

電話番号
（Eメール）

購入申込書

書　　名	部数

ネオバロック

何人かのロシアのポストモダン文学の作家たちは、純粋なコンセプチュアリズムの枠に収まりきらない。特に、アンドレイ・ビートフ、サーシャ・ソコロフ、タチヤーナ・トルスタヤ、ウラジーミル・シャロフ、リュドミーラ・ペトルシェフスカヤ、ヴィクトル・エロフェーエフなどの作家たち、そしてヴィクトル・ペレーヴィンがそうである。数名の文学研究者たちの考えによれば、彼らがロシアのポストモダン文学におけるいくつかの異なる傾向を形成しているのは明らかだという。ネオバロック。あるいは、同じ作家たちがコンセプチュアリズムに属したり、ネオバロックの潮流に属したりしている。

ネオバロックの特徴はどこにあるか。ポストモダン文学の他の潮流とどこが違うのだろうか？

例えば、オリガ・アンドレーエヴァは、ネオバロックの次のような特徴を強調している。

——同じエレメントの繰り返し。それによって、新しい意味を生み出す、途切れるリズムが発生する（『モスクワ発ペトゥシキ行き』や『プーシキンの家』、ルビンシュテインやキビロフの詩作のシステム）

——余剰の美学。例えば、ウラジーミル・シャロフの複数の長編小説において、非常に日常的な出来事が宇宙的で神話的なものの影響を受けている。ブロツキーの「長い一行」の過剰性、タチヤーナ・トルスタヤの文体におけるメタファーの過剰、詳細なものの過剰（サーシャ・ソコロフとタチヤーナ・トルスタヤ、ヨシフ・ブロツキーとレフ・ルビンシュテイン）

——混乱状態の幻想（レフ・ルビンシュテイン）、ひとつの統一されたメタテキストにおいて様々なテキストを繋げる断続性（エロフェーエフの『モスクワ発ペトゥシキ行き』、サーシャ・ソコロフの『馬鹿たちの学校』、『犬と狼のあいだ』、ビートフの『プーシキンの家』、ペレーヴィンの『チャパーエフと空虚』

ほか多数)。
——空虚と不在のモチーフ、特にブロッキーに。

コンセプチュアリズムとネオバロックは、多くの点において互いに矛盾しあっている。コンセプチュアリズムはハルムス[1]の伝統に心ひかれている。ネオバロックはウラジーミル・ナボコフの優雅な美学に心酔している。ひと言で述べると、コンセプチュアリズムはアヴァンギャルドに近い。ネオバロックは「高度な」モダニズムに近い。しかし、これら二つは同じメダルの表と裏だ。

主にネオバロックを代表するのは、ペレーヴィン、後期のソローキン、ヴィクトル・エロフェーエフ、ヴェネディクト・エロフェーエフ、ピエツーフ、ガンドレフスキー、スラポフスキー、トルスタヤなどである。

例として、ロシアのポストモダニズム文学の第二の旗手、ヴィクトル・ペレーヴィンの作品を挙げよう。ペレーヴィンは、コンセプチュアリズムの作家としても、ソッツアートの一員としても、そして伝統的な風刺作家としてさえ捉えられている。作家自身は、「ターボ・リアリズム」という称号を自分のために考案した。彼は彼自身の「本質」をそのように表現したのだ。ある種のプログラムのようなものを作ることでメッセージを集め、書きたいように書いている。しかしながら、鮮やかな文体の美しさと優雅なメタファー、過剰の美学、空虚のモチーフ、そしてテキストにおける幻想的要素のため、ペレーヴィンは何よりネオバロックの作家だとされているのである。

彼の処女作『宇宙飛行士オモン・ラー』(一九九二年)に目を向けよう。すると、幻想性が何より明らかなペレーヴィンの特徴だと分かる。これは現実世界と並行していたり、あるいは現実世界に時間的に繋がっているパラレルワールドを描いたファンタジーではない。ペレーヴィンはソ連時代の現実世界を描いて見せているのだが、その現実に彼の想像によって生まれたシチュエーションを投影しているのである。結果として我々は、非論理的明快さと幻想の歪曲を受け取ることになるのである。非論理的軽快さと幻想の歪曲は双方とも眠っているときに見る夢につきものだ。中編小説『宇宙飛行士オモン・ラー』におけるこのような幻想的要素は仮説であり、すべての宇宙飛行や月面歩行、宇宙遊泳は模造品にすぎない。宇宙での成功はすべてイミテーションなのだ。しかしイリュージョンが現実のものであり、偉大きわまりない成功であったなら、「社会主義の発展」のような意味が不明瞭なものについて何を語ればよいのだ？　ペレーヴィンは社会主義についての神話の正体を暴きたかったのだ。そして真っ当な形で、社会主義の実際の成果を、ソッツアートの様式に従い裏返しにすることで「からかっている」のである。また作者は、本当の出来事から作られた多くのソビエトのプロパガンダ神話を、例えば第二次世界大戦時のロシア人兵士や飛行士の活躍をぶちこわしている。

さらに『宇宙飛行士オモン・ラー』は、幻想的なものでなかったとすれば、ソッツアートの文学に分類されてもよかったかもしれない。偉大なユートピアを現実にするのが不可能なことは、常に幻想の世界を創造

1　オベリウ（リアルな芸術の結社――一九二七年から一九三〇年代初めにレニングラードに存在した作家や文化人のグループ）の一員。オベリウのメンバーは芸術の伝統的形式の拒否と現実の表現方法の刷新の必要性を宣言し、グロテスクや非論理的手法、ナンセンスの詩学を支持していた。

政治的革命と並んで芸術における革命を遂行しようという希求において、オベリウのメンバーたちは未来派の芸術家（特にフレーブニコフ）の影響を受けていた。現実とそれに対する影響を描くための彼らの方法は、ナンセンスの芸術であり、韻文作品におけるロジックや一般的な暦法の撤廃、独自にリアリスティックな複数の作品の部分部分を不自然に対置するものであった。ハルムスの戯曲において、場面は万華鏡のようであり、会話における言い返しにいたるまで細分化されている。登場人物は、マリオネットのように、人々の多種多様性やその存在の貧しさを反映することに徹している。

することにつながる。ペレーヴィンの中編小説は、スリラーと風刺的ファンタジーとグロテスクの要素をひとつの作品の中でまとめているのである。ソッツアートから残されたのは、社会主義リアリズム文化の思想、スローガン、コンセプトをうまく利用することであった。

一九九九年、ペレーヴィンの代表作である長編小説『チャパーエフと空虚』が世に出された。「これは、絶対的空虚が舞台の、世界文学史上初の長編小説です」と、この作品について作者自身が語っている。実際に、舞台は一九一九年、内戦時の伝説的な師団長ワシーリー・チャパーエフの師団内である。主人公は、デカダン派の詩人であるピョートル・プストタ（ここですでにファンタジーだ！）で、コミッサール（政治将校。赤軍が軍隊を統制する為に各部隊に派遣した将校のこと）として勤務している。舞台は、ペレーヴィンの作品にいつもあるように、現代にも移り、仮想の世界でも展開し、主人公はカワバタやシュワルツネッガーや「何でもないただのマリヤ」と出会う。ピョートル・プストタは、自分の団長や教師のもとで空虚への献詞のプロセスを受けているが、教師はソビエトの作家フルマノフの長編小説の登場人物チャパーエフよりも、魔法使いのカルロス・カスタネダに似ている。思考が赤い糸となって進むが、革命についての話はすべて、歪曲と嘘である。実際、革命を作ったのは魔法使いと催眠術師なのだ。時折、デカダン派文学者、今はコミッサールのペーチャに精神病院の夢が訪れ、その中の人物や患者たちは自分たちが九〇年代のロシアに生きていると確信している。ペーチャと同じ病棟にいる三人の病人の病歴（精神錯乱の歴史）が現代の大衆文化のおなじみのパターンに基づいて書かれているのである。結果、プストタは内モンゴルに出発しようとしているが、そこにも空虚がある。ペーチャは自分の世界に耽溺する。

文芸批評家たちは仏教的モチーフのほかにペレーヴィンの不条理主義への傾倒を指摘した。また、彼の創作活動における秘儀や風刺的ＳＦの影響も言及されている。（この本は、特に教養のある読者には面白いだろう。ペレーヴィンは神秘主義や東洋思想に傾倒しており、魔法について勉強していた。かつて、彼は編集者としてカスタネダの三巻本の出版を準備していたのである。）『チャパーエフと空虚』は、初めての小乗仏教的な長編小説と称されている。（ペレーヴィンの本は、日本語や中国語を含む、世界の主要な言語に翻訳されている。サイト「OpenSpace.ru」での二〇〇九年のアンケートの結果、ペレーヴィンは最も影響力のある知識人に選ばれた。彼の長編小説『ジェネレーションP』は、一九九九年にボリシャヤ・クニーガ賞を受賞した。）

物語の幻想性、惑わせる複雑さ、そして神話的要素は、作者の「成熟」にともなって増大している。彼の長編小説のストーリーは、分かりやすく伝えるのが困難なことも多々あり、プロの評論家たちによる解説（自分たちの意見を入れたもの）を前もって読まなければ、理解することさえ困難だ。それでも、ペレーヴィンはロシアの読者に（大衆にさえ）、ソローキンよりもはるかに良く受容されている（一般には一九九三年の『虫の生活』や二〇〇五年の『恐怖の兜』、二〇一一年の『妖怪の聖典』、二〇一三年の『バットマン・アポロ』も人気がある）。つまり、総じてペレーヴィンの数多くの本は歓声をもって迎えられており、反響もほとんどが大変好意的である。

例えば『バットマン・アポロ』に対するインターネットでの反応は、次の通りだ。

私が思うに、ペレーヴィンの本の大多数と同様、この本はすばらしい。確かにいろいろな思考があり、それらは現代の大多数の病的な書きたがり屋とは違って面白い。ペレーヴィンが繰り返していることは、十年前に気づくことが出来たのだろうが、人生の意味や「永遠」、「人間」の認識についての議論や、「生」そのものを空虚で無意味なものと呼ぶことができるだろうか？『チャパーエフと空虚』にあったような何

かを、世界の宗教は語っている。『チャパーエフと空虚』が非常に良い本だということは、誰も反論しないだろう。私個人は、この長編小説が大変気に入った。現代の散文作品のファンではなく、トルストイとドストエフスキー、アガサ・クリスティーとハリー・ポッターを同じように読み返している私であるが、文学の多様性の中においても、ペレーヴィンは良いと思われる。

（www.labirint.ru/reviews/goods/378398/）

二十世紀と二一世紀の端境期にロシアではポストモダン文学が危機的段階に入り、だんだんとポストモダニズムの座標システムに収まらなくなっていった。ポストモダニズムの作品が大衆文学の手法やジャンルを用い、大衆文学との切れ目が無くなっているのだ。

ポストモダン文学と平行して、ポスト・ソビエト文学にはネオモダニズムが存在している。この潮流は、第一次世界大戦の狂気が最高潮に達した一九一〇年代半ばに発生した。第二次世界大戦が幻滅と苦悩を深めた。公理はこうだ——人間は世界の圧力に耐えられないとネオ人間になる。まさにこのような時期だからこそアヴァンギャルドの芸術潮流が発生するのだが、その本質は世界とそこにいる人間についてのペシミスティックな思想である。

「ダダイズム——世界は意味のない無分別。表現主義——敵意ある世界における疎外感を抱いた人間。構成主義——工業的勢力から疎外感を抱いた環境にある人間。シュールリアリズム——秘密の、そして認識されない世界において茫然自失した人間。実存主義——ナンセンスの世界における孤独な人間。「意識の流れ」の文学——リアリティーを伴わない、個人の精神世界。新抽象主義——色彩に描き留められた意識の流れ」

（オリガ・アンドレーエヴァ）

ネオモダニズムの例としては、パーヴェル・クルサノフの『天使に噛まれて』を挙げることができるだろう。そこには、「銀の時代」の思想、人物、サークルへの飛躍がある。作品中で、その時代の有名な思想家であるソロヴィヨフ（『三つの会話』のうちの中編『アンチ・キリストについての短い物語』）が引用され、ドストエフスキー（『悪霊』、『白痴』、『カラマーゾフの兄弟』）、ゴーゴリ、ベールイ、思想サークル「アルグス・パヴリン」などの引喩がある（クルサノフや「マジック・リアリズム」の手法については、ファンタジー文学の項で詳しく述べる）。

クルサノフの他にネオモダニズムに属するのは、トルスタヤ、リプスケロフである。

ここで、ロシアのポストモダニズム文学の最も込み入った歴史への旅を終えようと思う。まして、この潮流の作家の中には、「ポストモダニズム作家」であることを意識していない者もいる。繰り返すが、作家は、自分がどの潮流で創作活動をしているかを特に考えずに書いているのだ。しかし後に批評家が来て、ラベルを貼るのである。ドミトリー・ガルコフスキーのケースがそれをよく示している。文学研究者が、彼を新しい世代のポストモダニズム作家の中で最も注目すべき人物と考えている。（ガルコフスキーの作品『終わりなき袋小路』は、一九八八年に執筆されたが、初めて正式に発表されたのは二十年後の二〇〇八年だった。）

この、ほとんどアネクドートのような話の要旨は、こうだ。ガルコフスキーはポストモダニズムに意識的に入って来たのではなく、ポストモダニズムを意識することさえなかったのだ——彼の持つ個性のおかげで（「思想家タイプ」と彼は自分自身について語っている）。ガルコフスキーは自分の思索を引用文で表している。実際、彼の作品は『「終わりなき袋小路」への注釈』という題名で、短い本文と、それについての九四九の注釈、という構成だ。「注釈」の大きさは、格言ほどの短いものから小論文サイズまで様々だ。また、

『終わりなき袋小路』は、作品集ではなく、あるストーリーと意味の一貫性を有するひとつの作品なのである。

「今、ポストモダニズムと私との関連が話題になっているが、いかなるポストモダニズムもない。私はその言葉の意味が理解できない」とガルコフスキー自身が怒りをこめて書いている（ガルコフスキー『終わりなき袋小路』序文、モスクワ、サミズダート出版社、一九九七年）。

ロシアのポストモダニズムの作家たちがポストモダニズムの潮流を多分に自分たちのものとしたと述べたが、それに対しガルコフスキーはポストモダニズムを全く独自に「考案した」のだ。なぜなら彼はアンダーグラウンドの作家たちには知り合いが全くおらず、そのためにポストモダニズムがいかなるものか、理解することもなかったのだから。

総括しよう。一般的な読者にとっての近寄りがたさと思想的な「はっきりしないもの」のすべてや無意味な言語をともなったロシアのポストモダニズムは、ソ連時代の社会主義リアリズムの、最良の代替物ではなかった。ソビエト文学の財産から何が永遠になくなってしまったのか、そして何が後継者となったのか？

二十世紀末から二一世紀初めのロシアのリアリズムについてお話しする順番が来た。

ポスト・ソビエト文学におけるリアリズム

我々には、十九世紀の偉大な古典的（現在、社会的・分析的と称されている）リアリズムがあった。我々にはプーシキン、レールモントフ、トルストイ、ゴーゴリ、チェーホフ、ゴンチャロフ、ツルゲーネフ、ドストエフスキー、ブーニン、クプリーンがいた。それから、マヤコフスキー、ゴーリキーにショーロホフ、パステルナーク、シュクシーンその他の偉大な人々も（彼らがリアリズムの代表者として活動していた作品において）。ソビエト時代にも、偉大なリアリズムの作家たちが存在し、その作品はあらゆる「イズム」の枠を超えていた。トリーフォノフやイスカンデールなど……。

わが国の知識階級が苦悩の中で得た、独自の悲劇的な人生経験があり、ロシアのリアリスティックな芸術文化の伝統があった。

二十世紀、我々には社会主義リアリズム――ソビエト体制の産物があったが、これは世界に少なからぬ数の素晴らしい作家と作品を贈り、共産主義思想とともに破綻した。ポスト・ソビエト時代の初め、社会主義リアリズムは二十世紀芸術におけるアウトサイダーであるかのように考えられていた。今日、この潮流への関心はぐっと高まっている。社会主義リアリズムの時代の絵画は「サザビーズ」や「クリスティーズ」のオークションに出品され、世界中の有名な美術館や収集家が競って購入している。文学においても、社会主義リアリズムの伝統に対する関心が見られ、いくつかの新しい潮流は、その思想的基礎や芸術手法を部分的に模倣している。

……社会主義リアリズムの破綻から、少なからぬ年月がたった。しかしながら、社会主義リアリズムの後、それに代わって、リアリスティックなロシア文学の枠には今日まで、社会主義リアリズムに匹敵する力強さで世界的に認知される新しい芸術潮流は発生していない。ひとつとして、本当に偉大な作品は生まれていないのだ。近年や最近のロシア文学の一部は、リアリズムの伝統の枠内で生き続け（ポストモダニズム文学とは違って）、現代の非常に鋭い問題――革命、内戦、大祖国戦争、個人間の相互関係や二〇年代ｰ七〇年代の国家の問題を提起したのだが。ソルジェニーツィンの『赤い車輪』、マクシモフの『深淵を覗く』（一九八六年）、アクショーノフ『火傷』（一九七六、一九八〇年）、アスータフィエフの『呪わしく、衰えたもの』（一九九五年)、ヴラジーモフの『将軍とその軍隊』(一九九七年)など。

国民的・歴史的問題点も、ポスト・ソビエトのリアリズム文学で広く提起された。それは、アフガニスタンでの「国際的責務の遂行」、一九九一年の「八月クーデター」、一九九三年の「反乱を起こした議会」、カフカスでの「反テロ作戦」、そして戦争における現代人の運命である。(エルマコフの『獣の印』(二〇〇〇年)、プロハノフの『チェチェンのブルース』(二〇〇一年)、『深夜に向かう者たち』(二〇〇一年)、『サイクロナイト氏』(二〇〇一年)、ハンドゥシの『戦争泥棒』(一九九一年)、エキモフの『冷たい水のそばで』(一九九六年)、『屋根の上の子猫』(一九九六年)、マカニンの『カフカスの捕虜』(一九九五年)、イワノフの『アナテマ――クーデターの記録』(一九九五年)、コリエフ『チェチェンの罠』(一九九七年)、ポリカルポフ『ロシアの百人隊』(二〇〇七年)など)。

過ぎ去ったソビエトの意味づけ、リアリティーとバーチャル、自由民主文明の批評……。

しかし、例によって、大騒ぎされるのは狭い範囲、つまりテーマが新しい間だけであり、その後、読者の関心は薄れた。そうしたテーマで執筆した著者たちは永遠に残るだろうか? おそらくそれはないだろう。テーマが今日的でも、決して全人類に共通するものではない。ロシア内の「例」は国外の読者には分かりづらく、そのため、全世界的および永遠に認知されることは不可能なのである。独特なロシアの「メニュー」……。ここに、どんな時代であっても、そして世界のどこにとっても今日的な、不死のロシア古典文学のリアリズムや、また文学史において大きな存在感があった社会主義リアリズム――実に様々な批判が浴びせられたが――とポスト・ソビエトのリアリズム文学との違いがあるのである。

ロシア文学における、社会主義リアリズムから今日の状況への移行期の歴史を短く述べることは、寄せ集めのパッチワークの毛布に似て、非常に奇妙である。

「純粋な形」での社会主義リアリズムは、共産主義思想の危機とともにロシア文化から姿を消してしまった。形成された空虚を埋め始めたのは、新しい芸術的潮流だった。

ポスト・社会主義リアリズムの最も目を引く潮流は、社会主義破綻後の最初の十年間では、以下のものであった。国民主義・ボリシェヴィズム文学、社会主義リベラリズム、ルンペンインテリ文学、ルンペン農民文学（「農民作家」）、新自然主義、収容所文学、新亡命文学などである（ユーリー・ボレフ[1]による語彙）。

〈国民主義・ボリシェヴィズム文学〉

これは社会主義リアリズムの最新の変種である。国家的・愛国主義的な形式で作品が描かれている。例えば、プロハノフ。最もよく知られているジャンルは、政治ロマンである。現在も活発に創作されている。政治ロマンには「大衆文学」の項目でより詳細に触れる。

〈社会主義リベラリズム〉

社会的リベラリズムは、人間の顔をした社会主義思想であった。七〇年代に社会主義リアリズムの危機の

1　リアリズムの「亜種」の分類は、他にもいくつか存在し、例えばオリガ・アンドレーエヴァによるものは以下の通り。古典的リアリズム（ソルジェニーツィン、ラスプーチン、アスターフィエフ）、精神的リアリズム（ヴラジーモフ、ヴァルラモフ）、抽象的リアリズム、シュールレアリズム（マムレーエフ、ペトルシェフスカヤ、サナエフ）、ポストリアリズム（マカニン、ウリツカヤ）、ネオリアリズム（プリレピン、センチン）、ネオセンチメンタリズム（コリヤダ、グリシュコヴェツ、ヴィルパエフ）。主なテーマと問題は、ロシアの運命、人間の個性、「大衆」と個人、テキストとしての世界、経験的リアリティーとバーチャル、生活の創造および改造、ソビエト時代の解釈、自由民主的文明の批判である。（オリガ・V・アンドレーエヴァ、インターネットマガジン《サミズダート》の「ソビエト・ロシア文学」より）

到来にともない、何人かの作家たちが粗野な社会主義に「メイキャップ」を施そうと試みた。シャトロフの戯曲はそのような意図で書かれ、我が国の歴史に当時の自由主義的解釈をもたらした。ロゾフの戯曲も社会主義的リベラリズムおよび「人間の顔をした社会主義」リアリズムに基づいて書かれている。社会主義リアリズムは、その根底にあった思想の虚偽性のため、発展しなかった。しかしながら、ソ連における人間の個性への敬意を発展させるために、一定の肯定的役割を果たしたのだった。

〈ルンペンインテリ文学〉

社会主義リアリズムに代わってやってきたロシア文学のもうひとつの潮流は、いわゆるルンペンインテリ文学である。ルンペンのインテリとは、教養はあるが世界に対する哲学的視点を持たず、個人的責任を感じず、彼の「自由に」思考する能力というのは、要するに、不満を用心深く表現することであった。例えば、ローシチンの散文作品がそうである。ルンペンのインテリは、本当の戦士になることができないのだ。この潮流は発展しなかった。

〈ルンペン農民文学（「農村派」）〉

六〇年代末から八〇年代まで、文学において農村派の散文が発展した。ロシア文学の興味深い潮流である。中心的なテーマは現代の農村であり、主人公は財産を失った農民である。「農村派」作家には、批評家、出版者、翻訳者たちが拍手を送った。この文学は、大変発展した（ヴァシーリイ・ベローフ『いつもの仕事』（一九六六年）、ラスプーチン『生きよ、そして記憶せよ』（一九七四年）、『マチョーラとの別れ』（一九七六年）、アスタフィエフやその他の作家による作品ほか）。「農村派」作家は、二〇年代の強制的集団化を最初に糾弾したのだった。彼らのもとで、社会的色調と芸術的新機軸（民衆の話し言葉の新しい層、新しい性格、高い伝統的道徳）が組み合わされた。しかしながら、農村派の思想は、危機に瀕した。農村派作家たちが都市文化を否定するようになったのである。この文学潮流の思想に従うなら、農民は民衆の唯一でまことの代表者であり、理想の体現者であり、農村は国の再生の基礎である。しかし無資産の貧乏人はルンペンの農民であり、自国の人々に食べ物をもたらす能力がなく、理想にはなりえない。また、偉大なる文学の主人公にもなれない。まさに、ここにロシア農村派文学の危機の原因があるのだ。

〈自然主義〉

検閲の廃止、民主化へのプロセスがリアリズムの発展を促進したが、リアリズム作品は時々、自然主義的形式で書かれていることもあった。アスタフィエフの中編小説『呪わしく衰えたもの』（一九九〇―一九九四年）、ノソフの『チョーパ』（二〇〇〇年）、『小鳥に餌をやれ』（二〇一一年）、『落とされた小さな輪』（二〇〇五年）、ベローフの『魂は不死』（二〇〇七年）、イスカンデールの『チェゲムのサンドロおじさん』（一九六六年）、エキモフの『ピノチェト』（一九九九年）、アナトーリイ・キムの『父なる森』（二〇一二年）、カレージンの『建設大隊』（二〇〇二年）、ヴラジーモフの『将軍とその軍隊』（一九九七年）、エルマコフの『獣の印』（一九九二年）、プロハノフの『カブールの中心の木』（一九八二年）、『チェチェンのブルース』（二〇〇一年）、『深夜に進む者たち』（二〇〇一年）、『サイクロナイト氏』（二〇〇二年）が、自然主義の作品と考えられている。

〈新自然主義〉

社会主義リアリズムの最終的な崩壊の結果、新自然主義が発生した（ロシアの暮らしの「重苦しい卑劣さ」

を描くカレージンやその他の風俗作家）。カレージンは、中編小説『「静かなる」墓地』（一九八七年）を書き、それに基づき、映画監督イトゥイギロフが同名の映画を制作した（一九八九年）。カレージンの中編小説は、ペレストロイカ期のシリアスな散文小説だ。読者の前には、現代の『どん底』に登場する人物たちの道徳が浮かび上がる。この中編小説の主人公たちは、乞食、刑事犯、雑役労働者である。彼らの生活は怠惰で、酩酊や小さないかさまが自然主義的な率直さで装飾もなく描かれている。

〈「収容所」文学〉

社会主義リアリズムの危機を表したものを、さらにひとつ挙げるなら、それは「収容所」文学の潮流である。そうした作品では、テーマは読者には知られていなかった生活の詳細であり、大きな関心を呼んだ。そのような作品は時として社会的に意義があり、芸術的価値があるものであった。

矯正労働収容所の文学は、国民に収容所生活の巨大な悲劇的生活経験を認識させた。この文学は文化史に残る。特に、ソルジェニーツィンやシャラーモフの作品などは最上の形で残っている。

しかし、これらすべて、あるいはほとんどすべては、過去のものとなった。ソ連邦崩壊後およびポスト・ソビエト文学の形成時から二十年以上が経過した現在、社会主義リアリズムの場所を占めているのは何だろうか。

ポストリアリズム

一九九〇年代初めからロシア文学にポストリアリズムとされた新しい現象が現れている。ポストリアリズムのベースには、常に変化している世界への理解がある。ポストリアリズムでは、リアリティーが人間の運命に影響を及ぼす状況の客観的な総体として捉えられている。ポストリアリズムの最初の作品群はこれ見よがしに社会的諸問題を避け、作家たちは人間の個人的生活や世界観に関心を払っていた。批評家はポストリアリズムとして、ペトルシェフスカヤの戯曲、短編や中編小説『時は夜』、マカーニンの『アンダーグラウンド、または現代の英雄』などの長編小説、ドブラートフの短編小説、ゴレンシュテインの『詩篇』、スラヴニコヴァの『犬ほど大きくなったトンボ』、ブイダの短編集『プルシアの許嫁』、ドミトリエフの中編小説『ヴォスコボエフとエリザヴェータ』、『川の曲がり角』、長編小説『閉じられた本』、ハリトーノフの長編小説『運命のライン、またはミラシェヴィチの長持ち』、アゾリスキーの『鳥かご』や『破壊工作者』、ウリツカヤの『メディアとその子どもたち』や『クコツキイの症例』、ヴォロスの『不動産』や『フラマバード』を挙げている。

研究者の中には、新しい芸術システムとしてのポストリアリズムに、さらに細かい潮流、例えば、ロシアの読者たちの人気を博しているエフゲーニー・グリシュコヴェツの「新しい自伝主義」の戯曲や小説を含めている者もいる。グリシュコヴェツの作品をネオセンチメンタリズムとしている研究者もいるのだが。

事実、ポストリアリズムは純粋なリアリズムではない。それはやはり、モダニズムとポストモダニズムを統合する非リアリスティックな流派の純文学に近い。しかしながら、この図を混乱させているものがある。それは、ポストリアリズムにおいて、積極的にリアリズムの要素が用いられていることだ。結果として、「混合された」構造のテキストが作り出されているのである。世界の「混合された」図を創造するための芸術的構造にリアリズムの要素とポストリアリズムの要素が用いられている例として、研究者が引き合いに出しているのはリプスケロフの長編小説『理性の最後の夢』(二〇一〇年)である。この長編小説の主人公は、孤独な魚の売人で老いぼれつつあるタタール人のイリヤ・イリヤソフ。彼の人生、より正確に言えば、先延ばしにされている死が、風変わりな形で他の登場人物たちの生や死と絡み合っている。青春時代、イリヤソフは愛する女性を失ってしまった。しかし、長い年月が過ぎ、彼は愛する女性に会うのである。彼にはそれが永遠の許嫁のように思えた。魚の姿をした許嫁だ。イリヤとアイザの逢瀬は終わりのない転生の鎖である。作者の豊かな幻想が生み出す転生のこの逢瀬は、そのたびにますます儚《はかな》く悲しくなっていくのだが、数多くの困難や試練を超えることで、主人公は幸せを望むのである……。やや愚鈍な俗物たちが易々と残酷な殺人者になり、善意のアルコール依存症の人々が陰気な精神異常者を生んでいる国にあって、心臓は痛みと不安で締め付けられる。しかしリプスケロフの長編小説は、流行の「ノワール」とはまるで違う。なぜなら、その主要テーマは愛だからだ。愛は、生と同様、常に終わることがない。つまり、未来には光があるのだ。

この長編小説は「マジック・リアリズム」という芸術手法に分類されるとしている者もいる。

「ネオリアリズム」の第二段階

二一世紀の最初の十年の終わり近くに、「ネオリアリズム」が話題になり始めた。初めてのことではない。「ネオリアリズム」のテーマは一九九〇年代にも提起されている。しかし、その当時の「ネオリアリズム作家」（パヴロフ、ヴァルラモフ）は成功しなかった。新たな関心に火がついたのは「ゼロ年代」であった。それは変化を期待する時代であった。流行作家たちは、生命の躍動、声高なスローガンや複数の潮流の闘いが高まるのを欲していた。

しかしリアリズムは古くならない。新しくもならない。それは存在するのかしないのか。

若い「ネオリアリズム作家」――センチン、グツコ、シャルグノフ、プリレピンらは、何で教育され、成長したのだろうか？　社会主義リアリズムの作家たち——ソビエトの作家であるゴーリキー、レオノフ、ラスプーチン、ベローフの本だ。そして、彼らが学んだのも、まだソビエトのゴーリキー記念国立文学大学だろう。

　過去は跡形もなく消えるのではない。注視すれば、その影を最も意外な事象に発見することができるだろう。

「ゼロ年代」にスタートしたこのグループは、ポストモダニズム文学を葬ったと考えられている。引用句での遊びを彼らは軽蔑して拒否し、普通の人間の日常生活の描写を好んだ。まさにそのために、彼らは文学のエスタブリッシュメントをあまり重んじないのである。「ネオリアリズム作家」たちはポストモダニズム作家たちもあまり好まず、軽蔑したように「死体を食う者」と呼んでいた。

「ネオリアリズム」について、その最も目立つ代表者である作家のザハル・プリレピンが、インターネット・マガジン『犬』のために、まるで「傍観者」のように記事を書いている。

「……『ゼロ年代』に登場した作家のグループの作品が「ネオリアリズム」と呼ばれている。ザハル・プリレピン、ロマン・センチン、セルゲイ・シャルグノフ、ゲルマン・サドゥラエフ、デニス・グツコ、アンドレイ・ルバノフなどの作家たちだ。彼らの作品に最も特徴的なものを、私なら社会的および政治的尖鋭性と名付ける。その尖鋭性が最も鮮やかに見えると私が思うのは、プリレピンの『サンキャ』とセンチンの『エルトィシェヴィ』だ。

　……新しいリアリズムはどのように捉えられようと、自分たちの場所を持っている。前世紀の初めに様々な毛色のデカダンたちが、または全世紀後半に土壌主義の作家たちが、自分たちの場所を持っていたように。文学史にはネオリアリズム作家たちの項目が一ページは確保されている……。おそらく、将来、学校の文学の授業ではこういうことになるだろう。女性教師がはちきれそうなスカートを履き、美しい眼鏡をかけ、こっそり彼女の襟元を見つめているあなたに厳しい声で話しかけるのだ——

〈新しいリアリズムとは「ゼロ年代」の初めに生まれた文学潮流です。その枠の中で、セルゲイ・シャルグノフ、ロマン・センチン、ゲルマン・サドゥラエフ、アンドレイ・ルバノフ、ザハル・プリレピンやその他数名の作家たちが活動していました。新しいリアリズムには、現実に対する批判的な考え方、社会や文化認識に対するポストモダニズム的基準の見直し、そしてソビエト・リアリズム的規範への部分的回帰が特徴的でした。また、シャルグノフがファジェーエフの生涯の研究者として登場したり、プリレピンがレオノフの研究をしたりと、今日までに忘れられ、事実上文学界からは削除されているソビエトの作家たちを取り上げているのが特徴的でした。このように新しいリアリズムの作家たちは、九〇年代に途切れたかに見えた文学の伝統を復活させようと努力していたのです。新しいリアリズムの始まりは、シャルグノフの論文『喪の否定』(二〇〇一年)の発表とされており、その盛り上がりはセルゲイ・シャルグノフの長編小説『万歳!』(二〇〇四年)、デニス・グッコの『ロシア語話者』(二〇〇五年)、ゲルマン・サドゥラエフの『僕はチェチェン人だ!』(二〇〇六年)、アンドレイ・ルバノフの『植えてください、そうすれば大きくなる』(二〇〇六年)、ザハル・プリレピンの『サニキャ』(二〇〇六年)、セルゲイ・サムソノフの『カムラエフの特異性』(二〇〇八年)、ドミトリー・ダニーロフの『水平状態』(二〇一〇年)のような作品の発表でした。

新しいリアリズム作家たちは、当時は伝統的だった過去の清算よりも現在の清算を好んでいました。つまり彼らのテキストにおいては、ソビエト体制の批判がポスト・ソビエトの現実の解釈に場所を譲ったのです。初期の段階では、アンチ修正主義や、時には攻撃的美学が新しいリアリストたちの特徴でした。「ゼロ年代」の終わり近くにかけ、新しいリアリズム作家たちの楽観的な弾丸が事実上つきてしまい、そのことはダニロフの作品群やグッコの長編小説『ハルマゲドンの家』(二〇一〇年)ではっきりと見えるようになっていました。新しいリアリズム作家たちの短い時代を総括するものとなったのはセンチンの長編小説『エルトゥィシェヴイ』（二〇一一年）ですが、この作品にはずっと陰気な気分や、出口のなさと社会の崩壊についての考えがこびりついて離れません。あらゆる大きな文学賞（ボリシャヤ・クニーガ賞、国民的ベストセラー賞、ロシア・ブッカー賞にヤースナヤ・ポリャーナ賞）にノミネートされていたのに、長編小説『エルトゥィシェヴィ』がどの賞にも選ばれなかったことは特別な意味を持ちます。専門家諸氏の考えによれば、こうしたことが、新しいリアリズムがすぐにその資源を使い果たしてしまったことの証明なのです〉と。……」（http://www.sobaka.ru/oldmagazine/glavnoe/11550 sobaka.ru）

このようにザハル・プリレピンは、百科事典における「新しいリアリズム」の項のパロディーを書いている。ところで、その締めくくりはこうだ。ここにもうひとつ「パラドックス」がある。

「つまりこういうことだ。要点は、文学潮流としての、名称どおりの新しいリアリズムはなかったというところにある。理想的な新しいリアリズムは、前に挙げた作品のうち、ロマン・センチンただ一人なのである。彼はせっせと新しい現実を描写し、最大限に正直であろうとし、記録し、証明し、倉庫にたくわえている。シャルグノフは？　彼は表現力豊かに、時には変幻極まりない小説を、そしていくつかの現実の出来事を反映している作品も書いている。しかし、『万歳！』や、ましてや『鳥の感冒』がリアリズムに分類されるだろうか？　怪しいものである。我々は、後年のカタエフの「悪く書く」中編小説をリアリズムと呼んでいないだろう？　エリザロフは？　なおさらだ。彼の三つの長編小説はすべて――『パステルナーク』、『ライブラリアン』、『アニメーション』――舞台の大部分が作者の頭の中だ。ダニーロフは？　私は彼の文体を、皮肉な自閉症と称している。それとリアリズムとの関係は、ドブィチンまたはプラトーノフと社会主義リアリズムとの関係と同じだ。サドゥラエフ？　あなた方が『プルガ』、『ＡＤ』、『錠剤』、つまり彼の五つの長編のうちの三つを読んでないなら、リアリズムに分類しても良いだろう。ルバノフは社会的幻想文学のジャンルにうまく移ることができた。『クロロフォリヤ』は、ストルガツキー兄弟やソビエトの幻想文学をすばらしく良く受け継いでいる。そして私の『サニキャ』は一部がアンチ・ユートピアで、『黒い猿』はリアリズムに何の関係もない。我々のケースに唯一あったものは、政治的に招へいされた若い人々の統制されない社会だ。シャルグノフは、ある時期に大きな政治舞台に連れて行かれ（そして彼の性格が頑固だったために、そこから追い出された）、センチンは首都で行われているあらゆる抗議デモ行進に参加し、サドゥラエフは共産党のサンクトペテルブルグ支部の会員であり、エリザロフは聞くに堪えないような偏見に満ちたインタビューと歌で人々を驚かせた。そして最後に、私だ」（http://www.sobaka.ru/oldmagazine/glavnoe/11567sobaka.ru）

作家自身よりうまく「新しいリアリズム」について述べることは不可能だ。詳細を二つ加えるだけにしておこう。「新しいリアリズム」は、ソビエト体制の「修正主義」や、九〇年代のポスト・ソビエト文学に襲いかかった大っぴらな「反ソ的言動」に対する反応として発生したと「新しいリアリズム」作家たちは確言している。しかしながら、潮流やジャンルが拡散される時によくあるように、二十世紀末―二一世紀初めのポスト・ソビエト文学全般では、「新しいリアリズム」は、古き良き、危機にひんしたリアリズムの伝統だけではなく、アヴァンギャルド的手法やポストモダニズム的な手法を取り込んだ。まさにこのために、この潮流の作家たちは自らを新しい「リアリズム」と呼ぶことができるのである。

そしてさらに。ザハル・プリレピンの考えによれば、「ゼロ年代」の初め、ロシアでは文学が「自由主義社会」の勢力下にあり、新しいリアリズム作家は本棚に入れてもらえなかった。しかし二〇〇一年にプロハノフの長編『ヘキソーゲン氏』[1]が世に出、これが文学の状況を「こじ開けた」。「まさにプロハノフのおかげで文学に入ることができたのが左派的考えを持ったザハル・プリレピン、ミハイル・エリザロフ、セルゲ

イ・シャルグノフやその他の作家たちであった。」（ウィキペディア）
この潮流の最も鮮やかな作品とされているのは、センチンの長編小説『エルトゥイシェヴィ』（二〇〇九年）——ロシアの首都ではないところの崩壊と消滅を描く長編や、プリレピンの長編『サニキャ』（二〇〇六年）——尖鋭化した正義感を持った現代の革命派の若者たちを描く、厳しくシリアスな長編である。先回りをして言うと、二〇一四年秋に発表されたザハル・プリレピンの長編『修道院』は名誉あるボリシャヤ・クニーガ賞で最優秀賞に輝いたが、これはソロヴェツキー特別収容所（ソビエト当局がソロヴェツキー修道院を閉鎖して強制収容所を設けた）の生活を描いたものである。この本は、確かに力強く、内戦時のように再び「赤」と「白」に分裂したロシア人の意識における、一種の突破口だ。
プリレピンの長編『修道院』を読んだ人々は、彼をトルストイとほぼ同列におき、このように書いている。「プリレピンの長編小説を読んでいる間、『私が読んでいるのは、今世紀の初めに書かれた最も良い本であるだけではなく、現代で一番重要な本だ』という気持ちがしていました。矯正収容所総管理本部についての短編は、一九八九年から一九九〇年に国民を分裂させました。労働収容所についての短編は、今、国民を統合しなければなりません。労働収容所については、犠牲者の視点でしか書かれてきませんでした。プリレピ

1　『ヘキソーゲン氏』は、ロシアの作家アレクサンドル・プロハノフの長編小説で、二〇〇二年に出版社 Ad Marginem で出版。この小説では一九九九年の実際の出来事（特に一般住居の連続爆破事件）が、政府の陰謀の結果として描かれている。陰謀の目的は、選ばれし者が権力の座に就くこと。この長編は二〇〇二年の国民的ベストセラー賞を受賞。作家は賞金を、エドゥアルド・リモノフのために使った。編集者のコトミンはこの作品を好意的に評している。「プロハノフは……ここ数年間、脇に追いやられていた歴史である七〇年間を取り戻してくれた。大きなスケールの気持ちをプレゼントしてくれた」（「文化は爆発で動いている」Ad Marginem 社長アレクサンドル・イワノフと同出版社の編集長ミハイル・コトミンの対話）。

ンは初めて、すべての立場にいた人々に言葉を持たせたのです。ここにこの長編の勇気と新機軸があります。」（http://www.livelib.ru/book/1000931164）

女流小説という現象

ポスト・ソビエト文学には、非常に興味深い現象がある――「女流小説」だ。これは、他のものと少し離れたところにある。そして、純文学と大衆的な娯楽としての文学の間に位置している。言いかえると、それは中間文学の部類、新しい意味での軽文学に分類されうる。つまり、女性が書いたテキストを、独立した文学の一分野として考えてもよいかどうかという問題に対する評論家の考えも、全くばらばらだということである。

原則として、「女流小説」をはっきりと独立したグループにすることは、実際には幾分、不自然である（「軽文学」の区別も同様であるが）。女性作家は各ジャンル、各潮流におり、また、それぞれの女性作家の作品や、ひとつだけ取り出された「女性による」作品の中にさえ、純文学と大衆文学の要素、ポストモダニズムとリアリズム、ミステリー的なストーリーと神秘的なもの、自然主義的なもの、実存主義的なもの、そしてシュールリアリズム的なものが並行して存在している。時にはジャンルや作品の形式さえも分類することが不可能なこともある。しかし、「女流小説」があふれるほどあるという事実自体や、ジェンダー的特徴というひとつの特徴により「女流小説」は区別できるのだ。なぜなら「女流小説」を書いているのは女性であり、それを非常に女性的に、女性特有のテーマで書いているのだから。

ところで、女性の創作活動の権利は、ロシアでは最初、確立されていなかった。例えば、十九世紀の批評家であるポノマリョフは、女性の創作活動には支援が必要だ、なぜなら「社会は……女性の協力があってこそ文明化するのである」と認めながらも、その二ページ先にはこのように書いている。「自然は女性たちに才能の火花を与えている、しかし天才は与えたことがない」（ポノマリョフ『わが国の女性作家たち』、サンクトペテルブルグ、一八九一年、二〇―二二頁）。

二十世紀の批評のトーンも、大体同じである。

ポスト・ソビエト文学における「女流小説」の現在の隆盛――男性読者の強い「反対」があるなかで――の起源や理由を理解するために、少し前の時代に戻ろう。

ロシアでは「女流小説」が独立した潮流となったのは一九八〇年代、女性が書いた作品が多数発表された時期であった。しかしながら女流文学の発生は十九世紀初めであった。もちろん、もっと前の時期に女性による文学作品についての記述を見ることはできるのだが、これはどちらかと言えば貴族の女性たちによる文学的な娯楽であった。女性の創作活動がロシアで職業と認められたのは、エレーナ・ガン、マリヤ・ジューコヴァ、オリガ・シャピルなどの作品が世に現われてからである。十九世紀初頭の女性作家の人数は多くなかった。これは、非常に長い間、女性たちに文学への道が閉ざされていたことによる。

忘れられ禁じられていた、または失われていた文学が一九八〇年代に読者の前に「復活」したことや、現代の女性作家たちが現れたのは、その前の時代に生き、創作活動をしていた女性たちの作品が刊行されはじめたことと関係がある。

ロシアの女性による散文作品は十九世紀に、イシモヴァ、ガン、ヴォルコンスカヤ、ロストプチナ、ジューコヴァ、パナエヴァ、フボシチンスカヤ、ソボレヴァ、ツェブリコヴァ、クレストフスカヤ、ドミトリエヴァ、アヴィーロヴァ、シャピルの作品発表により、非常に高らかにその存在をアピールしていた。そしてソ連でもペレストロイカ時代に書籍出版のグラスノスチと自由が確言されたことで、ロシアの女流文学にも、それまでの時代の忘れられていた、または検閲により禁止されていたすべての大量の本と同じことが起こり、ロシアの読者たちのもとに帰ってきたのだった。

これは特に、「女流小説」のいくつかのタブーと関係があった。そのひとつは、「銀の時代」の文化において非常に大きな場所を占めていたエロティズムであった。その結果、二十世紀初めの芸術はソ連の書籍出版において、いくらか「セクシャルなもののない」形で扱われていた。ポスト・ソビエトのロシアで再版されたそのような本のうち、言及するべきは、一九九四年からモスクワの出版社ミステル・イクスにより刊行された「セックス饗宴」シリーズであろう。この中で、特筆すべきはアンナ・マールとエカテリーナ・バクーニナの長編小説である（主要テーマは、官能と苦しみへの本能的な憧れ）。「銀の時代」の女流文学の本流に戻るなら、「帰ってきた」作品の中で挙げずにはいられないのは、リディア・チャルスカヤのおとぎ話的な中編小説（日常的な素材で創作されたもの）や、ソビエトの批判により「激しく非難された」作品である（『青い妖精の話』、『女学生のメモ』、『小さな女子中学生のメモ』、『シベリアの女の子』、『公女ジャヴァハ』、『リューダ・ヴラソフスカヤ』）。ちなみに、ロシア人の子どもは何世代も、チャルスカヤの本で育っていた。

二十世紀初めから「帰ってきた」女流文学について言えば、特に注目すべきは回想録である。女性の世界観、女性の生活習慣や女性の描写スタイルの特徴を見せてくれた。（十九世紀の女性たちによる回想録は、ラブジナ、ゴロヴィナ、サバネーエヴァ、チュッチェヴァ、二十世紀では、アンドレーエヴァ＝バリモント、ゲルツィク、ハルジナなど。）オドエフツェヴァの二巻の回想録『ネヴァ川の岸辺にて』、『セーヌ川の岸辺にて』は、ロシアの亡命文学者の生活を紹介してくれた。これに関して、名高いバレリーナのマチルダ・クシェシンスカヤとニーナ・チーホノヴァの回想録、レフ・トルストイの娘であるアレクサンドラの回想録、ジナイーダ・シャホフスカヤ、ヴェーラ・ブーニナ＝ムロムツェヴァの回想録も興味深い。特に価値があるのは、もちろん、ジナイーダ・ギッピウスの回想録である。その本の中にあった反ボリシェビズムにより、読者は手にすることがかなわなかったのであった。

一九九五年から一九九六年、わが国の女性による回想録のジャンルにさらに二つの大きな出来事があった。ブーニンの親しい友人であった女性作家のガリーナ・クズネツォヴァによる回想録『グラース日記』と、ニーナ・ベルベロヴァの自伝的（非常に反ソビエト的）散文作品『イタリックは筆者』が世に出たのである。

また、二十世紀の初めには当時のマリーナ・ツヴェターエヴァ（作家、詩人）より上に置かれ、半ば神秘小説的および推理小説的長編の『メス・メンド』（一九二四年）が特に人気を博したマリエッタ・シャギニャンを初め、ソビエト時代は非常に多数の女性作家をもたらした。

一九二〇年から一九六〇年までは、社会主義リアリズムの栄えた時期であった。「ソビエト時代」は女流文学を知らなかったと現在は書かれている。例えば、「企業小説（マリエッタ・シャギニャンの長編『水供給本部』、一九三〇－一九三二）、社会主義的テーマ（ヴァンダ・ヴァシリョフスカヤの中編小説群）、または戦争もの（ユリヤ・ドゥルニナの詩）」のように、女性作家の作品は経済情勢を反映していたと考えられていたが、そうとも言い切れない。『メス・メンド』、ガリーナ・ニコラエヴァの中編『道中の戦い』（一九五〇年）（当時としては非常に大らかでエロティック）などのように、女性による非スタンダードな作品も挙げられるのだ。しかしながら、社会主義リアリズムの時代は、女性の詩作により多くのものを与えた。まさに戦争というテーマが、女流詩人の才能をより鮮やかに開花させたのであった（ユリヤ・ドゥルニナ、オリガ・ベルゴリツ、アンナ・アフマートヴァ）。マリーナ・ツヴェターエヴァは、この時、亡命中だった。

一九六〇年代から八〇年代には「雪どけ」の時代が訪れ、これは女流文学を――散文作品も韻文作品も――活気付けた。この時期の文学で際立っていたのは、ベラ・アフマドゥーリナの詩である。芸術的才能では、アフマドゥーリナは過去の偉大な女流詩人と肩を並べることもできる。

一九九〇年代、女流文学（主に小説）は、「第二の誕生」を迎えた。その百年前にも同じようなことがあったが。ヴァシレンコの主導で、女流文学グループ「ノーヴィエ・アマゾンキ（新アマゾネス）」が立ち上げられ、その参加者たちが「女流文学のコンセプト」の原則を考えた。このとき、テーマ性のある作品集『覚えていない悪』（一九九〇年）や『新アマゾネス』（一九九一年）が出版され、一九九〇年代の女性作家たち（サドゥール、ナールビコヴァ、ヴァネーエヴァ、パレイ、タタリノヴァ、ナバトニコヴァ、ゴルラノヴァなど）による短編、中編小説、詩や戯曲が収められた。序文＝マニフェストにおいて、「新しい女流文学」の理念が述べられている。それは、ジェンダーの役割、「女性の視点」の権利の定着、個人としての女性作家の確立である。批評家は、相変わらず、「女流小説」を非常に敵視し軽蔑していた。

しかし、あらゆる障害にもかかわらず、二十世紀末から二一世紀初めにかけ、ロシアの女流文学に新しい作家たちが数多く現われた。いわゆる「新しい女流小説」に分類されるのは、トルスタヤ、ペトルシェフスカヤ、トーカレヴァ、アルバトヴァ、スィチョヴァ、ウリツカヤ、ガラクチオノヴァ、ルビナ、マリーニナなどの、実に様々な女性作家である。この他、女性による大衆文学（皮肉的で冒険小説的推理小説の分野で活動しているドンツォーヴァ、ポリャコヴァ）も、ラブロマンス小説、「マダムのロマンス」、「グラマラス・ロマンス」も、その単純さや、時には素朴さが現代の読者に受けて、非常に発展したのだった。女性の詩も花開いている。抒情詩では、この時期に、アフマドゥーリナ、マトヴェーエヴァが活躍し、ヴェーラ・パヴロヴァ、インナ・カブィシュ、マリヤ・ガリーナ、オレシャ・ニコラエヴァ、ディーナ・ガティナといった新しい詩人も現れている。この新しい詩人は、自身の創作活動において、社会的テーマと心理的テーマという二つの伝統的な方向性を継承しているが、彼女たちは自分たちの作品のテーマを全く限定していない。

しかしながら、現在、女流小説家や女流詩人には、すでに自分たちの作家としてのステイタスを主張する必要がなくなっている。なぜなら、「女流文学」が存在するという事実に、批評家や文学研究者が異議を唱えられなくなっているからだ。

総括するために、繰り返し述べよう。女流文学の発展は恒常的ではなく断続的なプロセスであり、女性作家たちの活動の盛り上がりは停滞期と交代でやってくる。文学的創作活動において女性の活躍が目立ったのは、十八世紀末、一八三〇年から四〇年代、「銀の時代」、一九九〇年から二〇〇〇年代である。まさにそれらの時期に非常に多数の女性作家が現われ、それにともないロシア（今はポスト・ソビエト）で女流文学が隆盛を迎えるのである。

つぎに、新しい女流小説・散文作品の特徴や、それを代表する作家たちについて、少しだけ（全部について書くことは不可能！）相違点や類似点を述べたい。

「女流文学」の特徴は、真摯で読む者を信じ切っているかのような語り口、率直さと露骨さである。女性作家たちは、女性的に周囲の現実、全人類的な諸問題を見ている。

「女流小説」という現象は、人文学、歴史学および社会学の研究者が研究対象とし、特別な女性の美学、女性的言語、文体の女性的特徴が存在しているかどうかについて激論を交わしている。そして、「女流小説」においても、その他の文学にあるものと同じであるという結論に至っている。

広い意味では「女流小説」や「女流文学」は、女性によって書かれた作品すべてを意味する。狭い概念では、それは伝統的な諸問題（生と死、感情と義務、人間と自然の相互関係、家族など多数）に対する純粋に女性的な視点が基礎にあるるテキストである。

文学の水平線に、リュドミーラ・ペトルシェフスカヤ、タチヤーナ・トルスタヤ、リュドミーラ・ウリツカヤ、ヴィクトリヤ・トカレヴァらのような才能ある「スター」が現われた時、批評家たちは、「女流文学」とは何か、それが現代文学でどのような位置を占めるのかについて考えざるを得なくなった。前述のように、「女流小説」は実に様々な形式をとることが可能である。最も多いのは社会小説、心理小説、センチメンタル小説、生活を描く長編、短編、エッセー、中編小説である。

「女流小説」は切実性と豊かな表現力が特徴である。また、主人公が女性である。女流小説・散文作品の主要テーマは、家族、子ども時代の認識と大人の現実とのくい違い、人生の意義の探索、社会における個人の役割、「小さな人間」の諸問題である。あるインタビューでウリツカヤが語った通り、「男性の世界と女性の世界は、別の世界です。ところによっては交差していますが、全部がそうではありません。女性の世界においては、恋愛、家庭、子どもたちに関係する諸問題がより大きな意味を有しています」（ウリツカヤ「与えられるものはすべて受け入れている」、インタビュー、『文学の諸問題』、二〇〇〇年、一号、二三〇頁）

リュドミーラ・ウリツカヤの作品において中心的なものは、家や家族である（『それぞれの少女時代』二〇〇二年、『直通のライン』二〇〇二年、『子ども時代 - 四九』二〇〇三年、『敬具、あなたのシューリクより』二〇〇三年など）。批評家のゾロトノソフによる、以下の見解が興味深い。「彼女の作品の本質は、作品中のすべてのものが、家庭的なもの（十九世紀のイメージ）と、「女性の夢」や、典型的な侮辱と望みが描かれる現代のポップカルチャー的女流小説との間で揺れ動いている。ウリツカヤは古典的長編小説の形式を、現代の「軽い消費」習慣にあわせて変換し、それを今日の文化言語に翻訳しているのだ」（ゾロトノソフ「彼女の夢の男性」、モスコフスキエ・ノーヴォスチ、二〇〇四年二月一三日付、七頁）

この意味で最もはっきりとしているのが、ウリツカヤの長編小説『メディアとその子どもたち』である。

ウリツカヤがヒロインの名を選ぶのに、コリントの叙事詩にある伝説のヒロインの名を選んだのを、偶然で説明できるはずがない。ウリツカヤのメディアは叙事詩のヒロインが持つ怒りだけではなく、子孫も有していない。彼女が自分の息子たちを殺すことはなく、自分の周りに多くの兄弟姉妹たちの子どもや孫たちを集めている。他の人々の運命を通して描かれるこのギリシャ人女性メディアのロシアでの物語は、民族的および家族のサーガの様相を呈している。ウリツカヤのこの長編は、家族をテーマにして主に家族の崩壊や、脆いまたは不完全な家族、いかに関係が壊れていくかを描いた現代の他の作品群とはいちじるしく異なっている。ウリツカヤは、ロシア・ブッカー賞、ボリシャヤ・クニーガ賞、オーストリア国家賞ヨーロッパ文学部門、フランスのメディシス賞、イタリアのジュゼッペ・アチェルビ賞やその他多くの賞を受賞。彼女の作品は、三〇以上の言語に翻訳されている。

リュドミーラ・ペトルシェフスカヤの主要なテーマのひとつは、世代間の相互関係である。ペトルシェフスカヤは様々なジャンルで創作活動を行っているが、彼女の作品においては常に、環境、特に困難な生活状況の影響下での人間の変化がみられる。それを鮮やかに表わしている例が、長編『小さなグロズナヤ』(一九九八年)、『時は夜』(二〇〇一年)であり、やはり家族をテーマとしている。

中編『小さなグロズナヤ』のヒロインは、家を守るという狂人じみた考えのために、自分の子供たちの家族を追い出し、中編『時は夜』のヒロインは、貧窮や家族内のごたごたや、娘の無理解や忍び寄る老いとのつらい闘いの中で自分個人を守ろうとしている。「ペトルシェフスカヤの登場人物たちは、困難で不幸な人生を送っているが、生活の条件が、彼女たちの感覚を鈍くしている。ペトルシェフスカヤの世界は実際、病的で気が滅入るような、高潔な感情や精神の高揚で美化されることのない「内側から見た世界」である。ペトルシェフスカヤのヒロインたちは、身体的に未完成だったり、精神病にとりつかれたりしていることがよくある」（チェルニャク「現代の散文作品における女性の筆跡」、『現代ロシア文学』、モスクワ、フォーラム二〇一〇年、三五二頁）

タチヤーナ・トルスタヤを最も強く不安にさせているのは、善と悪、生と死、進路の選択、周囲の人々との相互関係、自分や自分の使命の認識という「永遠の」テーマである。トルスタヤの登場人物たちで一番多いのは、現実とありそうもない空想の世界との間にいる夢想家である。「すべてに調和がとれていて、美にも精神にも、相思相愛にも食物にも全く欠点がない素晴らしい夢の世界が存在する。この奇跡的な天国に、事実上地獄と区別がつかない粗雑で低俗な現実が対峙している。素晴らしい調和が達成できない以上、現実に順応せざるをえない」。（ベネヴォレンスカヤ「タチヤーナ・トルスタヤとポストモダニズム（タチヤーナ・トルスタヤ作品のパラドックス）」、サンクトペテルブルグ、二〇〇八年、三三頁）

タチヤーナ・トルスタヤの、作家としての考え方は、主人公＝語り手の選択と、世界に対する矛盾に満ちた視点に現われている。タチヤーナ・トルスタヤの作品においては、しばしば風刺的世界で強調される、人生の多くの面の不条理と同時にロシアの民衆の道徳的理想も披露されている（エッセー『正方形』、『主な死体』、『気に入らない顔』、長編『クィシ』、短編集『夜』、『ソーニャ』、『サークル』）。

タチヤーナ・トルスタヤの作品は、リアリズム、ネオモダニズム、そしてポストモダニズム（ネオバロック）の特徴が統合されていることをあらわす、鮮やかなひとつの例である。

それぞれの女性作家には、それぞれの言語、スタイル、そしてそれぞれの「切り札」がある。ペトルシェフスカヤの厳格さと簡潔さ、トルスタヤの過剰気味の隠喩、そしてウリツカヤの特に「魅惑的なあいまいさ」――これらは二十世紀の「女流小説」の冠を飾る宝石である。なぜなら、誰もが知っているこの三人のポスト・ソビエトの女性作家たちの他にも多くの女性作家が創作活動をし、これからもそれを続けるだろうが、この三人の「マスターたち」には文体の優雅さや思索の深さにおいては及ばないだろうからだ。

二〇一〇年までの女流小説

いわゆる「女流小説」という現象は、二一世紀の最初の十年間において特にアクチュアルになっている。女性作家たちは、あらゆる賞のリストに必ず入っているだけではなく、我が国の文学全体にも食い込んでおり、これは女性作家と男性作家との創作活動における権利の平等が成立していることを物語っている。

今日、書店の売り台は女性の名前で一杯だ。その中からそれなりのものを選ぶのはかなり難しい。しかしながら、現代社会に実際に影響を及ぼす本を書いている女性作家もいる。既述の、二十世紀末のスターたちのほかでは、ヴェーラ・ガラクティオノヴァ、リディヤ・スイチェヴァ、マルタ・ケトロ、リノル・ゴラリク、クセーニヤ・ブクシャらが挙げられる。彼女たちは属している世代が様々で、世界観も正反対だったりするが、悪名高い女性独自の視点は共通している。

例えば、リノル・ゴラリクのシリアスな散文作品は、多くの点で初期のペトルシェフスカヤに似ている。人気のインターネット女性作家マルタ・ケトロの中編小説は、ウリツカヤの散文作品に比べることができる。若いクセーニヤ・ブクシャは繊細な言葉のセンスに恵まれており、その職人芸はトルスタヤの才能と並べることが可能だ。

何名かの女性作家たちと、彼女たちの「先駆者」たちとの類似を検討してみよう。

マルタ・ケトロは、現在流行の美学にのっとり、ブログ風の小説をインターネットで発表している。彼女は、読者に対してきわめて開けっ広げである。もちろん、単に形式的に述べるなら、マルタ・ケトロは新世代の「スター」であり、書物を紙の形で読むことに慣れた人は彼女の存在も知らないかもしれないが、インターネットの先進的なユーザーには良く知られている。要は、この作家は上質な女流小説の伝統をはっきりと受け継いだ者だということだ。

ケトロの長編小説『いつも微笑んで、愛しい人よ』は、ウリツカヤの作品を強く思わせる。ケトロは、作品を月並みな三文小説のレベルに堕とさないため、恋愛について無駄に語らないようにしており、「この、めそめそした陶酔状態、汗や涙や反吐にまみれたヒステリックな恋愛、……相互理解や相互へのひたむきさの奥にある疑わしさ全体——こんなみっともなく不快なもの」を恐れており、「要するに、主要なのは、自分をコントロールすること、刃のように冷静で正確であること」と言う（ケトロ『いつも微笑んでいて、私の愛しい人／女性のヒステリーの三つのアスペクト』、モスクワ、AST出版、二〇〇七年）。

彼女のヒロインたちは自己献身的でしとやかであるが、これは古風なロシア娘のタイプであり、西側のフェミニスト的な理想とはかけはなれている。

類似の諸問題がリディヤ・スイチェヴァの作品群にもある。彼女にとって主要なのは恋愛ではなく、主人公たちをとりまく現実そのものだけれど。リディヤ・スイチェヴァの現在の散文作品は、女性によって書かれた今の人気の「グラマラスな」文学とは良い意味で異なっている。なぜなら、作家が書いているのは、支え、慈悲、同情、自然との調和、母性の喜びだからだ。スイチェヴァの文は簡潔であり、明快で表現力に富み、ダイナミックである。

若い女性作家のリノル・ゴラリクの作品は、女性の性格の別の面——不屈さ、強靭さ、困難に耐える力を映し出している。彼女のヒロインたちは、少し疲れ、静かな声で自分の人生を語る女性たちである。それによってゴラリクの短編は、一九七〇年代に他でもない「ノワール（陰惨な暴露小説の女王」と呼ばれたペトルシェフスカヤの初期の短編群に近づいている。時が経ち、批評家たちも愛されなかった女性作家の世界観についての見解を変えた。ゴラリクの最も有名で大胆な作品は、アンチ・ユートピアの長編小説『ニェット（ノー）』（二〇〇七年）である。これは特にハードな作品になったが、それは男性作家のセルゲイ・クズネツォフと共同で執筆されたからであった。主要なテーマは、道徳的水準の低い世界におけるる精神性の探求と相互関係の構築である。この世界で不道徳の尺度となっているのは、ポルノグラフィー芸術への傾倒である。ペトルシェフスカヤの初期の登場人物たちと同じように、ゴラリクの主人公たちも苦難の中で本領を発揮し、肉体的苦痛だけでなく精神的苦痛を通して光をもたらしている。不屈さ、忍耐強さ、そして女性の力──これらが、リノル・ゴラリクのヒロインたちの性質である。

クセーニャ・ブクシャは非常に若い（三十歳にもなっていない）が、すでに経験をつんだ女性作家である。最初の長編小説を書き、発表したのが十八歳のときであった。詩も散文作品なども書いている。彼女の性格の素晴らしい特徴は、ユーモアのセンス、皮肉っぽさ、文体の遊び心であり、これが彼女とタチヤーナ・トルスタヤの共通点だ。ブクシャの入り組んだストーリー、文体の遊び心は職人芸の域にある。ブクシャの散文作品はユーモアのセンスにより、お涙頂戴の「ご婦人用」長編小説とは一線を画すものとなっているのだ。ブクシャの本のヒロインたち、『パルチザンのアリョンカ』のアリョンカも、マノン（『マノン、またはジーズニ（命）』、二〇一四年）も、その他のヒロインも、生き生きとしてカリスマ的なイメージである。自分の不運や問題、そして災難を笑いとばすことは、泣くよりもはるかに困難だ。しかし、それができる者は、本当に強い人間である。ブクシャはすでに長編や中編を約十作、それに加え素晴らしい短編集『我々は正しく生きていない』を発表した。二〇一四年には長編『「自由」工場』で国民的ベストセラー賞を受賞した。

そしてもうひとつ興味深い例は、新しい人気女性作家のマリヤ・メトリツカヤである。もしかすると彼女は大衆文学に分類されるのかもしれないが、それでも彼女はあらゆる基準から見て、「女流小説」に分類されるのである。彼女の人気はいくらか唐突で、パラドックスを含んでいる。これは悪名高い、「パラシュートをつけたジャンプ」の成功例だ……。

彼女のサクセスストーリーは、彼女について語れば足りるだろう。

メトリツカヤは常に自己表現の方法を探究しており、詩作していたが（最初の詩集は二〇〇三年に発表）、数年前に最初の短編集を書いた。

息子が自立して家を出たときに現れた心の空虚感をうめるため、彼女はペンを手に取った。メトリツカヤは自分の小さな散文作品を書くための文体をすぐに決め、確信を得たのであった。

マリヤ・メトリツカヤ

彼女の物語は興味深く、印象深いものであったので、最初に読んだ人々が周りの人々や知人たちに回覧しはじめた。やがて、短編の入ったファイルが、古い世代の有名な女性作家であるヴィクトリヤ・トーカレヴァの手に渡り、彼女が称賛し、それが新しい作家の未来を決めることとなった。自分の後継者となるメトリツカヤを読んだトーカレヴァがこの新人作家の何に好感を覚えたか、推測するしかない。しかし意外なことに、メトリリツカヤは一般読者にも気に入られた。女性たちが彼女の読者になったのであった。メトリツカヤの散文作品は数千の愛書家にとってひとつの発見となった。

メトリツカヤのために「よその家の窓の向こうで」というシリーズが企画され、大成功となった。このシリーズには『私たちの小さな暮らし』（二〇一一年）、『姑の日記』（二〇一二年）、『マーシュカの幸せ』（二〇一一年）などといった作品が入った。このシリーズ名は、たまたま付けられたのではなく、この女性作家があたかも他人の生活を覗いたり、他人の歴史を聞くために手まねきしているようであり、読者は自分たちが登場人物たちとその「小さな歴史」を昔から知っているような気持ちになるのだった。なぜ幸せな人と不幸な人がいるのだろう？　そして、総じて、幸せとは何だろう？　小さな幸せで満足する人は幸せ。手が届かないものを求める人はいつも不幸せだ。

メトリツカヤの主人公たちには、両方いる。

おそらく、幸せな人々は、人生とは闘いではなく褒章だということを適時に悟ったのだ。多分、これも多くの読者を惹きつけたのだろう。

締めくくりに少し述べたい。二十世紀と二一世紀の狭間に起こった現代の女流小説は、嵐のような十年間を耐えた。現在我々は、新しいテーマ、新しい言語、新しい主人公たちを目にしている。二〇〇〇年代は、インターネット文学と紙にプリントされている文学とを、実際上、同一にした。作家になるためには、必ずしも本が出版されることが（書籍・雑誌掲載の形で）必要ではない。メカニズムは簡単になり、可能性の選択肢も拡大したが、逆に、書かれたものの質に対する要求はより不明瞭になった。新しいテーマ（「インターネットの中の孤独」、バーチャルな関係、女性の出世主義、「発展した」男女同権の条件下での生き残り、など）とともに、「インターネット」の語彙や会話の語彙が積極的に使用される全く新しい文学言語が生まれている。二一世紀の新しい女性のタイプも現われた。

要するに、女流小説は、「アマゾネスたち」がロシア文学の開拓を積極的に始めた一九八〇年代に基礎を築かれた伝統を発展させているのである。この十年間は、多くの変化をもたらしたが、永遠に「女性的な」価値――愛情、美、母性の喜び、同情は、手つかずのままなのである。

軽文学と大衆文学

現代の軽文学と大衆文学は、どこに違いがあるのだろうか？　そして、何故今、軽文学は中間文学に分類されているのだろうか？　評論家たちは理由を探すために激論を交わしているが、今のところ考えは一致していない。文学用語の古い辞書で見ると、軽文学（フランス語の belles lettres が語源）は、詩や散文における文学作品の総称を意味している。しかし時は流れ、強調点が変わった。現在、「軽文学」という言葉は、「高度な文学」に対峙するものとしての「大衆文学」の新しい意味で使用されることがますます多くなっている。しかし、こうしたところには疑問や疑念が非常に多く発生している……。

総じて、軽文学に対しては、いくつかの考え方がある。

1　軽文学は、文学すべてを言う（古い意味）。

2　軽文学とは、ジャンル別の大衆文学である。女性用長編小説、推理小説、冒険小説、神秘小説、アヴァンチュール小説、冒険ロマン、波乱に富んだ筋の短編小説。つまり、休息のための読書、暇な時の素晴らしい気晴らしに読むもの。

3　エリート文学（高度な純文学、古典文学）と大衆文学との中間を占めている散文作品。概して、はっきりした芸術的独自性は付与されていないが、時代の最重要な息吹に応えることにより、読者の生き生きとした関心を呼ぶ。時間が経過するに従い、新鮮さを失い、読者の日常生活から消えていく。

この、ほとんど天才的ともいえる軽文学の定義（2は疑わしい、3はまさにそのとおり）を、私はインターネットで見つけたのだった（著者は匿名）。同意せずにはいられない！

言い換えると、軽文学と「大衆文学」の概念を同一視するべきではない。定義におけるあらゆる混乱にもかかわらず、軽文学は、うるさい要求をしない大衆のための文学＝「読み捨て」の文学と本質的に違うのだ。第一に、軽文学（総じて大衆文学）の読者の全員に教養も厳しい審美眼もないわけではなく、単に、難解な純文学を読みたい人が滅多にいないだけなのだ、それは退屈だから。第二に、軽文学は（アカデミックなロシア語の辞典に記載されているが）美しく優雅な文体で書かれた上質な読み物であり、ここに矛盾はあるのだが、「古典的文学作品とは違い、軽い読書のための作品」なのである。第三に、大量のポスト・ソビエト文学は雑多であり、「優雅な読み物」（中間文学）も、低級な三文小説も含んでいるのである。

現在、作品が中間文学または三文小説の文学のどちらに属しているかということは、ジャンルや形式で決まるのではなく、何より作家の個人やレベル、その才能や知識によって決まる。多くの作家、例えば推理小説（またはファンタジー）のジャンルで書いている作家たちは、誇りを持って自身を軽文学の作家だとしている。例えば、有名なボリス・アクーニンは、この分類を全く嫌がっていない。ジャーナリストの「あなたはご自分が何だとお考えですか？」という質問に対し、アクーニンは誇り高く答えている。「私は、軽文学の作家です。違いは、作家が自分のために書いているのに対し、軽文学作家は読者のために書いていることですから」と。（www.abc-people.com/data/akunin/bio1.htm）

アクーニン現象は、ポスト・ソビエトのロシアにおける軽文学作家の中で最も目立つ代表者として、語る意味があるだろう。

かつて、二〇〇三年ぐらいに、彼の『ダイヤモンドの馬車』の出版が準備されはじめたとき、私は『アクーニンはあらゆる人に好まれうる』（言い換えると、アクーニンはあらゆる好みに対応しうる）という題で、アクーニン現象について記事を書いた。この記事が、多くの点で予言的だったので、ここから抜粋することにする。これはアクーニンの創作活動の初期（最初の五年間）についてのものである。

遊ぶふりをする人間

人は、生きている間中、遊ぶふりをする。基本的に、無意識に。

作家ボリス・アクーニンは、意識的に、慎重に、そして明確な目的を持ち、彼の「シナリオ」に沿って遊ぶふりをしている。彼のシナリオは、「軽いジャンルの流行作家」の選ばれた役割に沿って作られている。アクーニンが「文学的プロジェクト」と称したシナリオは、最初から成功が予見されていたのであり、それゆえアクーニンは羨ましいほど楽々と優雅に成功を手にしたのであった。軽文学のジャンルの流行作家の成功は、名誉だけではなく大金も期待できるのである。最近の成功ぶりをアクーニンは隠していない。それどころか、彼はあらゆる手段で自分のブルジョアぶりを強調している。大衆文学の作家は利益を多く得る、よく稼げる職業だと繰り返して。このような告白もまた、仕組まれたショーの要素である。

どんな遊びにも、「撒き餌」は必要不可欠である――パートナーを遊びに引き入れるために。アクーニンの餌は、読者やマスコミの強い関心をひきつける秘密、ミステリーである。秘密は遊びの主要な道具であり、アクーニン自身は、生まれついてのいたずらっ子だ。彼のすべてが謎めいている。彼の登場も謎めいており、そのときは誰もが長い間、ペンネームの陰に隠れているのが誰かを当てようとしていて、インターネット上でお金をかけた人々もいた。ペンネームも謎めいている。ペンネームの意味を、作家は長い間明かさなかった（「アクーニン」は「悪い人間、悪党」を意味し、日本の漢字で書くことが可能だ）。前から予告されていた彼のプログラム、プロジェクトも謎めいていた。いつも役柄を変えているアクーニン自身の行動も謎だ。今日、彼は「隠遁僧」の役割を演じ、明日は「非常に成功したブルジョア」、明後日は「紙に、魂ではなくインクをまき散らす軽文学作家」だ。そして最後に、思慮の浅いペンネームの後ろに立っている人物も謎だ。実際、それは全く思慮の浅い人間ではない。まったくアクーニンとは正反対の人間に違いない。

以上すべてのことに才能や、十九世紀末のロシア作家の優雅な文体と、そしてストーリーのおもしろさが加われば、アクーニンを取り巻く大騒ぎは当然であろう。

「アクーニン」のペンネームでの最初の長編小説は一九九八年に世に出た。それから古典的な長編犯罪小説のシリーズ「新しい推理小説」に入っている長編小説が九つ出された。そのストーリーは十九世紀末の歴史上の出来事を背景に展開し、犯罪を捜査するのはロシアの「シャーロック・ホームズ」、つまり特殊任務の役人、エラスト・ファンドーリンである。彼は、ピョートル一世時代の前にロシアに来て帰化した十字軍戦士フォン・ドルンの子孫である。そして、「学士の冒険」シリーズの長編が二つ。その主たる登場人物はエラスト・ファンドーリンの子孫で英国人のニコラス・ファンドーリンであり、舞台は現代のロシアである。さらに、「田舎の推理小説またはシスター・ペラギヤの冒険」シリーズの長編三つ。ここでも舞台は革命前のロシアで、犯罪を捜査するのはロシアの「ミス・マープル」である修道女のペラギヤである。さらに戯曲が三つ（推理小説的『チェーホフの『かもめ』のリメイク』、『ハムレット』の推理小説的リメイク、『サン・ジョルマンの鏡』）。さらに、ロシアの社会的・政治的現状についての数多くの、十九世紀文学風な文体の短編小説集『白痴のためのお伽話』。それから、明治時代の日本を舞台にした『ダイヤモンドの馬車』。主人公たちの中には、謎めいた日本の忍者もいる！　成功は前もって保証されていたようなものだ……

アクーニンの文学における十五年の人生を「ソビエト的に」五カ年で分けると、最初の五年の簡単な総括も非常に印象的である。

一九九八年『アザゼリ』、一九九八年『リヴァイアサン』、一九九八年『トルコの捨て駒』、一九九九年

『装飾美術家』、一九九九年『スペードのジャック』、二〇〇〇年『銅貨——トロバス』、二〇〇〇年『戴冠式、あるいは長編小説のうち最新のもの』、二〇〇〇年『ペラギヤと白いブルドッグ』、二〇〇〇年『白痴のための御伽話』、二〇〇〇年『アキレス将軍の死』、二〇〇〇年『五等官』、二〇〇〇年『かもめ』、二〇〇一年『死の愛人』、二〇〇一年『死の愛人女性』、二〇〇一年『ピラギヤと黒い僧』、二〇〇二年『階級外の読書』、二〇〇二年『喜劇／悲劇』、二〇〇三年『ペラギヤと赤い雄鶏』、二〇〇三年『ダイヤモンドの馬車』。

マスクと創造者

最初は、ボリス・アクーニンというペンネームの陰に誰が隠れているのか、このブルジョア流行軽文学作家の糸を引いているのが誰か、知られていなかった。その後、作者は秘密を明かした。軽文学作家のアクーニンは、有名な日本学者、エッセイストであり、「純文学」作品の翻訳者である、グリゴーリー・チハルチシヴィリであった。彼がアクーニンのペンを走らせ、アクーニンの声で話しているのである。より正確に言うと、グリゴーリー・チハルチシビリの中に、作家アクーニンとチハルチシヴィリという二人の異なる人物が生きているのだ。チハルチシヴィリ自身、「居心地のいい」アクーニンと違い、堅い人間で、鋭い分析と上手に金勘定ができる人間である。

チハルチシヴィリが生まれたのは一九五六年。民族的にはグルジア人だが、実際はほとんどモスクワ暮らしで、グルジア語を知らない。歌舞伎に魅了され、国立モスクワ大学付属アジア・アフリカ大学歴史学科に入り、日本学者となった。「外国文学」誌の副編集長として勤務していたが、二〇〇〇年に、軽文学作家業に専念するため辞職する。チハルチシヴィリは文学評論記事を数多く執筆し、日本文学や英米文学（三島由紀夫、丸山健二、井上靖、高橋たか子、コラゲッサン・ボイル、マルコム・ブラッドベリ、ピーター・ウスチノフなど）を翻訳している。『作家と自殺』（一九九九年）の著者でもある。このように、「真面目な」経歴である。このチハルチシヴィリからボリス・アクーニンが育つとは、誰に予測できただろうか？

チハルチシヴィリとアクーニンは、書くものも書き方も異なっている。異なる考え方を持ち、話し方さえ異なっている。日本学者のチハルチシヴィリは世間に対して閉鎖的だ。彼は普通、インタビューに応じない。一方、作家のアクーニンは、良き大衆文学のための考えを話す用意がある。あるいは、妻を楽しませるために、いかにして推理小説を書き始めたかを。アクーニンは考案されたシナリオに沿って独自の生活をするマスクである。理解できないのは、マスクが自然と剥がれたのか、それともマスクを作った者がマスクを外し、外したマスクを意識的にかぶって遊んでいるのかだ。彼はこのことを「ニェザヴィーシマヤ・ガゼータ（独立新聞）」のインタビューで打ち明けている。

流行軽文学作家のマスクは、戯曲『かもめ』の有名な登場人物を強烈に思い出させる。いずれにせよ、アクーニンとチハルチシヴィリが文学の世界においても実際の世界においても、各自がそれぞれ別に存在しているのはすべての人に知られている。アクーニンは創作活動について、面白い遊びのような考え方をしている。チハルチシヴィリは、有名な作家の自殺について、知的だが陰気なベストセラーを書き、三島由紀夫を翻訳している。しかしボリス・アクーニンが「病気だったり政治のせいだったり不幸な恋愛のせいだったりアルコール中毒などのせいで自発的にこの世を去った作家たちについて毎日読書するなら、非常に重苦しいし悲しい。休息を設け、何か陽気で軽薄で楽しいこと、遊びをやりたくなる。自分が全く違う気分になるために、自分に違う名前をつける必要がある。中世の日本では、この伝統がとても広くいきわたっていた。人が何らかの人生の境目に達したと感じた時、名前を変え、その時から違う生き方を始めていた。そんなことが一生のうちに三、四、五回あったのだ。私が自分にそれまでと違う名前を付けた時、私は書くときも違うふうに書いている」と語っている時、チハルチシヴィリがアクーニンの背中から覗いているのである。

東洋学者チハルチシヴィリがそこにいることは、アクーニンの作品においても常に感じられる。そのような日本的・中国的なカラーがあるのだ。作風も、特に『アザゼリ』は、江戸川乱歩の平坦な叙述を想起させる。主人公エラスト・ファンドーリンも、ロシアの知識階級や英国のジェントルマンだけではなく、日本のサムライの特徴を有している。それに、彼の召使は日本人だ。このシリーズには総じて多くの日本的なものがある。最新の長編小説『ダイヤモンドの馬車』（二〇一二年）は言うに及ばない。この長編の舞台は日本なのだから。（時折、バーチャルのアクーニンが優勢になり、アクーニンとチハルチシヴィリがデュエットしているような感じになることがある。しかしこのグリゴーリー・チハルチシヴィリがボリス・アクーニンとの、つまり自分自身との共著で、私の記事が発表されたすぐ後に『墓場の歴史』（二〇〇四年）を、それから『アリストノミヤ』（二〇一二年）を発表している。ジキル博士とハイド氏ではないのか？

『墓場の歴史』においてアクーニンは軽文学作家にふさわしく「怖い話」を語り、人文学者であり死のテーマを愛していることで知られる人文学士のチハルチシヴィリは、その話をヨーロッパの墓地についてのエッセーで補完している。この二頭立ての馬車において、どちらがメインでどちらが脇役なのだろうか？）

私の記事の引用を続けよう。

「……そして、何れにせよ、ロシアにおけるアクーニンの人気の理由はどこにあるのだろうか？　大概、推理小説の分野の流行作家には、その作家の固定ファンや聴衆がいるものだ。しかしアクーニンは特別なニッチを占めている。なぜならアクーニンは誰にでも好まれうるのである。

誰にでも、というのは、ボリス・アクーニンの推理小説が多層であり、まさにキャベツの玉のようだという意味で。この例えはあまり詩的ではないが、言い得て妙である。なぜなら、誰もが、その教養や執念や知識のレベルに応じて葉をちぎっているのだから。」

アクーニンが始めた「遊び」の終わりが来るのがいつか、興味深い。あらゆることから見て、それはまだ来ないだろうと、当時の私には思えた。

「修道女ペラギヤのシリーズは、『ペラギヤと赤い雄鶏』の刊行で終わりを迎えたばかりである。しかしエラスト・ファンドーリンのシリーズは、もっと長く続けることができるだろう。作者の告白によれば、彼は飽きるまで書き続けるつもりだそうだ。とはいえファンドーリンは探偵であり、探偵はいつ殺されても不自然ではない。しかしアクーニンはアイディアを沢山持っている。それにアクーニンは「エラスト・ファンドーリンの冒険」シリーズの長編小説のストーリーに沿って、コンピューターゲームを作ることを考えている。だが、それにも飽きてしまったら？　いや、次の人生の境目に着いたら、また名前を変えることができる。そして新しい遊びのシナリオを考えればよい。なぜならチハルシヴィリ＝アクーニンが述べていたではないか、一生のうちに四、五回改名できると。新しい分身も同じくらい興味深いのは目に見えている。チハルチシヴィリの二重の存在を、私はとても気に入っているのだが。

私はボリス・アクーニンと別れるのをさびしがるだろう。……」と私は二〇〇三年に書いた。

しかし、私も予想していたように、まる一年間の沈黙はあったが、アクーニンとの別れはなかった。沈黙の後、積極的活動が始まり、予測される『クエスト』を含む二番目の五カ年が続いた。

さて二番目の五カ年（二〇〇四－二〇〇八年）に入ったのは以下の通り。

「ジャンル」というシリーズの三冊本（「子どもの本」、「ファンタジー」、「スパイ長編」）、戯曲『陰と陽』、「ファンドーリン」シリーズの『軟玉の数珠』、ファンドーリンの子孫のニコラスが活躍する『F・M』、映画化プロジェクト「兄弟の杯の死」シリーズ一〇作（この原稿の執筆当時に出ていたのは四冊であったが、現在は以下の一〇冊がすべて出揃っている）。

赤ん坊と悪魔（中編）
失恋の苦しみ（中編）
空飛ぶゾウ（中編）
月の子どもたち（中編）
奇妙な人（中編）
響け、勝利の轟きよ！（中編）
「マリヤ」、マリヤ……（中編）
善と悪の彼岸（ニチェゴスヴァトゴ）（中編）
「トランジット」作戦（中編）
天使の大隊（中編）
クエスト（二〇〇八年）

「五カ年」に区切って考察するのは非常に有効であった。なぜなら、我々に時期を区切るはっきりとした境目を示してくれたからだ。それは二〇〇四年、作家としての経歴において唯一、アクーニンが何も書かなかった一年である。それまで「アクーニン」は非常に上質な、それでいて全く「古典文学的」な推理小説を書いていた。それから、遊びの時期が来た。

三番目の「五カ年」については、以下の作品を挙げることができる。『全世界が劇場』（劇場の推理小説）、

『黒い都市』、『ハヤブサとつばめ』、『女の子のための子どもの本』、そして「本＝映画」プロジェクト「兄弟の杯の死」シリーズのさらなる続編だ。

その他、この作家（チハルチシヴィリ）は、「アナトーリー・ブルスニキン」というペンネームで以下のものを書いたと告白している。『ジェヴァートヌイ・スパス—奇跡を起こすイコン』（二〇〇七年）、『違う時代のヒーロー』（二〇一〇年）、『ヴェルロナ』（二〇一二年）。

一方、ボリス・アクーニンのペンネームでは『悪魔の一日《クレアチヴシク》』（二〇〇八年）、『その場所』（二〇一〇年）、『ヴレメナ・ゴーダ』（二〇一一年）……。

もしかすると、私はこの非常に盛り沢山のリストで何かを漏らしているかもしれない。しかし、私の課題はアクーニン＝チハルチシヴィリの正確極まりない経歴を発表することではない。重要なのは、現象の本質を理解することだ。本質について、アクーニン自身の洞察が興味深い。

「創作活動の危機は、私にはない。なぜなら私は、最初から自分にこう言っていたからだ。私がやっていることは創造的活動ではなくて、手作業だと。」

「軽文学は、建築物のようだ。それは知識、尺度の感覚、規律を求める。周期的に頭が天井にぶつかって、そこを突き抜けることができないような感覚が生じることがあると言わねばならないが。そのときは、何らかの強い手段に頼らなければならない。例えば、新しいペンネームをつけて、別人として執筆するとか。私の手作業には停滞の危険性がある。創作活動においては技術的手法が数々あり、執筆の途中で頭のスイッチが切れ、すべてがオートマチックに進むことがあるほどだ。それは最悪である。それをすべて壊し、自分に何らかの追加的障害物を設ける必要がある」（ボリス・アクーニン、イタル・タス通信公式サイトのインタビュー、二〇一四年五月二〇日、http://polit.ru/news/2014/05/20/akunin/）

さて、アクーニンは自分の文学の道に新しい追加的な障害物を置いた。おそらく、新しい境界線と新しい目標だろう。その目標は、現代の歴史家クリュチェフスキーになることだ！　それともカラムジンか……言い換えると、軽文学作家のアクーニンは新しいロシア史を作ろうと決め、そして作った。それが、この本だ――ボリス・アクーニン『ロシア国家史。起源からモンゴル襲来まで』（ＡＳＴ出版。二〇一三年、三九六頁）

残念ながら、ボリス・アクーニンが歴史研究分野の作品を作り出すことに成功したとは言えないようだ。読者も、批評家も、そして専門家も、そう考えている。

読者は賞賛から罵倒まで、様々なレビューを書いている。読者それぞれの知性や教養によっていろいろなレビューがある。では、最もニュートラルで正確な専門家の意見を紹介しよう。イーゴリ・ダニレフスキー、ロシア人歴史家、古代ロシア（十六世紀末まで）の専門家、歴史学博士、国立研究大学スクール・オブ・エコノミクス歴史学部思想・方法論史講座長（二〇一〇年）である。（「プロフィール」誌より）

「簡潔に述べると、この作品は大衆的歴史と呼ばれているジャンルに分類できるだろう。これは、素人が素人のために、過去についての自分の考えを入れて書くものである。アクーニン自身が、これについて語ってもいる。これは、信じられないほど普及しているジャンルで、そのような本は数千までいかなくても数百は世に出ている。それらとこの本との唯一の違いは、それらの本には広範囲の一般人が反応する「アクーニン」の名がついてないというだけだ。」

（http://www.profile.ru/pryamayarech/item/78663-predanya-stariny-glubokoj）

また、ダニレフスキーも、本の中に史実の間違いが多数あることを指摘しており、さらに、アクーニンが誤った時代遅れの方法論を用いていることも指摘した。

それにもかかわらず、第二七回モスクワ国際書籍見本市（二〇一四年九月）で、ボリス・アクーニンは、自分の新刊本、ドキュメンタリープロジェクト『ロシア国家史』の二冊目である『アジア地方。汗の時代』を紹介した。

ジャーナリストが明らかにしたところによれば、作家の計画はとても広範だという。彼は「ロシア史を一九一七年まで書き続ける」つもりであり、十年を予定しているプロジェクトは、歴史的テキストと軽文学を含んでいる。大きなテキストは、平行して八巻のロシア史、それにプラス歴史物の冒険中編小説からなるという。冒険小説の主人公となるのは、ロシアに国家が形成された日から暮らしている家の人々とのことだ。

まあ、ロシアの慣用句に従って、「生き延び、そして見る」ことにしよう。ちなみに、二〇一四年三月二六日、第七回国内見本市「ロシアの本」の開催初日、ロシアの書籍出版ビジネスで最低の作品に授与される「段落」賞が『ロシア国家史。起源からモンゴル襲来まで』に与えられ、その著者のボリス・アクーニンは「名誉ある無学」特別賞に選ばれた。

軽文学の分野におけるアクーニン＝チハルチシヴィリの才能には議論の余地がない。彼は、本当にすべての人に好まれうる。面白く、才能あふれ、娯楽性もある。しかし、歴史についての労作は、おそらく、専門家にまかせた方がよいだろう。

ロシアと日本の文化交流発展のために大きな貢献をした日本学者で作家としてのアクーニン＝チハルチシヴィリは、日本側に高く評価されている。

・二〇〇五年、日露修好一五〇周年を記念してロ日関係の深化への貢献に対し日本の外務大臣表彰。

・二〇〇九年四月二九日、旭日小綬章授与。同年五月二〇日にモスクワの日本大使館にて授与式。

・二〇〇九年八月一〇日、ロシアと日本の文化交流発展への貢献に対し国際交流基金賞受賞。

また、アクーニンは「アカデミー・パルマ」賞も受賞している（二〇〇四年、フランス）。

コムソモーリスカヤ・プラウダ紙主催の「ライター・オブ・ザ・イヤー」（二〇〇〇年）、TEIFI賞最優秀スペシャリスト部門（二〇〇二年）、野間文芸翻訳賞（二〇〇七年）など。

そして、これが最も大事なのだが、ロシアにも諸外国にもいる、数百万の読者に認められていること……。

締めくくりに、ポスト・ソビエト期の「高度な」軽文学について、いくらか述べたい。そして、いわゆる「中間文学」――これについて書かれることが、ますます多くなっている――について。主要な軽文学作家アクーニンのほか、まさにこの用語（「私は軽文学作家です！」）を現代的な意味で使用し始め、同じように成功して軽文学に分類できる作家は、世間を騒がせた『クコツキイの症例』およびその他の素晴らしい本を書いたリュドミーラ・ウリツカヤ、ディーナ・ルービン、そしておそらく、ポスト・ソビエトの女流文学の大多数だろう。それにしても、中間文学とポストモダニズム作家が書いた素晴らしい軽文学との明確な相違は、どこにあるのだろう？　告白すると、私はこの問題に対し、はっきりと回答するのに窮する。中間文学（言い換えると、ロシアではまだはっきりと確立していない「中間的文学」）は、あたかも、より教養ある読者を対象にしているようだ。しかし、そうだろうか？　中間文学の部類には、いろいろなレベルのエリート作家も大衆小説家も含まれている――『親衛隊員の日』や『砂糖のクレムリン』を書いたソローキン、長編『クィシ』を書いたタチヤーナ・トルスタヤ、『天使に噛みつかれて』のパーヴェル・クルサノフ、『ЖД《ジェーディー》詩』のブイコフ、『モスクワのサーガ』を書いたアクショーノフ……。ところで、いずれかの作家が中間文学に属しているかどうかという問題は、はなはだ複雑で相対的である。我々が描いたロシア文学の惑星ソラリス全体が複雑であるように。リストは無限に書き連ねることができる。なぜなら高度な文学はお金をもたらさず、ポストモダニズム、モダニズムなどの知的レベルの高い作家が低いほうへ、大衆文学へ位置を変えたからである。軽文学作家の中で我々が見る名前は、一部、中間文学の作家たちの中にもある。ペレーヴィン、アクーニン、グリシュコヴェッツ、ウリツカヤ、ヴェーレル、リプスケロフ、ソローキン、カーチャ・メテリッツァ、ブイコフ、ブクシャ、コズロフ、レヴァゾフ、ガロス……最近の作家では、ミナエフ、センチン、ブトフ、マリチュジェンコなど。全員だろうか、それとも私が間違えているのだろうか？　正直に申し上げると、私個人には、現代ロシアの軽文学と中間文学との違いが見えないのである。

ところで、何名かの、明らかに大衆文学に属している書き手たちにも注目する必要がある。この書き手たちも中間文学作家と名乗りたいのである。例えば、恋愛ロマンスの作家、ベルセネヴァ（ソトニコヴァ）など！　というわけで、軽文学に入ったり出たり、同様に中間文学にも入ったり出たりするのは、誰にでも開かれているからだ。ようこそ！

大衆文学と読み捨ての文学について

実は、「大衆文学」という言葉にもネガティブなニュアンスはなく、ありえないのである。娯楽性に富んだ良い本を広範囲の多数の市民が喜んで読むのに、何の悪いことがあろうか？　ただ、忘れるべきではないのは、ポスト・ソビエト文学には、本当に素晴らしい大衆文学が少ないながら存在したことだ（品性下劣な読み捨て用のものではなく、軽文学に近いもの、つまり「優雅な物語」という意味で）。あるいは有名な中間文学だ。

良い大衆文学は、尊敬に値する。その中では善がいつも悪に勝利し、気高さと正義が勝っている。（批評家に聞きたい。文学的おとぎ話は大衆文学ではないのか？）子どものころに何度もおとぎ話を読み、ひ弱な理想主義者に育つ者が、現実の卑劣なものごとに適応するのに困難を覚えることがある。私はそのような例を数多く知っている。質の良い大衆文学は、現実のもとで変化したおとぎ話である。そして大衆文学を支持して選ぶ読者は、おとぎ話の読者同様、勧善懲悪による満足感が欲しいのだ。だから、良い大衆文学の主人公たちはあんなにも魅力的で、読者は心惹かれるのである。

しかし、ポスト・ソビエトのロシアにおける大衆文学に、何が起こっているのだろうか？

ポスト・ソビエトの大衆文学のジャンルや性格を究明する前に、インターネットでこの本の執筆時に見つけた最新の調査結果を見てみよう。全ロシア世論調査センターが行った、ロシアにおける読書調査（二〇一四年六月二五日）である（我々はすでに第一章で引用したが、もう一度数字を思い出そう）。

記事の題は「ロシア人に最も人気のジャンルはラブロマンスと歴史小説」。

「ロシア人に最も人気のある文学のジャンルはラブロマンスで、回答者の一三パーセントがそのような文学を好むと述べている。回答者の一一パーセントは歴史関係の本を好んでいる。ロシア人にとっては推理ものも魅力を失っていない。回答者の九パーセントが外国のミステリーを、「ロシアの女流」ミステリー同様に読んでおり、ロシア国内のミステリー作家の作品のほうを好んでいるのはそれより少し少数で八パーセントであった。

調査の回答者で古典文学とファンタジーを愛好している人は九パーセントずつである。児童文学を読んでいるロシアの大人は八パーセント。美容、健康、心理学の実用的情報を書物で得ている人は回答者の八パーセントであった。

総計

二〇一四年のデータを、その少し前（二〇〇五年と二〇〇八年）の読書傾向の表と比べてみよう。

男性はロシアの戦記物や、大祖国戦争を扱った本を好む。女性は、「女流ミステリー」、ラブロマンス。

年齢

一八歳から二四歳＝SF、ファンタジー、神秘小説、現代の外国文学、「グラマラス」文学。
二五歳から三九歳＝ラブロマンス、現代ロシア散文作品、ベストセラー翻訳現代推理小説
四〇歳から五四歳＝ロシア戦記物、女流推理小説、外国の古典的推理小説
五五歳以上＝歴史冒険小説、長編歴史小説、ソビエト時代の長編歴史物語、大祖国戦争の本、古典全般。

教育

高等教育を受けた人＝古典全般、現代散文作品全般、詩、「グラマラス」文学
中等教育までの人＝ジェットコースター的ストーリーの文学全般、ラブロマンス

消費者の社会的地位

最も裕福な人々＝ファンタジーや神秘小説を含む幻想小説、ロシア国内外の現代散文作品、「グラマラス」文学
最も裕福ではない、または最も裕福な人々以外＝ジェットコースター的ストーリーの文学（幻想小説以外）、ラブロマンス、戦争を含む歴史、古典文学

居住地（居住地のタイプ＝大都市か、地方都市か、あるいは農村か、など。）

モスクワ＝伝統的幻想小説、歴史冒険古典作品、革命前およびソビエトの古典作品、現代ロシアおよび翻訳の散文作品、詩、「グラマラス」文学。言い換えると、これらの好みの裏に、年長の世代の教養あるモスクワの住人（古典作品）と、反対に、若い世代（幻想小説、現代もの、流行の「グラマラス」文学）がいる。

	2005年	2008年
文学は読まない（文学作品は読まないが社会評論、技術書などは読んでいるかもしれない）	20	8
「女流」ミステリー	20	28
女流小説、ラブロマンス	18	19
ロシアの戦記もの	21	24
古典的歴史冒険小説	17	23
現代の歴史小説	15	14
ロシア・ソビエトの古典文学（ソビエト時代の社会主義リアリズムの良作）	11	15
外国の古典的ミステリー	8	14
大祖国戦争を扱った本	9	14
ロシア革命前の古典文学	7	9
外国の古典文学	6	9
伝統的幻想文学	6	9
ファンタジー	5	8
神秘小説	5	6
ソビエトの長編歴史物語	6	12
現代ロシア散文作品	4	6
新しい西欧のミステリー	5	7
現代の外国の散文作品	3	6
詩	3	4
アフガニスタン、チェチェン戦争の本	–	6
旧ソビエト共和国、ロシアの諸民族の文学	–	4
流行の「グラマラス」文学	–	4
回答者数	2100	2000

あなたは文学を読みますか？　もしそうでしたら、どんなジャンルの文学がお好きですか？（原則として「読書する人に対する割合）

（ドゥビン、ゾルカヤ『ロシアにおける読書2008、傾向と問題』連邦出版マスコミ庁。ユーリヤ・レヴァダ分析センター、モスクワ、図書協力地方間センター、2008年）

大都市＝ロシアの戦記物、古典的外国推理小説、ソビエト時代の長編歴史物語、ロシア・ソビエト古典作品。
中規模都市＝ファンタジー、外国古典作品
小規模都市＝ロシアの戦記物、「女流」推理小説、現代の長編歴史小説、大祖国戦争を扱った長編小説
村＝歴史冒険古典作品、現代の長編歴史小説、大祖国戦争を扱った長編小説およびアフガニスタンやチェチェン戦争を扱った小説。
ラブロマンスは、ほとんど同程度に、あらゆるタイプの居住地の女性読者が好んでいるが、少しその頻度が少ないのが、首都の女性たちである。

簡潔に述べるなら、事実上すべてのロシア人の性別・年齢別および教育程度別のグループに属する読者が、大衆文学へと移ったのである。古典作品に興味のある一極は、モスクワに住み、高等教育を受けた人々で、年長のグループに入る人々である。「グラマラスな」ものを含む、現代の作品に興味のある一極は、やはりモスクワに住んで高等教育を受けている人々だが、ここでは若い層（二五―三九歳）である。指摘できるのは、ラブロマンス、歴史的テーマのものを含む、大衆的なジェットコースター的ストーリーの散文作品は、地方の、あまり裕福ではない読者グループに移動した。比較的裕福で、より情報が多く、より広い範囲の本に手が届くのは首都の住人であり、それは「高度な」古典作品の権威を支えている年長者と、現代の流行作品に集中している若者および若手の成人である。
この二つの調査結果の数字における多少の違いにもかかわらず、傾向は似ており、別の研究をしたいとい

う興味を起こさせる。しかし、それは我々の課題ではない。数字の研究は統計に特別に興味がある読者の方々におまかせしたい。

この章の中で我々に最も興味を抱かせるのは、読者の好み――大衆文学（軽文学）の特定のジャンルへの興味である。ラブロマンス、女流推理小説、戦記物、幻想小説、神秘小説、ジェットコースター的ストーリーの散文作品への興味だ。

我々が見てきた通り、ここ数年間で優位性（グループの区別なく）の変化は、甚だ僅かである。

もう一度、繰り返そう。事実上、ロシア人のすべての性別・年齢および教育グループに属する読者が、概ね大衆文学に移ったと。

これが、ロシア人読者の知的状態、またロシアにおける今日の書籍市場の、客観的な指標でもある。

さらに、二〇一四年のデータによれば、「ラブロマンス」は現在、一位に躍り出た……（以前は「女流推理小説」がいくらかリードしていた）。ラブロマンスは、すべての地域の女性読者に好まれているが、首都の女性読者は、それより幾分少ない。しかし、なぜラブロマンスなのだろう？

というわけで、再度、女性のテーマに戻らなければならなくなる――すでに大衆文学（上質な軽文学、読み捨ての本）の項なのだが。

再度、女性について

「恋愛小説」または「マダムの」ロマンス、「ラブロマンス」、「グラマラス」ロマンス

ラブロマンス（ラブストーリー）は、ひとつのジャンル（映画や文学の）である。このジャンルの作品は、恋愛関係の物語を、主人公たちの感情や気持ちを強調して描いている。描き出す対象は美しく深い愛だが、周囲の人々が理解せず、または困難な状況により邪魔されていることが多い。作品は通常女性向きと考えられており、その関係で、ラブストーリーのジャンルで書かれた文学作品には、「女性向き（または「マダムの」）ロマンス」という名称がしっかりと付けられている。

http://dic.academic.ru/d ic.nsf/ruwiki/55979

こうした定義にはただちに反論をとなえたい。九〇年代、ポスト・ソビエト文学において「マダムのロマンス」という概念に、研究者たちが純粋な「恋愛」小説だけではなく、非常にシリアスな女流小説もいれてしまったが、これについては既に十分詳しく話をした。混乱を避けるため、ここでは「マダムのロマンス」と括弧に入れることを提案したい。この文脈で、それが陳腐な恋愛小説に等しいことをほのめかすために。

ポスト・ソビエト文学における、この尽きることのない女性のテーマ……。いわゆる「マダムのロマンス」、「ラブロマンス」（これは時々、フランス語の「roman rose」を訳して「ばら色の小説」と呼ばれることもある）。全く独自のジャンルである「グラマラス」小説。これらはすべて、ポスト・ソビエト散文作品の、全く特殊な部門である。非常に範囲が広いが、非常に限られた部門である。女流小説には間接的に関係がある。「女流文芸」とは非常に大きな違いがあるのだが。なぜなら「女流文芸」には実に広範な「女性のテーマ」があるのだが、ここには不幸な、あるいはハッピーエンドのラブストーリーしかないからだ。そして、「マ

ダムのロマンス」と本当の「女流小説」との違いを示すニュアンスがもうひとつある。「マダムのロマンス」または「ラブロマンス」のジャンルで創作しているのは、女性だけではなく、男性もいて、しかも非常に成功していることだ（女性のペンネームで！）。

ポスト・ソビエトの「ラブロマンス」の歴史が始まったのはかなり以前のことで、それはポスト・ソビエト文学が生まれたばかりのころだった。一九九六年三月にはすでに、全ロシア外国文学図書館において、「我々は『マダムのロマンス』にうんざりしていないのか？」というテーマで円卓会議が行われた。理由の一つとなったのは、ロシアの書籍市場に恋愛小説専門のシリーズが複数出現したことである。例えば、出版社ヴァグリウスの「アフロディーテの贈り物」シリーズ（一九九六年だけで、エレーナ・ガレッカヤの長編『奔放な放浪』、ガリーナ・ヤホントヴァの『アナスタシヤの黒い薔薇』および『アナスタシヤの夢』、ナタリヤ・ポロシナの『美女ヴァシリーサ』がこのシリーズで出版されている）がある。

ヴァグリウスにとどまらない。一九九五年には、最初のロマンスシリーズ「愛している、愛していない」（「ロシアのラブロマンス」）が現われた。同年には、さらに二、三の出版社が「恋愛シリーズ」を出している。「愛を宣告された女性」、「ロシア風に愛すること」シリーズ（ガリーナ・ギレフスカヤの長編『身を焦がすような情熱』やヴァシリエヴァの『すべてがあなたのため』）、「愛と夢」シリーズ（カタソノヴァ『コクテベリへの帰還』など）である。

（「パイオニア」を詳しく挙げているが、それは、当時には少なかったためである。二十年前から現在に至る、このジャンルの「主人公たち」をすべて挙げることは可能だとは思えない。恋愛もので稼いでいる出版社は数十、もしかすると数百あり、シリーズや長編小説は、総じて数えることなど不可能だ。しかし、当時はすべてが最新ニュースだった。こういうものがロシア社会の「民主化」の特徴だ。）

「マダムのロマンス」に心ひかれているのは主に、あまり高い教育を受けておらず、孤独な女性たちだ、という意見がある。西欧諸国ではそうかもしれず、この分野でモンスター級の出版ビジネスが動いている。しかし、ロシアでは、すべてが少し異なっている。そのため、「ラブロマンス」も、西欧の「バラ色のロマンス」（ラブストーリー）という翻訳借用語には、ストーリーの面でも文体でも語彙でも一致しない。「ロシアのラブロマンス」を読むことは、単なる暇つぶしだったり、不足している感情で自分を満たす方法ではないのである。何か違うものなのだ。次の部分的な引用（トロフィーモヴァの論文「女流文学と現代ロシアにおける書籍出版」、『社会科学と現代』、一九九八年、五号）で、はっきりするだろう。

「統計が示したところによると、我が国でのこのジャンルの読者は、女性が八五パーセント、男性が一五パーセントである。明らかになったのは、「マダムのロマンス」の主たる読者が主婦ではなく高等教育を受けた女性で、主に二五歳から四五歳、既婚者だということだ。職業は様々だが、主に学術的・技術的な職業を持っている。彼女たちは非常に自立した女性たちである。「マダムのロマンス」への関心は、女性が何を書いているのかということに対する関心、女性作家によって映しだされた、他の女性たちの経験、意見、生活に対する関心なのである。今日の女性読者たちにとっては、現代女性の生活も好奇心の対象だ。そしてここで、「マダムのロマンス」が、それ自体に認められている役割とは違う役割を演じ始めるのである。円卓会議で指摘されているように、ロシアでは、異なる機能があるのだ。ひとつは、生きる力を建てなおすサイコセラピスト的機能、ふたつ目は安定させる機能、そして三つ目は、実用的機能であり、ビジネス上の諸問題の解明が女性読者にとって興味深いことが明らかになったのだ。そう、ビジネス上の諸問題である！　九〇年代の初め、自分のスモール・ビジネスの組織に関する情報を、女性は、そして男性も、これらの「マダムのロマンス」からしか得られなかったのである。その中では、どのようにプレゼンテーションを準備するか、ブティックや小さな花屋をどうやって維持するかを読むことができたのだ。」

どんな人が何を「ラブロマンス」に求めているのか？

1　女性は何を求めているのか

女性は、最も賢明で教育程度も高い女性でも、「ラブロマンス」に情動と慰めを求めている。それから、ビジネスについての情報や、その他の有益なアドバイスも。そのため、「ラブロマンス」のストーリーは、いつもシンデレラのおとぎ話の変形である——貧しく、不幸で運命に欺かれた娘を、やさしく高潔な「プリンス」が幸せにしてくれるのだ。もちろん、すべてのストーリーがおとぎ話的ではなく、シンデレラの代りが、労働者やＯＬ、学生、プリンスの代わりが金持ちのロシア人または外国人というのもありうる。その男性が女性に気を留め、好きになり、結婚し、そして幸せにしてくれるのだ！

彩りを添えるため、多くの作家が、恋愛小説をカップルで熱帯の島へ向かう旅行で締めくくっている。これは、エキゾチックな天国にいる自分を夢見たり想像したりする可能性を与える。生活のすべてが仕事、育児、掃除や食事の支度に終始するとき、ある瞬間に心に空虚が生まれる。力強い男性と素晴らしい女性の現代のラブロマンスは、平安と確信を持たせてくれる。もし女性たちからこのはけ口を取り上げれば——もしラブロマンスが出版されなくなったら、多くの女性が自らの道を照らす「希望の松明」を失うことになるだろう。勤労女性や主婦たちはロマンスを読みながら、ヒロインの立場にいる自分を想像し、ヒロインと一緒に喜んだり苦しんだりし、それから喜んで幸せな結末を読むのである。彼女たちはヒロインとともに生き、この「遊び」をやりとおすのだ！　そして、ラブロマンスのこのようなバリエーションが、ロシア人女性にとって一種のおとぎ話なのである。大人たちのためのおとぎ話だ。

2　男性は何を求めているのか

男性はラブロマンスを、女性より冷静にみているが、時には、スーパーヒロインのラブロマンスを読むこともある。このとき彼らは皆、男性主人公の立場にいる自分を想像している。主人公たちは常に勇敢で、力強く、恋愛の障害に打ち勝つのである。

3　ティーンエイジャーは何を求めているのか

ティーンエイジャーは、まだ人格が完全に形成されていない。彼らは、進路や理想を探索中である。彼らがラブロマンスの中に現実では出会わない理想の異性や純粋な恋愛の姿を見て、いつか出会えるだろうと希望を持つのはよくあることである。古典的な「マダムのロマン」とは異なり、ティーンエイジャーが読んでいる「ラブロマンス」のストーリーは、神秘小説的な性格を有しており、謎に満ちた世界、地球外文明の世界である。ティーンエイジャーに人気なのは、魔法や幻想に傾き、登場人物たちが魔法使いだったり、幽霊だったり、あるいはロボット（アンドロイド）だったりする。

このように、我々は非常に逆説的な結論に行きつく。「ラブロマンス」（基本的な部分は甚だ質の低い読み捨てのもの）とは救済のためのはけ口であり、独特の心理的バリアーであり、これがなければ、この世界で生きるのが不可能なもの。それは、現代（ポスト・ソビエトを含む）の生活で非常に重要な役割を果たしている。生きることが耐えられないほどつまらなく、わびしくなるとき、人は現代のシンデレラのおとぎ話を開き、恍惚として読書に没頭するのである。テキストが非常にお粗末であったとしても……。

しかし、ご注意！　これは、現代ロシアのラブロマンスの、複数あるタイプのうちのひとつにすぎない。

ロシアの土壌における「マダムのロマンス」の突然変異

西欧諸国の大衆文化において、「マダムのロマンス」は厳しい法典に従って構築されている。分量は多くなく、テーマは必ずハッピーエンドの恋愛おとぎ話で、ロマンチックな、または日常的な出来事を背景にする。美しい主人公たち、美しい風景、美しい恋愛。いかなる戦争も、暴力も、悲劇もない。そしてもちろん、どんな汚れもポルノグラフィーもない。

しかし、ロシアの土壌では、正典のすべてが破られている……。

いや、私が言いたいのは、ポスト・ソビエトのロシアで「ラブストーリー」が、力強く、男性を押さえ込むヒロインが出てくるフェミニスト的でハードな小説に変化してしまったということではない。そのような小説もあるが（これについては少し後で述べる）。今私が述べたいのは、戦闘もの、推理小説などの要素を持った、「ラブロマンス」の多様性である。例えば、犯罪小説的メロドラマ（このようなサブジャンルには、推理小説、スリラー、戦闘ものが筆頭に置かれるのが、より適切であろうが）がある。

犯罪小説的メロドラマのヒロインのタイプが生まれたのは、九〇年代半ばのことである。スキャンダラスなナタリヤ・メドヴェージェヴァ（多くの人に嫌悪感を抱かせる作家のエドゥアルド・リモノフの妻、以前はモデル、歌手、そして有名女性作家）のシリーズ本や、その後有名女性ジャーナリストとなるダリヤ・アスラモヴァのスキャンダラスな本が出版され、犯罪小説的なメロドラマのヒロインのタイプが有名になった。当時、評論はこのような女流小説における新機軸を、「抵抗の文学」、「新しい告白の文学」といった熱狂的な評価で歓迎した。

メドヴェージェヴァの長編『ママ、私は怪盗が好き』（ロシアでの出版は一九九三年）は、西側の文学では非常にお馴染みの、女性——正確には女の子の告白である。事実上、これは、アヴァンチュールや性的な経験が豊富な十四歳の中学生の名前で語られる短編である。性的な告白がほとんどポルノグラフィー的描写の域に達しているメドヴェージェヴァの長編は、いわゆる「抵抗の文学」に分類された。(この長編の後、一九九四年から一九九五年に、長編『ホテル・カリフォルニア』、『私の闘争』、そして『アルコールを伴う愛』が続いた。)

新しい「告白」は、一九九四年に八万部発行された若い女性ジャーナリストのダリヤ・アスラモヴァによる本『不良娘の記録』の主題となっている。アスラモヴァの作品も性生活の告白と、それにまき込まれたロシアの有名人の物語で、ロシアの読者をひどく驚かそうとする。この本は、大きなスキャンダルを巻き起こした。奇妙なことに、この自己ピーアールの陳腐な試みを、批評家たちは甚だ独特な方法で受け入れた。奇行を通して新しいロシアの実情を捉えたい、その中にあって自分の自由と独自性に対する権利を確立させたいという女性の願いと考えたのだった。『不良娘の記録』には、このようなレッテルが付けられた――「文学的・心理学的前衛芸術、ショックを通して新しい生のフィールドを開拓することを目指す」。

ポルノグラフィー的な色気がなければ、これらの本には何か多数の崇拝者やその後のこうした文学の追随者の注目を惹くものがある。それは動きの大きさや読者の気をそらさない魅力だ。そして、鋭い、半分犯罪小説的なものを含む、女性の文学には禁じ手のテーマ。これは、ロシアの古典文学およびソビエト文学にはかつてなかったものだ(推理小説以外では)。

恋愛のテーマと有機的に混合して、ロシアの犯罪小説的「ノワール(陰惨な暴露小説)」の叙述は、ストーリー展開の早いラブロマンス(これはまだ「黒いバラ色ロマンス」と呼ばれている)、犯罪小説的メロドラマ、そして人気のあるシリーズ「魔性の女」養成講座に変異した。これは、「魔性の女」によって書かれた「魔性の女」のための本のシリーズである(ジャンルを特定するのさえ難しい)。「『魔性の女』学」の参考書付きの、奇行の告白作品……かつて、好奇心から私も五冊ほど読んだが、飽きてしまい、本棚の場所を空けるために放出してしまった。つまり、人生の成功を得るために、どうやって「魔性の女」になるかということだ（「魔性の女」[1]については、少し後で詳しく述べる）。

さて、シンデレラと王子様のバラ色のおとぎ話は、か弱く、闘争には不向きの人のための読み物であったし、今もそうである。ロシアにおけるポスト・ソビエトの現実との闘いや、男性たちとの闘いで優位に立ち、勝利することを狙っている力強い女性たちのために、「別の」ラブロマンス＝「黒いバラ色の」、ストーリー展開の速い、そして犯罪小説的な文学が考え出されたのであった。

そのようなラブストーリーにいつも用意されている背景は、「お約束」のポスト・ロシア的現実である。つまり、依頼殺人、ゆすり、売春、脅迫、誘拐、麻薬、自殺、ドラッグ、マフィヤによる犯罪、テロなどである。そしてもちろん、歴史的な大変動――ホワイトハウスの防戦、経済危機、ポスト・ソビエト当局のクーデターなども……。

ストーリーが急展開するラブロマンスの最も目立つ例は、女性、とくに若い女性に大変人気のあるシロヴァの小説であろう。彼女の経歴は、それ自体がジェットコースター的ストーリー展開の恋愛小説、または犯罪メロドラマの見本である（シロヴァはどちらのカテゴリーでも上手くいっている）。

ユリヤ・シロヴァ（旧姓はアントノヴァ）は一九六九年、沿海州で警察官と地方鉄道駅の配車係の夫婦の間に生まれた。子どものころはバレエをやり、小中学校と舞踊専門学校を卒業後、一九八五年に女優になる希望を持ってモスクワに移った。大学に入ることができず、彼女はしばらくリガ市場の売り子として働いていたが、やがて故郷に帰った。そこから舞踊グループのメンバーとして日本に行き、その時に自分の結婚相手と巡り合い、結婚してウラジオストクで暮らした。しかし夫はすぐに死んでしまい、その悲劇のあと、ユリヤはモスクワに行き、薬の販売に従事し、自分のビジネスを始める。が、一九九八年の経済危機ですべてを失ってしまう。不幸はこれで終わらず、ユリヤは暴行され、病院に入り、数回の難手術を受けた。このとき、空いた時間が沢山あり、彼女は執筆を始めたのだった。特にうまくいったのは、ストーリー展開の大きな長編であり、それが彼女を広く有名にした。退院後、すでに年齢的に若くなかったが、人文学アカデミーに入学し、素晴らしい成績で卒業した。現在、この女性作家の著作リストには、数十の推理小説がある。

分かりやすいよう、ユリヤ・シロヴァの何冊かの本のストーリーを引用しよう。

『私は「魔性の女」、でも女、または弱い男性の世界の強い女性』（AST、アストレル出版、二〇一〇年）

〈あらすじ〉ヒロインのアンフィーサは、どんな男性も夢中になってしまうほど魅力的で美人である。しかし、彼女は、手袋を変えるようにパートナーを変えることに飽きてしまい、たまたま知り合った男性と結婚の相談をする。相手の銀行家の息子はハンサムで礼儀正しく、可能な限り早く結婚したがっている。というのは、彼が落ち着きさえすれば、外国在住の祖父が彼に大きな資産を残してくれることになってい

1　ロシア語では「стерва」。本書では「魔性の女」と訳したが、ロシアでは「стерва」という語は普通名詞であり、辞書の説明によれば、明確に否定的な性格を有している、わがままな、操縦不能で攻撃的なご婦人であり、自分の利益が何より優先なのである。そして自分の目的を遂げるためにはどんなことでもする用意がある。彼女たちは愛する者同士を引き裂く者であり、出世主義者であり、女性なのだ。ロシアの男性たち（の多く）は、「стерва」タイプの女性に惹かれるのである。以下「стерва」についてのサイトを載せておく。
http://stervaik.ru/blog/43885860362/Stervyi-%E2%80%93-byit-ili-ne-byit
http://stervaik.ru/blog/43840207396/POCHEMU-TYI-VEDESH-SEBYA,-KAK-STERVA,-I-TYI-HOROSHAYA

るからだ。アンフィーサはその若い男性を気に入り、生活を変えるのを恐れなかった。なぜなら、彼女にも相当の大金が約束されるのだから。若い二人は、祖父の出した条件を満たしたのだと見せるために、ドイツに向かう。しかし老人は突然、危篤になり、そして遺言状が書き換えられていたことが分かった、アンフィーサに有利になるように！　彼女は今や大変な金持ちであるが、しかし、夫の家族がそれを納得するだろうか？

『必然的な関係、または男性を動かすのは強い女性たち』の表紙

『必然的な関係、または男性を動かすのは強い女性たち』（AST、アストレル出版、二〇一三年）

〈あらすじ〉「ヤーノチカ、僕が君に人生を買ってあげるよ」と交通事故でひどいやけどを負った被害者にハンサムな男性は囁いた。もちろん、彼女が口をきくことができていれば、彼女の名前はアーニャであり、その男性とは会ったことがないと言っただろう。しかし、理性が叫んだ。これが彼女の唯一のチャンスだ、彼女は誰にも必要とされていなかったからだと。愛する男性と一緒にモルジブへ新婚旅行に行ったのだが、その男が、飛行機の火事が起こった時、彼女を放り出して自分だけ逃げてしまった。見知らぬ人が彼女に買ってくれたのはただの人生ではなかった。彼は彼女に他人の人生を買ったのだ。他人の過去、現在、未来を。他人の問題も。他人の秘密や家庭内の恥なども……。

『皆、とっとと失せろ、あるいは突然君は分かるだろう、君が私を殺したことを』（AST出版、アストレル出版、二〇一〇年）

〈あらすじ〉すべてがおとぎ話のように始まった。アリーサは愛する夫や息子と海辺で新年を迎えることを夢見てエジプトにやってくる。ところがそうはならなかった！　アリーサは男の死体を発見し、彼女に殺人の嫌疑がかかる。それから監獄、家族の崩壊、そして名誉回復の試み。他の女性ならば、おそらく耐えられず、参ってしまったことだろう。しかしアリーサは違った！　意志の力と元来の強さだけが、彼女を先へと進ませるのだ……

さらに、ポスト・ソビエト文学の変性した「ラブロマンス」におけるリストには、「犯罪小説的ロマン」が連なる。ストーリー展開の速い恋愛小説との特別な違いは、私個人には見えてこない。ただ、このテーマのシリーズを利用しているのは、出版界の巨人ASTではなく別の巨人エクスモである。そして唯一の「際立った」違いは、シリーズの題名がすべてきまって二段構えになっているということだ。そして、「感動、歓喜、センチメンタル」がもう少し多いかもしれない。「二段構えの題名」の例を挙げよう。『私のただ一人のひと、またはあなたなしでは生きられない』、『イリュージョンの売人、または情熱のマスク』、『死とのダンス、または戻ること許すこと』、『インターネットの恋、またはそれに全世界を贈れ』、『私の残酷な幸福、またはプリンセスも泣いている』。大々的に宣伝されている作家は、エカテリーナ・グリネヴァ、アリョーナ・ヴィンテル、マリーナ・クラメル、オリガ・ヴォロダルスカヤ、オリガ・タラセヴィチなど。もちろん、ユリヤ・シロヴァは大変な数の著作がある。

分かりやすいように、あらすじを二つ挙げる。

ユリヤ・シロヴァ『マダム・シングル、または男性たちの猛獣使い』

スヴェトラーナはすべてを持っていた。素晴らしい家族、愛する夫、何不自由ない暮らし。だが、すべてがあっという間に崩壊した、まるでトランプでできた家のように。「新ロシア人」の裕福な妻から、スヴェトラーナは二人の子どもを抱え、文字通り今日明日の食べるものにも事欠くシングルマザーに変貌してしまった。そして、彼女の立場なら断れない、魅力的な、実入りのいい仕事のオファーがあった。しかも場所は地中海沿岸だ。しかし、無料のチーズがネズミ捕りにしかないように、素敵な仕事は、実は性的偏向の隷属だった……。

マリーナ・クラメル『私の残酷な幸福、またはプリンセスも泣いている』

アリョーナは、養父にうるさく付きまとわれ始めたため、やむなく家から逃げ出した。しかし、どこへ行けばよい？　寄る辺のない若い娘は、深い水に飛び込むように、結婚生活に入る。家庭生活は、まさに悪夢へと変わる。「やさしい男の子」のヴァージクは働かず、うまくいかないことがあるとアルコールを飲み、姑は給料をすべて取り上げ、悪いことを全部嫁のせいにする。スキャンダルと夫の殴打におびえたアリョーナは、職場の病院に何日か隠れる。彼女が外科で夜勤していたある夜、撃ち合いで負傷した街の有名ビジネスマンであるグリゴーリー・グラチェフが担ぎ込まれてくる。そしてアリョーナは、ひと眼見て彼に運命を感じる。身長二メートルの美男子グリゴーリーは、彼女を貧困から救い出そうとする。しかしこの魔法のようなおとぎ話のために、アリョーナは高すぎる代償を払うことになるのだった……。

引用されたストーリーから分かるように、プリミティブな「バラ色の」ロマンとの違いは、本質的なものである。

締めくくりに、作家やシリーズについて少し書きたい。様々な派のラブロマンスシリーズは、あらゆる出版社から、正確にすべてを数え上げることができないほどの数が出版されている。書店サイト「本の軌道」ひとつだけでも、数えるとシリーズが五〇ほどある（そのうちには「女性歴史ベストセラー」として区別されているものもある——歴史ものではあるが、恋愛小説である）。様々な毛色の恋愛小説の作家で、アンケート用紙や宣伝されている女性作家のリストで最もよく見るのは、エカテリーナ・ヴィリモント、マリーナ・ストルク、タチヤーナ・ウスペンスカヤ、ヴァレーリヤ・ヴェルビニナ、アリーナ・ズナメンスカヤ、ウリヤナ・ソボレヴァ、マリヤ・メトリツカヤ、タチヤーナ・ウスチノヴァである。もちろん、このジャンルの最初の開拓者はアンナ・ベルセニエヴァ（本名の姓はソトニコヴァ）である。ところで、この女性は自分の作品が「ラブロマンス」と呼ばれるのを拒否し、それらを「軽文学的ロマンス」と称している。

「魔性の女」、または人生の成功をいかにして得るか

さて、皆さんと私は、約束の、「マダムの文学」の「甘いデザート」に辿り着いた（繰り返すが、この読み物のジャンルを特定することは、私には難しい。宣伝担当者がインターネットでこのジャンルを「心理学」に分類しているのは面白いではないか。

「エヴゲニヤ・シャツカヤ『「魔性の女」のバイブル。現在の女性たちが競技で守っているルール』［著者］エフゲニヤ・シャツカヤ、［ジャンル］心理学」

では、より詳細に。インターネットからとった本の紹介文を、そのまま引用する（私は「魔性の女」に当てはまらないので、何も言えない。）

［名称］「魔性の女」たちの養成教材、
［著者］「魔性の女」シャツカヤ他、
［シリーズ］「魔性の女」養成教材、
［出版者］クニージュキン・ドム、ＥＫＳＭＯ、ＡＳＴ、
［出版年］二〇〇四－二〇一二年、［ページ数］七千、
［言語］ロシア語
［説明］「魔性の女」養成講座――「魔性の女」たちによって、「魔性の女」を対象に書かれた本のシリーズ。

強烈な印象を与えませんか？　すべてが無邪気に、奇特な告白小説（と、批評家たちは大喜びで称した）から始まっているから……。しかし、もはやそれは、最大限に成功するために、どうやってライバルを排除するか、いかに男性を自分の支配下におくかということについての具体的な助言となっている！　このシリーズの本は多いが、題名が非常に興味深いので、シリーズの本の半分ほど題名を挙げよう。

「魔性の女」のバイブル
「魔性の女」大全

ロシアの偉大な「魔性の女」たち
「魔性の女」的知恵の本
本物の「魔性の女」養成講座
「魔性の女」の魔法
男性をものにすること
「魔性の女」読本
「魔性の女」初級講座
男性を狩る女性たち
ベッドの中などでの「魔性の女」
「魔性の女」が大都会を魅了する
「魔性の女」学。多忙な「魔性の女」のための短期コース
「魔性の女」学。幸福、出世と恋愛の成功テクニック
「魔性の女」学。「魔性の女」のための美、イメージ、自信のレッスン
ゲイシャ養成講座
「魔性の女」のための美容講座
「魔性の女」のためのスマートさを学ぶ
「魔性の女」のための家事速習コース

しかし、もちろん、最も主要なのは『「魔性の女」のバイブル。現在の女性たちが競技で守っているルー

ル』であろう。

［本の説明］男性は「魔性の女」が好きだと言われていて、この本はあなたが「魔性の女」に近づくのを手助けしてくれる。この本の執筆において、著者は自分自身の経験や、著者が実際に出会った例を多く用いている。この本は異性との関係の構築や、男性との正しい振る舞いの問題に悩んでいる女性すべて、それに、自分の性格を変えたいとか、自信を持ちたいとか、本当に自立したいと願っている女性すべてを対象としている。著者の助言は、その手助けになるであろうし、人生の特性、大都会での「サバイバル」、そして社会の中で自分の場所をどのように見出すかを語っている。

では、このエフゲニヤ・シャツカヤとは何者だろうかと読者の方々は驚かれるだろう。どれだけインターネットで検索しても、写真も経歴も出てこない。

私も見つけられなかった。その代わり、読者によるいくつかの興味深い反応を掘り出すことができた。これで、「著者」または出版社のピーアール担当者による神話創造の賜物である「神話的な」「著者グループ」の人となりに光をあてられるかもしれない。また、ポスト・ソビエトのロシアの読者の、この種の文学に対する反応を示してくれる。

では、引用しよう

……この本は、思考がステレオタイプに縛られている人のためのものだ。すでに賢明にも指摘されているように、男性にも様々な人がいて、好きになる女性も様々である。この傑作は、あまり賢くない女性の作品であるか、あるいはずる賢い男性の嘲笑だ。「魔性の女」が男性をつかまえて言いなりにさせるのを助ける方法、行動の方法なのである。

私も、これは偽名だと思う。批評家と「顔を合わせる」のを避けるための。私も検索したのだが、この特別な、興味深くさえある、自らを「魔性の女」と称して「自分のビジネス」を持っているというマダムの写真を一枚も見つけることが出来なかった。私は彼女の本を読み、確かにそこには私も自分のために借用した興味深い助言も多くあった。しかし、彼女のイデオロギー自体には同意できなかった。女性は自分で理想の男性を「育成」しなければならない。

（http://www.woman.ru/psycho/medley6/thread/4112597/）

エフゲニヤ・シャツカヤ——経歴を知っているのは誰か？　それはペンネームか本名か？

三、四年ほど前、彼女の「魔性の女」についての本のシリーズが世に出た。その女性たちは、どんな人たちなのか？　何が生きがいなのか？　どんな暮らしをしているのか？　本は非常に様々な解釈が可能で、これが全くの盗作だと言う人たちもいれば、これらの本にはとても賢明な助言があるという人もいる。私には、読後にこのような問題が残った。このシャツカヤとは何者か？　なぜ彼女は「魔性の女」についてこんなに知識があるのか？　彼女が本の中で幾度も言及している自身の出世とはどのようなものか？　検索サイトを見たが、私はシャツカヤの活動についての記述をひとつも発見できなかった。おそらくそれは彼女のペンネームであり、私がかなり以前に聞いたところでは、彼女が住んでいるのはモスクワの西（ルブリョフ・ウスペンスキー街道。ここは、モスクワの端に位置しており、芸能人、アーティストや様々な実業家といった裕福な人々の戸建て住宅が林立している）だということだけである。私には、彼女の非現実的な「魔性の女」的出世は、なるべく沢山の本を走り書きするために、同じ内容を、表紙だけ少し変え、

――女性がいかに生きなければならないかをすべての人に刷り込むことに集約されているように思える。
（http://otvet.mail.ru/question/68322351）

そしておしまいに、自分と読者の皆さんに質問したい。もしレビューがそんなに悪いのなら、ポスト・ソビエトの空間で、なぜそのような文学が読まれているのだろう？　なぜ、伝統的な「ばら色の」シンデレラ物語より、醜悪さや集団強盗行為、卑劣さや詐欺が混入された「黒いばら色」のロマンスが好まれるのだろうか？　ましてや「魔性の女」の「百科事典」なんて？

インターネット上のページでその疑問に対する答えを探していたとき、非常に興味深い意見に出くわした。「ばら色のロマンス」に関する、まったく男性的なコメントである。記憶しているところを引用する。

「わが国の女性たちは西側のラブロマンスを読んでいる（そして信じている！）が、それは、物語の舞台まで距離があるために、牧歌的な背景や、ばら色の雰囲気がそこにはあると信じてしまうからだ。しかし、ロシアの土壌でばら色のロマンスを、「ノワール」なしで書くなら、わが国の女性読者は、自分をその舞台と融合させることはできないだろう。自分が「物語の中」にいるとは感じられまい。何のことはない、女性読者には信じられないのだ。わが国では、おとぎ話のようにはならないのである。」

グラマラス・ロマンス

グラマラス（フランス語のglamour、英語のglamour、特にcharm、「魅力」）――快楽主義を原則とする美意識の現れで、大量消費、流行、ショービジネスと結びついている。

グラマラスの世界では、贅沢さや外見的豪華さが強調されるのが特徴である。この語が流行したのは一九三〇年から一九五〇年代で、ハリウッドが「夢の工場」として最盛期をむかえた時期と密接に結びついている。

現代におけるこの言葉の使用においては、「グラマラス」はしばしばスタイルや美しさと混同されているが、これは様々に理解されうる。グラマラスは美しい容貌やスタイルだけを言いうる。

「グラマラス」という語がロシア語で初めて記録されたのは（フランス語的発音で。現在の形と意味では英語からきたものであるが）、一九九〇年代であるが、広く普及しはじめたのは二〇〇〇年代である。（ウィキペディア）

グラマラスが世界文化の現象となってから久しい。ロシアではグラマラスに対する関心が起こったのは一九九〇年代末であり、ポスト・ソビエトの読者たちの大衆的娯楽として現われたのは（研究者たちの考えでは）、プーチン政権下であった。

二〇〇〇年代、原料輸出で立ち直ったロシア経済は急成長し、人々の生活レベルも徐々に向上し始めた（人々の状況が、地方では比較的貧しかったのに対し、主に大都会で良くなっていたことを指摘するのは重要である）。いわゆる「中流階級」の社会的役割や、物質的豊かさの向上にも期待が寄せられた。

ポスト・ソビエトの人間にとって、「グラマラス」とは何だろうか？　それは、けばけばしい豪華さと贅沢、そして常軌を逸しているロシアの「新興ブルジョアジー」の「美しい生活」である。この十年でグラマラスが、文字通り、ロシア人の巨大な層を虜にし、文化的現象となったのは、驚くに値しない。「グラマラスな傾向」は、二一世紀のポスト・ソビエト文学において、特別な関心の対象である。人気の上で、それが大衆文化の他のジャンル（推理小説、ファンタジー、SF、ラブロマンなど）を上回り始めている傾向がある。

新しい政治の始まりとともに、権力エリートたちや、それに追随し急速に成長する「恵まれた」中流階級は、自分たちのステイタスや物質的豊かさを隠さなくてもよくなった。二〇〇〇年の初めまでに、「新ロシア人」の「文化的開花」と定着のプロセスが進んでいる。彼らは粗野で下品で攻撃的で無学な成金から、プーチン政権下のロシアの洗練され教育を求めるエリートに変わったのであった（Balzer H. Routinization of the New Russians?//The Russian Review. 二〇〇三年、六二号、一五一一六頁）。

彼らにとっても、中流階級にとっても、高額な消費生活を見せるのは、社会における自分たちの特権的状況を確認するためのシンボルとなっている。

マスコミはすぐさま反応し、有名人（政治家も含む）の美しい暮らしについての話題がグラビア誌やテレビ番組にあふれ、かつては人を寄せ付けなかった有名人が、一般人に「近く」なった。このように、ポスト・ソビエトの「幸福」と「立派な生活」の新しいモデルが作られたのであった。

新しいジャンルである「グラマラス・ロマンス」の最初の開拓者となったのは、社交界の女王であるオクサーナ・ロブスキである。流行女性作家にして首都の上流社会のヒロインであり、ラブロマンス作家ユリヤ・シロヴァのように、その経歴は大変非凡で、ストーリー展開が速い長編小説にも似ている。

ルブリョフ街道沿い（通称「ルブリョフカ」）。オクサーナ・ロブスキの著作により、贅沢、富み、名声、成功といった言葉を連想させる名詞となった。ロサンゼルスのビバリーヒルズと同じようなもの）に住む上流社会へとのぼる道はいばらの道であり、時には危険も伴った。しかしオクサーナは、歯を食いしばって富と幸福のために闘った。オクサーナはモスクワの普通の家庭に生まれ、母は教師だった。父は死んだ。男性と付き合い始めたのは早く、総じて「良い子」ではなかった。

学校を卒業後、彼女自身はモスクワ大学のジャーナリスト学部に入ったと主張しているが、彼女の知人たちは、彼女がどこの大学にも入ったことはないと確言している。オフィシャルサイトには、シナリオ・演出家高等コースを卒業したと書かれている。二十歳で結婚したが、この一番目の夫は酔った末の喧嘩で死んだ。二番目の夫はビジネスマンだった。彼はオクサーナの目の前で撃たれたようだ。三番目の夫は外国人のマイケル・ロブスキで、彼との離婚後に、名字と、彼が建てたルブリョフ街道沿い（ルブリョフカ）の家を手に入れたのだった。

九〇年代にオクサーナは犬専門のグラビア誌『セバスチャン』を出版し、それからインテリアサロン「ギャラリーO《オー》」を開店、そして女性ボディーガード事務所ニキタの所長でもあった。

マイケルとの離婚後、上流階級の生活にはお金が足りなくなり（ルブリョフカでの「最小」生活費は、暇なジャーナリストたちが書いているところによると、ひと月三一四万ドル！）、オクサーナは上流階級に踏みとどまるために、ルブリョフカに住む女性たちの生活を本に書き始めたのだった。一冊目の『カジュアル』は、殺されたオリガルヒ（新興財閥）の未亡人で、夫の敵《かたき》を討とうと考えている女性を描いている。

本は、文学的には見るべきところが少ないにもかかわらず、ロブスキに信じられないほどの成功をもたらした。（ルブリョフ街道のコテージ村の住人達の秘められた生活が、一般の人々にとって非常に魅力的な餌だったのだ。皆、オリガルヒやその妻たちがどんな暮らしをしているのか、本当のところを知りたい上に、それを、まさにそんな人々の中で暮らしていた女性が書くのだから！）二〇〇五年から二〇〇六年、ロシアの読者はオクサーナ・ロブスキを、「ロシアのブルジョアのささやかな魅力」についての三冊の本『カジュアル』、『幸福の日は明日』、『愛について　オン／オフ』の作者として受け入れた。オクサーナは二〇〇五年国民的ベストセラー賞にノミネートされた。その結果、批評家たちは皮肉をこめてロシア文学を、ロブスキ「前」の時期とロブスキ「後」の時期に分けた。

「グラマラス・ロマンス」のアイディアは、ロブスキにヒントを得た女性の模倣者たちがつかみ取った（アリーナ・ホリナ、エレーナ・コリナ、タチヤーナ・オゴロドニコヴァ、マリヤ・パヴロヴィチなど）。一方で「アンチ・ロブスキ」グループもある（ナターシャ・マルコヴィチ、セルゲイ・ミナエフ）。上流階級の女性批評家であるボジェナ・ルインスカも遅れをとっていない（この女性は特別の役割を持っている。人と喧嘩することが好きであったり、喧嘩をたくらんでいる人というキャラクターである）。

ロブスキは多作である。彼女の六つの長編、『カジュアル』（二〇〇五年）、『幸福の日は明日』（二〇〇五年）、『愛について　オン／オフ』（二〇〇六年）、『雨に打たれるカキ』（二〇〇七年）、『カジュアル2——頭と足の舞踊』（二〇〇七年）、そして『このテタ』（二〇〇九年）は途方もなく成功した。長編の他、ロブスキは短編集『人生やり直し』（二〇〇七年）や、クセニヤ・ソブチャクと一緒に教材『億万長者と結婚すること、または高級な結婚』（二〇〇七年）を書いた。デザインについての本『グラマラスな家』（二〇〇六年）や料理レシピ集『オクサーナ・ロブスキのルブリョフカの料理』（二〇〇七年）も大きな関心を引いた。ロブスキの本は十八の言語に翻訳され、二百万冊以上出版されている。『カジュアル』は二〇〇五年の国民的ベストセラー賞にノミネートされ、『人生やり直し』（二〇〇七年）も出版年にノミネートされた。（最近、数年にわたった謎の沈黙の後、ロブスキはアメリカで姿を現わした。現在はアメリカで結婚し、在住しているのだ。また、商業的プロジェクトに携わっている。）

おもしろいことに、「グラマラス・ロマンス」を熱心に読んでいるのは、あまり教養がない人々だけではなく、非常に教育があり、進歩的なエリートたち、特に若者である（前述の読者の好みの表を参照のこと）。反応は、「えらい！」から「読む価値がない、凡庸」まで、まったく異なるが、しかし貪るように読んでいるのだ！

グラマラスはロシアで、アメリカでは何か？

アメリカでは、「グラマラス・ロマンス」の代わりに、チックリット（chick lit）〔チック（ひよこ）は女性を指す俗語、リットは文学（リタラチャア）の略語で女性向け文学という意味〕が栄えている。この現象は純粋にアメリカ的だ（キャンディス・ブシュネル、ローレン・ワイズバーガー、ソフィー・キンセラ、ジャッキー・コリンズなど）。それらも、ロマンチックなストーリーが基底にあり、軽いタッチでユーモアを入れて書かれている。チックリットのヒロインたちは流行に敏感で、美しく、教育レベルも高い女性で、人生を楽しみ、結婚や子どもの問題に煩わされていない。彼女たちが優先するのは職業上での出世と経済的自立である。チックリットのヒロインの大多数は、成功し自由を謳歌しているキャリア・ウーマンたちだ。出版の編集者、広報担当者、法律家、マネージャー、ギャラリーの経営者、広告代理店またはモデル事務所の所長など。現代のロシアでも、ロシアの様々なチックリットが現われたが（ナターシャ・ネチャエヴァ、マリーナ・ポロシナ、ニーカ・サフロノヴァ、マーシャ・ツァレヴァ）、それは「グラマラス・ロマンス」の競争相手にはなりえない。その理由を、ジャーナリストのヴラディスラフ・クレイニンがこう述べている。「チックリットの主な特徴は、女性と、その女性が選んだ男性との社会的平等、そして経済的にさえも平等であること。ロシアでは西側諸国ほど、それがポピュラーではないのだった」（クレイニン「財布かボルシチか」、『ロシアのレポーター』、二〇〇八年、No.二一、六月五－一一日号）。

確かに、チックリットのフェミニスト的プログラムは、ロシアの女性読者の好みではなかった。ロシアでは伝統的に、男性に「養い手」の役割が期待され、女性には「性的またはその他のサービス」が求められるのだ。我が国の一般国民の間で、「愛することは、保障すること」と言われていることにも、理由があるのである。男性の女性への愛情は、物質的な心配りやサポートと同一であり、アメリカ社会のように「感情的サポート」とは同一にならない。もしかすると、これはロシアの国民的心理の特徴に起因しているのかもしれない（少なくとも、社会発展の現段階においては）。

多数のロシア人女性の夢の具現化こそが、ポスト・ソビエトの女性読者たちがロブスキのグラマラス・ロマンスに見出したものなのだ。彼女のヒロインたちの夢と目的は、うまく結婚すること、できれば億万長者と、である。「平等のことは忘れ、未来の夫には、あなたを彼が晴れがましくお手々を引いて、大金のある魔法の世界へと連れていく女の子に見えるようにしましょう」（ソブチャク、ロブスキ『億万長者と結婚すること、または高級な結婚』、モスクワ、アストレル出版、二〇〇七年）。この夢が成就すれば、家事のルーティーンや、うんざりする子どもの世話から解放される。人生の意味は違うものになる――趣味、自分の美容、夫への媚《こび》である。成功して自立しているキャリアウーマンたちは、むしろ例外である。これが、遺伝子に刷り込まれたようなロシアの伝統であり、中世ロシアにさかのぼる根深いものである。というわけで、西欧のフェミニズムは、我々にとっては今のところ「ただ夢見ている」状態なのだ……。

グラマラス・ロマンスの「新たな社会的ユートピア」

ポスト・ソビエトの文学ジャンルにおいて、グラマラス・ロマンスは新しい文化のシンボルとなった。ポストモダニズム社会、ポスト工業社会のあらゆる分野の例にもれず、文化は浅薄で装飾的で、そして近寄り易いものとなっている。

多くの社会学者が指摘しているところでは、「グラマラス」には精神性も思想もない。グラマラスにおけるきらびやかさと思想性のなさは、先進国における後期資本主義の「文化的ロジック」を表しており、問題提起のなさが思慮もなく厚かましい解決法を生み出し、その結果、文化全体がグラマラスの虹色の泡で覆われているのだという。（ちなみにこの点は「グラマラス」と「魔性の女」の文学に共通している。）

ロブスキの散文作品は読者に幸福感を手にするための容易な方法――驚くばかりの現実から来るストレスを解消する、思慮のない、抑えきれない消費の多幸感を提案しているのである。これが現代市場主義のメンタリティーの縮図なのだ。抑えがたい、野生的な、精神的限界を知らない娯楽、味のないうわべの明るさ、そしてまず一番に娯楽が野放図な状態。ステイタスの指標は、ブランド物の衣服、アクセサリー、外国旅行や人気のある場所での娯楽である。これらすべてが無ければ、成功していると考えられないのだ。

例として、長編小説『ひとつの奇跡的な賭け』（オレグ・ロイ）から引用しよう。「オフィスで働いている女性全員がヴィトンのバッグを持たなければならないが、これは名誉の問題だ。若い娘はヴァン・ゴッホとヴァン・ダムを混同しても、アンガラ（シベリアを流れる川の名）がトルコの保養地だと考えていても、プーシキンの妻はナターシャ・ロストワ（『戦争と平和』の登場人物）だと自信たっぷりに断言してまわっても良いのだ、これは許される。しかしヴィトンのバッグを持たないことは、みっともなさの極致なのだ！」

批評家たちは、ほとんどが声を揃え、ポスト・ソビエトのロシアの「グラマラスな俗物」と、スターリンからブレジネフ時代の文学のお手本的な主人公（「社会主義リアリズム」とソビエト的イデオロギーの肯定的主人公）との思想的類似を指摘している。かなり昔にソビエトのエスタブリッシュメントの「高み」に到達した人々にもすべてが許されており、彼らの生活は、独特の、ソビエト的、しかし同じ原理のグラマラスが支配していた（ガリーナ・ブレジネヴァや、その他の高位の党役人、それに役人、ソビエト連邦の英雄、人民芸術家、それにその他の、その時代の一流の人たちとその子どもたちの生活を思い出せば十分だろう）。同じものは文学においても見出すことができ、その時代のソビエト国民の幸福な生活についての神話は本の中で描かれただけではなく、その時代の映画でも描写されている。今でさえ、そうした映画や、ソビエトで最も人気があったグラビア誌の『アガニョーク』の写真を見ると、われ知らずノスタルジアと、問題がなかったその時代の安心感を思い出す（収容所や、人民の敵の裁判や集団強盗行為などもあったが）。ソビエト国家の幸福な生活のイメージは、国民のメンタリティーにしっかりと印象付けられた。戦争でさえ、祖国にささげる死は幸福であるという理想が、そして祖国のために捧げる幸福な人生という理想が賛美されていた。スターリン時代の幸福な生活についての神話は重苦しさ、矛盾、現実生活の諸問題を受け入れなかった。幸福な生活神話の主人公たちはダイナミックに、そして陽気に生きていて、幸福がすべての人々にとって手の届くものだと証言していた。最も興味深いのは、実在の人々が本当にそのように生き、そのように感じていたことだ。私は両親の話でそれを覚えており、両親の若いころの写真で職場、スポーツのパレード、パーティーでの幸せそうな顔を見る。そしてそれは戦時中や戦後のがれきの年代でも！　彼らは本当に幸せだったのだ！　そして国全体が幸せだったのだ――収容所に入ったり、密告によって家族共々銃殺された人々を除いて。しかしそれさえ、社会全体にとっては、社会的および政治的に正しい公平さとして受け入れられていた。

だからこそ、「新しい」グラマラスな幸福の法則が、ポスト・ソビエトの人間を問題のない生活へと手招きしながら、大衆意識に易々と心地よく住みついたのだった。種はよく施肥された地面に撒かれたのだ。そして、「消費社会」の新しい法則が、大衆意識のお馴染みの操作メカニズムにすんなりと変わったのである。

お話していることをより分かりやすくするため、いくつか例を挙げよう。ポスト・ソビエトの「グラマラスな」散文作品の紹介と、読者の感想である。非常に興味深い結果となった。

オクサーナ・ロブスキ『カジュアル』

ロシアのビジネスエリートの生活を描いた、ロシア人女性作家オクサーナ・ロブスキのデビュー長編。ヒロインは、オリガルヒであるセルジの妻で、幼い娘の母である。セルジが殺されると、ヒロインはある人物を「手配する」が、それは夫殺しの犯人だと彼女が考えている人物だった。しかし、「手配された」のは、無実の人間だった。セルジの愛人のスヴェトラーナは妊娠しており、子どもを産もうとしている。スヴェトラーナの兄弟で、ヴォーヴァ・ラットとかいう者がセルジの殺人の依頼者だった。ヴォーヴァ・ラットを殺害後、ヒロインはインドへと旅立つ。

オクサーナ・ロブスキのこの長編はベストセラーとなり、英語に翻訳された。このデビューのおかげで、ロブスキは、ロシアの上流階級の文学における最初の代表者となった。

作家のタチヤーナ・ソトニコヴァはコンチネント誌で、この長編が標準的な推理小説作家や標準的な「真面目な小説家」の作品よりうまく書かれていると指摘した。しかし、サイトGazeta.ruの評論家は、作者を、「しゃべるシャネルのバッグ」と呼んだ。女性作家であり批評家のマイヤ・クチェルスカヤは、長編の価値は、それがルブリョフカの住人の「人形のような」生活感を伝えていることである、としている。（ウィキペディア）

セルゲイ・ミナエフ『心Less――正しくない人間の物語』

この長編の主人公は、本名が一度も出てこないのだが、「タンドュエリ」というブランドで缶詰の取引をしている露仏合弁の大企業のトップマネージャーである。主人公の男は成功して大金を稼いでおり、それを流行のクラブでの付き合いや、麻薬や飲酒に使っている。そんな生活のなかで自分探しに苦しみ、閉鎖的な世界から抜け出そうとしている。いまの生活は単調で退屈だからだ。しかし彼にはどうすることもできない。住環境も、独自のステイタスも、流行についても、周囲の人間の考えと違う、彼独自の決定を自分ですることができないのだ。若い女性のユーリャとの交流だけが、感情の高まりと希望を彼の生活に持ち込んでくれるのだった。最後に主人公は、多くのものを認識し、人生の分岐点に立つのだった。

この本の発表とともに、ロシア語の「ドゥフ（心）」と英語の接尾語「less」からなる「ドゥフレス」という単語が、心の貧しさや抑えきれない消費、モラルのない豪華さや（シック）、道徳心の全体的低下を定義するものとして、ロシア語の単語となった。（ウィキペディア）

オクサーナ・ポノマレヴァ『足と足の間』

『足と足の間』は、グラビア雑誌やモードの世界、そこを支配する道徳やきまりについての迫真の物語である。人々は名誉をかけて何に備えるのか、失うものが無い時、どのような行動をとるのか。ファッションの世界ではどのように出世するのか、「懇親会」での友情と恋愛、有名人の振舞い方。この世界では性的少数者が意外に多いこと。この世界でのセックスは、出世のために普通に用いられる手段だということ。出世のためには事実上、どんな卑劣なことでもする用意があること。この本の主人公たちは我々の同時代人であり、架空の名前になっているが、有名なグラマラスな世界の人々だと予想できるかもしれない。詳しくは、https://www.livelib.ru/book/1000175537

〈読者の反応〉

スターたちの性的生活は作者にとって有利なテーマであり（社会には有名人が誰とどんなふうに寝ているかに興味を持っている人が一定数いるので）、同時に同じだけ不利なテーマでもある。なぜなら、それらすべてが憶測以上のものではないからである。何のためにこんなつまらない本を読むことがあろうか、ほぼ同じ内容のゴシップ紙が何百と存在しているのに。http://www.labirint.ru/reviews/goods/156977/

これでグラマラスの世界がお分かりになっただろうか？

もちろん、その手の作品を、嘲笑したり、文体のお粗末さやプリミティブなメンタリティー、そして登場人物たちの卑劣さを皮肉ることもできる。しかし……読まれているのである！　そして十点満点の十点が付けられているのだ！（そして思い出して下さい、人がどんなカテゴリーを読んでいるかを。おっくうがらずに、読者の好みの調査についての表に戻り、「グラマラス」のところをご覧ください。）作品はつまらないが、成功の大きさは驚くほどだ、ということになる。例えばオクサーナ・ロブスキの本は一〇万部を超えている……。つまり、このような文学に社会的な需要があるのだ！　ところでグラマラスの本は、価格の安いつくりの本ではなく、値段が高くてスタイリッシュなデザインである。

〈批評家の考え〉

このような製品を買うことで、消費者は普通の本以上に大きなものを買うのである。それは、あるレベルの気取りである。お手伝いさん（「私のお手伝いさん」とは、ほとんど封建制度の産物だ）を単に雇っている（そして手袋のように変える）だけではなく、彼女たちのために流行の「セレブな」デザイナーに独自のユニフォームを注文するとか、マッサージを受けるだけではなく、マッサージ師にお金を払って二四時間、念のために「お抱え」にするとか、子どもを外国留学させるだけではなく、彼らにかつての「クレムリンの」中央病院で治療を受けさせる（ノーメンクラトゥーラの伝統の継続）とか、自分の最上級に裕福な夫を大事にするだけではなく、夫に刺客を放った相手をお金を払って撃ってもらうとか（ナタリヤ・イヴァノヴァ『ロシアの十字路』）。

研究者たちは、グラマラスが明白に差別的だと指摘している。つまり、様々な社会的グループのために様々なカテゴリーがあるのだ。

——貧乏人にとってのグラマラスは、メキシコのテレビドラマシリーズ「金持ちも泣いている」。

——金持ちおよび力のある人にとってのグラマラスは、保養地クールシュヴェル（フランス）。

——精神的に不健康な人々にとってのグラマラスは、ナボコフの小説『ロリータ』。

——弱者にとってのグラマラスは、首都でのゲイ・パレード。

しかし、もし……。「もしもプーシキンが、学者によって研究されただけでなく、友として我々の家に入ったならば、十五歳から二三歳までのロシア人全員に愛読されていたら、文学、出版、雑誌や新聞に、低級さが蔓延することはなかっただろうに……」（ロザノフ『プーシキンへの回帰』）。そしてグラマラスのつまらなさや低俗さはなかっただろう……。

ポスト・ソビエトの推理小説

今日、我々が推理小説と呼んでいる作品は、厳密に言えば推理小説ではなく、犯罪小説、警察小説、戦闘もの、スパイ小説などである。現代ロシアにおいては、これらすべてのジャンルが、非常に奇妙なハイブリッドを形成し、絡み合っている。それに名前を付けるとするなら、おそらく「秘密の文学」となるだろう。

ロシアの推理小説の起源にいるのは、シュクリャレフスキー（一八三七－一八七〇）であり、彼は「ロシアのガボリオ」と呼ばれた。シュクリャレフスキーは、その作品の中で、フランスロマン派推理小説家の文体とドストエフスキーのモチーフを組み合わせ、ロシア独自の推理小説の多様な設計図、いわゆる「犯罪小説」を作り上げた。シュクリャレフスキーの他、このジャンルで活動したのは、作品群『ペテルブルグの貧民窟』が名高いクレストフスキー、アフシャルモフ、ザリン、クラスニツキー、チモフェーエフ、フルシチョフ＝ソコリニコフ、ツェハノヴィチなどである。彼らは皆、長編『罪と罰』に多大な影響を受けて活動したが、主要なのは筋ではなく、道徳的・倫理的問題であった。

それからロシアでは偽似翻訳の（西欧の小説のスタイルで書かれた「自家製の」）推理文学が繁栄し始め、続いて、ソビエト推理小説の新しいタイプ（シェイニン、ニリン、ゲルマン、アダモフ、A＆G・ヴァイネル、セミョーノフ、オパロフなど）が形成された。ポスト・ソビエトのロシアでは、ソビエトの警察小説が再びフランスの警察小説の要素と混合され、推理小説やその類のジャンルの数多くの亜種、要するに推理小説ではないものを生み出した。

しかしながら現在、謎や殺人のモチーフが総合されたこれらすべての読み物を、評論家も読者も、以前どおり、推理小説というひとつの概念で統合している。

始まり

ソビエト体制が崩壊した後、資本部門が急激に発展し始めた。これに伴い、以前の道徳的・倫理的価値観が崩壊し、急速に犯罪国家化が進んだ。金のためにあらゆる犯罪に手を染める犯罪者の独特な型が形成された……。

さらに付け加えるべきであるのは、国内の犯罪率が上昇したこと、また所有者階級が発生したこと、巨額の個人資産が生まれたことにより、新しい、ソビエト連邦では不可能だった現象、つまり私営の警備会社および探偵事務所や、個人用のボディーガードなどが生まれたことだ。こうしたことが、新しい（ポスト・ソビエトの）推理文学のページにこぼれ落ちたのだった。

新生ロシアにおける新しい推理小説の発展

八〇－九〇年代の極めて犯罪的な状況に加え、検閲の廃止がソビエトの一般人から「ばら色のメガネ」をはずした。すると、制服の人々が賄賂を取っていたこと、未決囚を殴っていたこと、「勝利した社会主義の国」では麻薬犯罪も誘拐も、組織犯罪も、テロリズムも、その他多くの西側世界の「素晴らしさ」も繁栄していたことが知られたのだった。

ソビエト時代の古いジャンル（古典的な警察小説やスパイ小説）に対する関心が失われたあと、ロシアの書籍市場ではある期間、西側、特にアメリカの推理小説が繁栄していた。その後、アメリカの推理小説がロシア人読者にとって食傷気味となり、徐々に自国の推理小説が「外国人」を押しのけていった。今日我々は、書店の棚で、ロシア人作家による立派な装丁の分厚い推理小説の本が並んでいるのを目にする。首都および地方の多くの出版社が、毎年、数百の推理小説のシリーズ本を出している。

逆説的であるが、新しいロシアの推理小説も外国からロシアに来たのは事実である。あまり知られていない亡命作家のトーポリとネズナンスキーが八〇年代末から九〇年代初めにドイツで推理小説を書いていた。しかしこれはロシア語話者用であった（『ブレジネフ用のジャーナリスト』、『赤の広場』）。抜け目のないロシアの出版人たちは、すぐに新しいスタイルの利点を理解した。一九九一年初めにはもう、『ブレジネフ用のジャーナリスト』がロシアで出版されている。少し遅れて、レニングラードの雑誌「ネヴァ」が、『赤の広場』の雑誌掲載版を掲載した。それから一年半から二年の間に、ネズナンスキーの本『作戦〈ファウスト〉』、『ソコリニキ見本市』、『パンドラの箱』、トーポリの『明日ロシアで』、『黒い顔』、『クレムリンの妻』、『ロシアンルーレット』が出版された。

とくに人をひきつけたのは、典型的な「西側」の形式、典型的な西側のパッケージで差し出された「ソビエトの秘密」が、ダイナミックでストーリーが急展開する推理小説の中に入っていたことであった。こうした作品は、ロシアの潜在的な作家に、ドキュメンタリーと創作とを組み合わせることを示したのだった。

国産の推理小説のブームは、女性から始まった。先祖代々チェキスト〔ソ連時代はじめの秘密警察の勤務員〕の家庭に生まれ、警察で大佐〔日本の警視監に相当〕の称号を得るまで勤務したアレクサンドラ・マリーニナである。彼女のおかげで、推理小説（と戦闘もの）はポスト・ソビエトの大衆文学の中で最初に独自の発展をするジャンルとなった。一九九二年十二月―一九九三年一月に、マリーニナは最初の長編小説『情況の一致』を発表した。まさにこの作品において、有名な女性犯罪分析官アナスタシア・カメンスカヤが登場したのであった。一九九五年一月、マリーニナに出版社エクスモが、「黒猫」シリーズで彼女の作品を出版するオファーを出した。マリーニナの登場がロシアの推理小説の本当のブームを意味している。彼女に続いて、非常に多数の女性による推理小説が出版され始め、エクスモ出版社はシリーズ「女性の視点による推理小説」をはじめ、その他の出版社でも同様のシリーズが出て、女性の名で男性が執筆したものもあった（マリーナ・セロヴァ、スヴェトラーナ・アレシナなど）。現在、「女性推理小説」というサブジャンルが、「男性による」戦闘ものまたはスリラーに対峙するものとして存在すると言えるだろう。実際のところ、マリーニナと彼女の生み出したヒロインであるカメンスカヤは、ロシアにおける古風なメンタリティーを変えることにおいて、すべてのフェミニズム運動や学術論文よりも大きなことをしたのであった。八〇年代末—九〇年代初めのソビエト文化の破壊において、主要なものが血とセックスだったのに対して、マリーニナは違うものを優先したのである。彼女の人気は、彼女が社会の求めに「応じた」ことによるものだ。社会は「人道的な推理小説」を求め、新しい主人公たち、つまり普通の中流階級出身の普通の人で、肯定的な人生の指針を守ることができた人を求めていた。そして最も大事なのは、読者（主に女性）が女性の犯罪分析官、普通のロシア人女性を求めていたということである。つまり、「鏡」を——そこに自分自身を見たいという鏡を探していて、そして読者はそれをマリーニナの本の中で見出したのであった。

女性は大衆文学の最も大きな顧客層である。ソビエト時代の推理小説は、堅い、男性向きのものであり、この規準に従ったものは女性読者を満足させていなかった。一方、女流推理小説は心地よいものとなった。女性による推理小説は恐ろしいものを「恐ろしくないもの」にし、職業上、あるいは偶然に「被害者」の立場に陥って犯罪を解明することになったヒロインは、自らを防衛し始めながら、「被害者」から「探偵」へと方向転換するのであった。男性の演繹的な解明の方法は、純粋に女性的な直感に取って代わられた。推理小説の環境も、女性的な性格により変化している。ヒロインたちは引っ切り無しに服を替え、コーヒーを飲み、フィットネスに精を出し、風呂に入り、きれいなものを求めてブティックを駆け回り、謎解きの合間には恋人といちゃついたりしている。女性による推理小説は異質のものの寄せ集めであり、ハイブリッド（推理・恋愛）小説――ウスチノヴァの作品にあるような、恋愛が時に推理小説的な部分を圧倒したり、または恋愛・推理小説のラインが悪党に対する恋愛というストーリーの上に構築される「アヴァンチュール推理小説」など――そしてセンチメンタリズムと犯罪小説の統合が進行する（ポリャコヴァ、ロマノヴァ、シロヴァの作品のように）。

読者の関心をうまく操作しているロシアの出版社、特にエクスモにおいて、読者を惹きつける主要なツールは、数え切れないほどの本のシリーズである。典型的な例として挙げることができるのは、ドンツォーヴァの推理小説の快進撃だろう。彼女のためだけに、「アイロニックな推理小説」（捜査方法がユーモラスに描かれている推理小説。推理小説界の決まり文句や捜査方法のパロディーを描くことが多い。アガサ・クリスティーの『おしどり探偵』などがこのジャンルに分類される）シリーズが設けられたのである。同時に、ドンツォーヴァの作品をもとにテレビシリーズが制作され、雑誌や新聞には常に彼女のインタビューが載り、頻繁に書店で挨拶をしている。彼女にはいくつかのインターネットのサイトがあり、総じて出版社は大衆文学の「ピーアール」の図式に従って動いているのである。何度も年間ベストセラー賞に選ばれ、二〇〇五年六月二四日には、ダリヤ・ドンツォーヴァに、文学への多大な貢献に対してピョートル大帝第一等勲章が受勲された。二〇〇一年、二〇〇六年、二〇〇七年、二〇〇八年、二〇〇九年、そして二〇一〇年の「ライター・オブ・ザ・イヤー」に選ばれている……。彼女の成果は、この章に挙げきれない。（ところで、この作家が執筆を始めたのは、乳がんという恐ろしい宣告で手術を受けた後に入った、リハビリ病棟でのことだった。彼女の最初の読者は看護婦だった。次々と四冊書き、出版社ＡＳＴと契約したのは、化学療法を受けているときだった。彼女には出版社から新しい名前――ダリヤ・ドンツォーヴァというペンネームも与えられた。彼女のために「アイロニック推理小説」のシリーズが設けられたのは大きなリスクだったのだが、それは正しい選択だった。こうしてドンツォーヴァのための新しい、幸福な人生が始まったのだった。彼女を救ったのは本、つまり創作と勇気である。）

総じて推理小説の分野では男性作家の品ぞろえが少ないのを背景に、女性の名前が花盛りで、印象に残るのは、既述のアレクサンドラ・マリーニナ、ダリヤ・ドンツォーヴァに加え、ポリーナ・ダシュコヴァ、ダリヤ・カリーニナ、タチヤーナ・ウスチノヴァ、ガリーナ・クリコヴァ、マリーナ・セロヴァ、ヴィクトリヤ・プラトヴァ、アンナ・リトヴィノヴァ、アンナ・マルィシェヴァ、ユリヤ・シロヴァ、そしてさらに十人近い名前がお馴染みである。基本的にみなペンネームであり、最もスタンダードな名前が選択されている。ここに矛盾はない。出版社にとっては同じような作家が多数必要なのだから。ピーアールの方法は、それぞれの作家にそれぞれのジャンルを設ける、というものだ。

では、ポスト・ソビエトの女性推理小説の多様さを簡潔に挙げてみよう。

1　女性捜査官のいる警察小説。女性作家には比較的少ないケースである（アレクサンドラ・マリーニナ以外ではエレーナ・トピリスカヤが挙げられる）。ここでは、相応の教育、経験や問題意識が必要とされる。

2　心理的推理小説、事件は芸能界または放浪的生活環境のなかで展開する（ポリーナ・ダシュコヴァ）。

3　アイロニカルな推理小説（ダリヤ・ドンツォーヴァ）。

4　そして、この三つすべての要素を取り入れた推理小説――それは「シンデレラ」についての長編小説シリーズを書いているヴィクトリヤ・ポラトノヴァである。マーケティングに基づいた成功であることは明らかだ。最も無力な者たちは、空想の王国であっても勝利を祝わなければならないのである。

女性推理小説は、題名からすでに分かる。「死、夢、ゲーム、罪、幻、仮面」といった言葉、総じて幻想的なものが題名に必ず存在しているのだ。そして、少しの恋愛。

もうひとつの必ずある特徴は、女性主人公にある。特にワンパターンが際立つのはアイロニカルな推理小説のヒロインたちである。小説の最初では、彼女たちは普通、あまり美しくなく、個人的な生活においても幸せではなく、男性たちからも相手にされていない。しかし、後にシンデレラは必ずプリンセスになるのである。アイロニカルな推理小説のヒロインは、いつも周りに自分の子どもや他人の子ども、動物、元の夫や彼女のハートを狙う者たちがいる。そして女性推理小説の初めでは彼女はみにくいあひるの子だが、終わりには素晴らしい白鳥となる（遺産を受け取り、愛する人を得て、花開いたのだ）。そしてもちろん、彼女たちは、周囲の男性より賢く、才能があるのである。

アイロニカルな推理小説の特徴

アイロニカルな推理小説は、その他の女性推理小説の中で、いくらか異彩を放っている。陽気なポーランド人女性であるイオアンナ・フメレフスカヤによってうまく発明されたアイロニカルな推理小説のジャンルは、出版社「エクスモ」によりドンツォーヴァの最初の作品群が出版されたときに、同じくらいうまく型が作られた。ドンツォーヴァの人物像そのものも、フメレフスカヤの非常に成功したイメージに沿って型が作られている。つまり、我々の前に典型的な「ドッペルケンガー」（分身の作家）が現われたのだ。類似点は、小説の題名にさえ見られる。アイロニカルな推理小説におけるストーリーの特徴は、ヒロインのひたむきさ、素人探偵による謎解き、そしてシチュエーションの滑稽さだ。その目的は、自分の理想像を作り出し、読者に自分を忘れさせることである。そして、ドンツォーヴァに関して言うと、ヒロインたちは皆、哀れな普通の中年女性である。それは本の購買層と重なる。女性推理小説は、読者の不足や不幸せな生活を埋め合わせる一種の鏡であり、そこに読者はヒロインの成功ではなく、自分自身の成果を見ようとする。批評家たちが告白しているところによれば、女性推理小説の方が「男性のもの」より面白いとのことだ。

戦闘ものまたはスリラー

このジャンルを書いているのは、女性より男性の方が多い。すでに指摘したように、推理小説の分野では男性の名前は非常に少ない。その中でも耳にするのは、コレツキー、ネズナンスキー、ヴォロニン、プロニン、レオノフ、キヴィノフ、ネステロフ、ズヴャギンツェフ、ポリャノフ（ボリス・アクーニンは異彩を放っている）、そして一段下に十名ほどの作家がいる。

推理小説のテーマは読者の関心によって定まる。スリラーの肯定的な主人公（捜査員、警官、探偵など）は読者に、その職業への関心を抱かせる。我が国の推理小説のジャンルは、このように社会的要求に明らかに左右されていることを示している。

この意味で、非常に分かりやすいのは、エクスモ社の出版戦略だ。この出版社が出版を予定しているテーマは、遵法主義の市民から犯罪者や山師まで、実に様々な読者の期待や人生経験を網羅している。このシリーズを物語っている題名の多様性をご覧あれ――『ロシア犯罪地図』、『警察アカデミー』、『泥棒に生まれついた者』、『ロシアのニンジャ』、『FSB連邦保安局。ロシアの007』、『トゥレツキーとそのチーム』など。シリーズの著者（仮面をつけているのは一目瞭然）は何らかの問題の専門家の立場を取り、芸術的な空想が無いことを強調し、著者が「自分の人生の物語」の語り手となっている。しかし、本当に著者によるシリーズもある。プロのカードプレーヤー、バルバカルのシリーズ「いかさま師の記録」（彼による山師や賭博師の人生を描く長編は、カードビジネスのロマンチシズムだけではなく、その世界の残酷な不文律についても物語っている）、軍事ジャーナリスト、空挺特殊部隊士官、警察大佐、インターポールのロシア局分析部部長のメルクロフによるシリーズ「インターポール。ロシア部」、自分の経験に基づき刑事事件を物語っているシリーズ「犯罪界の伝説」を紹介しているのは弁護士のカルイシェフ、シリーズ「特殊任務」は、主要偵察局退役者のネステロフとサマロフ、プロの防諜機関員モスクヴィン、海軍特殊部隊士官ソボレフ、ズヴェレフらが執筆している。

スリラーまたは戦闘ものの誕生は、八〇年代末とすることができる。

ポスト・ソビエトのスリラーの二番煎じを指摘せずにはいられない。出版社はお互いに、次につづくシリーズを巡って静かなポジション争いを行っている。最も長く「持ちこたえた」のは、いわゆる弁護士小説であり、これは総じてソビエトの推理小説にはなかった。しかし、それも全体の運命から逃れることはできなかった。ネズナンスキーの新しいシリーズ「弁護士氏」は、我々に新しいドッペルゲンガーを示した。それは、ロシアのペリー・メーソンである弁護士のユーリー・ゴルデーエフだ。外国の類似物がないところにさえ、現代の我が国の推理小説は、古い、革命前の推理小説の「ドッペルゲンガー」となりうるものを見出しているのである。特徴的な例としては、ユゼフォヴィチ、ラヴロフ、アクーニンの本が挙げられるだろう。多かれ少なかれ、古き良きペテルブルグやその他のロシア帝国の街かどでの、刑事による冒険というテーマが継続されている。

何十年間のうちで初めてスリラーに私立探偵が登場した。この現象のパイオニアとなったのはセルゲイ・

ウスチノフであり、彼は推理中編小説『私のことは信頼できます』において、主人公の探偵役を刑事ではなく、ジャーナリストとして描いたのだった。新しい時代が、私立探偵、警備事務所、ボディーガードといった新しい主人公たちをも作り出したのである。

ストーリー展開が速い本の主人公たちの姿が変化していることについても、言わないわけにはいかない。主人公の状況が外国の（普通、アメリカの）同ジャンルの小説に非常に似ているのである。同じように強く、同じようにどんなポーズからでも射撃ができ、同じように乱暴で残酷だ。主人公の「悪魔化」が起こったと言えなくもない。シリーズ「調査を行うのは玄人」のシンプルで控えめで感じの良い少佐ズナメンスキーが、「凶暴」というあだ名の犯罪者に変わってしまった。残酷さの部分では、我々はアメリカに追いつき、追い越してしまったのだ。

今日の一連の推理小説においては、不可解な原因ではじまるものが多い。なんのために作家は、犯人の物語を書くときに幻想的、超自然的な力を考え出して、犯人をその事象の原因となる人間にするのだろうか。コレツキーの『基礎作戦』の舞台はクレムリンの地下であり、そこでは謎めいた機構が動いているのだ。幻想小説、神秘小説、スリラーの合成は、現代文学における新しいトレンドである。

ポスト・ソビエトの推理小説のニュースと言えば、新進作家が多数登場したことである。長い年月に、刺激的な読み物に飢えて恋しくなった読者は、「推理小説」、「スリラー」、「戦闘もの」などという決まり文句を載せたあらゆる出版物に飛びついている。それを理解した出版社は似たような内容の文学が流れ出す水門を開けた。

その結果、信じられないようなことになった。スリラーのジャンルで異常なほど成功した人に、何年か実際に服役した人がいるのである。かつてギャングだったバブキン、シトフ、モナフなどは、若者の間で特に人気を博している。これらの人々は、書かれていることを良く知っている。

新しい警察犯罪小説

警察小説については、マリーニナの例を出し、すでに幾分解明した。新しいものをいくらか付け加えたいと思う。

警察小説は顔を変え、現在は、七〇年代半ばに存在した物憂げな職業小説よりも、激しい戦闘ものに近い。警察小説の作者たちは二つのグループに分けられる。警察、検察庁、またはその他の治安組織で働いていた、または働いている人たち（ネズナンスキー、コレツキー、マリーニナ、ヴァイネル、レオノフなど）と、そうした組織で働いたことのない人々（ベズィミャンヌイ、ロモフ、プロニン、ドゥイシェフ、ズラトキンなど）である。

警察戦闘ものの経験豊かな作家たちに、その次の世代の作家たちが加わった。トーポリ、ネズナンスキー、ペルシャニン、シルキン、ドゥイシェフやその他多数である。「次の世代」が、より気楽さを感じ、過去のドグマとのつながりが少なくなったと感じていることは述べる必要もない。新しい警察犯罪小説と、日陰に去ってしまった警察職業小説は、どこに違いがあるのだろうか？

第一に、主人公たちである。旧式の刑事は元気がなく、鈍重であった。頭の回転は遅かったが、目ざとく、洞察力に富んでおり、犯罪者にはほとんどいつも暴露が待っていた。新しい型の警察官は意地が悪く、すばやく、判断も速いが、それと同じように簡単に信念を放棄する。犯罪の解明は、現代の西欧の小説にあるように、論理的な思考ではなく、暴力の適用、最上の場合でも挑発を伴う言葉での脅しによるのである。

第二に、古い警察推理小説とは違い、小さな探偵グループが、社会の支援を当てにしないで（その反対のこともある）単独で行動することが一番多い。

第三は、主人公の姿も変化したことである。今日は、どこに良い主人公がいて、どこに悪いアンチヒーローがいるのかを理解できない。なぜなら、良い主人公も酒を飲み、悪態をつき、ケンカをし、わいろを取るのだ。良い主人公が、自分の最高課題を遂行するのを邪魔する味方――連邦保安局やその他の秘密諜報班のエージェントを殴ることも、とても多い。逆に、犯罪者が正直者で、公正で、知的であったりする。それに、大体、踏みつけられた正義を自分の手で取り戻そうとする人は犯罪者なのだろうか？　第四に、社会の発展に伴い、推理小説の最高課題も徐々に変化している。脅迫や悪徳組織との闘いから、組織犯罪の解明や国家犯罪との対立に切り替わっている。

これに付け加えたいのは、警察小説のジャンルにおいて、非常に大きな作家のグループが作品を発表しているということだ。その中には、古くからいて我々も良く知っている有名な作家もいる。コレツキー、プロニン、ヴィソツキー、ロモフなどである。今、そこに、より若い世代が加わった。スミルノフ、マカロフ、ボロドゥイニャ、シルキン、エヴグラフォフ、キヴィノフ、フィラトフやその他多数である。

我が国のランボーまたは「ブラック小説」

ポスト・ソビエトのストーリー展開が速い文学について語ると、「一匹狼」と呼ばれる主人公たちを取り上げないわけにはいかない。マフィア組織にひどい目にあわされて落胆した人々が、そうした組織そのものとの危険な闘いに足を踏み入れるのである。

しかし、ストーリー展開が速いスリラーには亜種も存在しており、その中でも主人公が独りで行動するのであるが、動機が違うのだ。彼らを動かしているのは、正義感と、そして自分自身の国に秩序をもたらしたいという希望なのである。ここには推理小説的謎解きの匂いがしない。そうした出版物は「推理小説」と堂々と名乗っているが、それはおそらく流行への敬意か、あるいは慣習でそうしているのだろう。

謎解きは消えてしまった。残ったのは罪と罰である。どうやら、「古典的推理小説の時代」はまだ到来していないのだ。今日、読者は「行動の小説」を期待している。それは、主人公たちが一足歩くごとに事を成し遂げ、常に喧嘩、殺人などといった事件が起こる小説である。したがって、我が国の文学は数十人というロシアの「ランボー」で一杯なのだ。

「ランボー式」の主人公たちが活躍する長編や中編小説のシリーズの数は増え続けている。そしてお馴染みの名前に慣れた読者も、続編を期待している。コレツキーの有名な作品『アンチキラー』、『アンチキラー2』、コンスタンチノフの『弁護士1』、『弁護士2』、プロニンの『徒党1』、『徒党2』、『徒党3』、『徒党4』、『徒党5』、『徒党6』、『徒党7』など。

このような例は多数ある。そして最も興味深いのは、おそらく、まさにこの文学が今日のロシア書籍市場における流行だということだ。このサブジャンルでおそらく最もよく読まれている作家として名前が挙げられているのは、ドツェンコ、シトフ、コレツキーである。

歴史推理小説

歴史推理小説は、気づかれないように大衆文学を出てしまい、それからまたこっそり戻っている。現在、それは再び読者の心をつかむことを試みているが、簡単ではないようだ。一九九〇年代は、ロシアの歴史推理小説にとって最良の時期ではなかった。ちなみに、すべての歴史小説全体にとっても、それは同じであった。

今日、歴史推理小説は、おそらく復活への途上にある。かつて精力的に活動していた作家たちも、執筆を続けている。新しい作家たちも現われている。しかし、ある特徴がある。

1　ソビエトの現実を描いた歴史推理小説が全く消えてしまった。本棚では、二〇年代から四〇年代の献身的なチェキストや勇敢な民警が見えなくなっている。戦時中や戦前の諜報員たちの活躍を描いた良作さえ、再版されていない。どうやら、出版人たちはそれらの本があまり売れないと結論付けたようである。

2　歴史推理小説のジャンルで活動しているほとんどすべての作家は、同じテーマを使用している。古い時代のロシアにおける探偵たちの実際の行動および想像上の冒険だ。わが国の雄大で複雑かつ悲劇的な新しい歴史や進行中の歴史がはるかに多くの可能性を作家に与えているのに。推理小説との組み合わせで歴史を扱っているほとんどすべての作家は、革命前のロシアから金の鉱脈を「掘り出して」いる。ところで、実在の主人公が足りない時には、架空の主人公が考案されている。しかし、今日我が国の歴史推理小説家たちが成功裏に掘り進めている時代に戻ろう。書籍市場にサンクトペテルブルグ特捜部部長プチリンの記録や、モスクワ特捜部の元部長コシュコの回想録、プチリンの同時代人であるドブルイ（アントロポフ）によるプチリンを描いた短編集、シェルコフらの著作が現われ、現代の読者にロシア帝国の犯罪事情や、ロシアの探偵たちの活躍（実話もあれば架空のものもある）を紹介したのであった。このような状況があるため、この豊かな鉱石の加工を続けたいと希望する作家が何名かいても不思議ではない。歴史上のテーマを扱っている一流作家のひとりは、もちろんユゼフォヴィチである。彼によって長い年月をかけ作り出された探偵イヴァン・プチリンの形象は非常に豊かなものとなり、はるかに深まった。ユゼフォヴィチのセンセーションを起こした長編『風の王子』を読むと、そう思われる（『風の王子』は二〇〇一年に国民的ベストセラー賞を受賞した)。ユゼフォヴィチは、イヴァン・プチリンの、一般の人には全く知られていない実際のエピソードのひとつを元に、チンギス一族のひとり、ペテルブルグの中国大使館員ナムサライ・グンの死の真相を解明する物語を書いたのであった。

読者を魅了し続けている追跡の天才アナトーリー・ソコロフ伯爵はヴァレンチン・ラヴロフが創り出したお気に入りの主人公である(二〇〇七年までに二一冊が再版されている)。この伯爵は、親衛隊を辞めて追跡の世界に入り、そこで陽気に、くすくす笑いながら、実に複雑な犯罪を解明していく。『血塗られた断頭台』、『血の上の放蕩』、『宮廷の秘密』、シリーズ「ソコロフ伯爵は追跡の天才」などの本(文書保管庫の資料に基づいて書かれた二〇以上の作品)は数回再版されている。一度も歴史を扱ったことがなかった作家を、何が駆り立て、この時代を描く本を書かせているのだろうか(特に、ラヴロフは有名なサッカー選手の息子で、最初に就いた職業はボクサーであり、その後はジャーナリズムの世界で働き、本当の成功は歴史小説とともに来たのだ……)。もしかすると、探偵役が正直なままでいられた時代へのノスタルジーだろうか。

二十世紀末から二一世紀初めにおけるロシアの歴史推理小説のジャンルで挙げることができる作家は、メリニコヴァ、シプリツ、ベツコイ、トゥルシノフスカヤなどである。しかし、最も有名であり続けているのはユゼフォヴィチ、そしてボリス・アクーニンである。アクーニンの推理小説の表題やレッテルが少々奇抜で興味深い。「秘密および地下活動的な」『アザゼリ』、「密室的な」『リヴァイアサン号殺人事件』、「上流社会の」『戴冠式』、「デカダン的な」『死の愛人』などなど。とはいえ、彼のシリーズは実際に、上質で素晴らしい。読者に特に愛されているのは、「エラスト・ファンドーリンの冒険」(ロシアのシャーロック・ホームズ)と「地方の推理小説、または修道女ペラギヤの冒険」(ロシアのミス・マープル)である。さらに後の作品からは、『スパイ・ロマン』（二〇〇五年）や〈エラスト・ファンドーリン〉シリーズの『黒い都市』（二〇一二年）を挙げずにいられない（これについて、詳しくは前述の「軽文学」の項を参照）。

うたい文句はこうである。「もしあなたが、軽い読み物ではなく文学が好きで、ギャング、殺し屋やわけのわからないものについて書かれた物や、ゴシップ戦争やクレムリンのスキャンダルについて読むのが面白くないと思われているなら、もしあなたが良質な文体の推理小説を強く求めていらっしゃるなら、そのときはボリス・アクーニンをどうぞ。犯罪が起こり、それが優雅に味わい深く解明される心地よい世界にあなたをお連れします。魅力的で計り知れない探偵のエラスト・ファンドーリンを知ったら、あなたは彼と別れたくなくなるでしょう。」

メロドラマとノワール

ポスト・ソビエトの推理小説の歴史への短い旅を締めくくるにあたり、ひとつ興味深い指摘を付け加えたいと思う。二一世紀の最初の十年のポスト・ソビエトの推理小説における新しい傾向について書かれた本や資料をめくり、私は思いがけず、非常に興味深い現象にぶつかった。

二一世紀は我々に、推理小説の新しいバリエーションをもたらしたのだ。それは、メロドラマとノワール、つまり「暗黒小説」との混合物である。ストーリー展開が速いメロドラマの作家であるオレグ・ロイは、一部のメロドラマが「推理小説」の範疇に十分なりうるように書いている。多くの人々が、彼を、現代で最も成功を収めた軽文学作家だと考えている（もちろん、この問題には議論の余地があり、好みの問題でもある）。しかし、主要なのはそのことではない。男女の関係を描く彼の長編が、構成やストーリーの面で、メロドラマよりもノワール（つまり、既述の暗黒小説）に近いということである。『夫、妻、愛人』（二〇〇七年）、『ギャラリー「マクシム」』（二〇一〇年）、『幸福のアマルガム（混合物）』（二〇〇八年）など。総じてメロドラマとノワール形式の推理小説との接合になっている。こうした小説はますます流行している。組み合わせは逆説的である。極端だが、大変新鮮で興味深い。そのロイも近年、ノワールからはかなり遠ざかっており、彼の新しい好みが空想小説、ファンタジーなのは事実である。

ロシアのストーリー展開が速い小説（推理小説、スリラー、戦闘もの、ブラック小説、そしてそれらのハイブリッド）においては、二一世紀になってからの十年間で、肯定的主人公のタイプが顕著に変化した。外的世界の圧力にもかかわらず何らかの精神的理想を譲らない人間から、主人公は俗物に変わってしまった。彼の関心と責任の範囲は自分の家族だけに限定され、善と悪の基準は彼の内的世界の外にあるのだ。つまり、主人公の精神的責任の範囲が目に見えて狭くなったのである。言い換えると、現代におけるポスト・ソビエト文学の社会に対する意気込みや役割が、さらに低下しているのだ。推理小説を社会意識のバロメーターと考えるなら、ポスト・ソビエトのロシアが出現してからの社会意識の変化について、このような悲しい結論にたどりついてしまう。五年から十年後、その発展が我々に、どんなサプライズを仕掛けてくるだろうか、興味深いことである。

幻想文学——ポスト・ソビエト空想小説の起源

現代のポスト・ソビエト空想小説の根（ルーツ）は、非常に堅く深い。十九世紀半ば—二十世紀初めにはすでに、ファッデイ・ブルガーリン、オドエフスキー、ヴァレーリー・ブリューソフ、ツィオルコフスキーといった才能豊かな作家が空想小説を書いていた。しかし、二十世紀初めにはまだ空想小説はジャンルとして確立されていなかった。

空想小説がロシアで急激に発展し始めたのは、もう少し後のことである。

空想科学小説（ＳＦ）は、ソビエト時代に最も人気があったジャンルのひとつであった。しかしながら、ソビエトの検閲はＳＦに共産主義思想のプロパガンダを求めた。ちなみに、当時の人々は本当にそれを信じていたのだ。ソ連で始めての空想科学小説のひとつを書いたのは、Ａ・Ｎ・トルストイであった（『技師ガリンの双曲面』、『アエリータ』。一九二〇－三〇年代には、ベリャーエフの良作（『天空の戦い』、『アリエル』、『両生類人間』、『ドウエル教授の首』など）や、オブルチェフの「偽似地理学的」長編（『プルトニヤ』、『サンニコフ地球』）、ブルガーコフの風刺的幻想中編小説（『犬の心臓』、『運命の卵』）が発表された。これらの作品は国民に愛され、大変な成功を収めた。自身が社会学者でもあったＨ・Ｇ・ウェルズはソ連を何度か訪れ、ソビエト政権の成果とソビエトの空想小説を絶賛した。

一九三〇年代から四〇年代、ソ連の空想小説は危機に見舞われた。検閲と「人民の敵」との戦いが激化したのであった。この時期に圧倒的に多かったのは、いわゆるハードＳＦ（科学技術のことだけ、そして近未来のことだけ書かれたもの）であった。しかし一九五〇年代には宇宙飛行学が急速に発達し始め、ソビエトの空想小説家は歓喜して、太陽系開発や宇宙飛行士の活躍、惑星への植民を書いている。最も有名な例として挙げられるのは、グレヴィチ、マルトゥイノフ、カザンツェフの本や、ストルガツキー兄弟の初期の作品である（『赤紫色の雲の国』、『実習生たち』）である。彼らの本は、月、金星、火星、小惑星帯への宇宙飛行士の英雄的探検を描いていた。

一九六〇年代になると、ソビエトの空想小説はそうした堅い型からの逸脱を始めている。素晴らしい社会的空想小説が現われた（そのうちの一部は、作家が「机にしまうため」、発表されることさえ期待せずに書いたものだった）。この時期、人々は夢中になってストルガツキー兄弟やキール・ブルィチョフ、イヴァン・エフレーモフを読んでいた（社会的および倫理的問題、人類や国家に対する作家の考え、そして、社会主義体制のゆがみに対する大っぴらな風刺も少なくなかった）。この傾向は幻想映画、特にアンドレイ・タルコフスキーの作品（『惑星ソラリス』、『ストーカー』）に反映している。これと平行して、ソ連の後期には、子ども用の冒険SF映画が多く制作された（『エレクトロニクの冒険』、『モスクワーカシオペア』、『第三惑星の秘密』）。

現代のポスト・ソビエトのロシアにおいてもSFは依然として人気があり、発展している。若者の間ではファンタジーやその他の流行のジャンルに比べると著しく遅れを取っているが。

ソビエトおよびポスト・ソビエトのロシアにおける空想科学小説の種類

堅い社会派の空想小説については既述したが、他の傾向も複数あった。

世界の（ロシアでも）空想科学小説は、誕生後ずっと拡大を続け、新しい潮流を生み、ユートピアやオルタナティブ・ヒストリーといった、SF以前の古い伝統的なジャンルの要素を取り込んできた。

空想科学小説は基本的に次のようなテーマで分けられる。発明発見、歴史の流れ、社会の組織、時間旅行など。

時間空想小説、時間幻想小説、または時間空想オペラは、時間旅行を描くジャンルである。ソ連において、この潮流で執筆していたのは、キール・ブルイチョフである（アリス・セレズニョーヴァの冒険シリーズも含め数十作）。

時間空想小説は、よく歴史改編ものと組み合わされる。時間空想小説において最も人気のあるストーリーのひとつは、現代の主人公が過去の世界に行ってしまい、歴史を変えるもの。類似のアイディアは、セルゲイ・ルキヤネンコの後期の（すでにポスト・ソビエト期の）長編『下書き』（二〇〇五年）の基礎にもなっている。

これらの方法が娯楽的空想小説で濫用されたため、「時間オペラ」というあだ名が付けられた。古典的な例では、ブルガーコフの『イヴァン・ワシーリエヴィチ』や、ストルガツキー兄弟の中編『月曜日は土曜日に始まる』、『トロイカ物語』がある。

〈歴史改編SF〉

ある出来事が遠い過去に起きた、または起きなかった、そしてそのことにより、どうなりうるのかを描く作品。

現在のロシアの空想小説では、ロシアの歴史が作者の信念（例えば君主制主義者的信念、または社会主義者的信念）に基づいて愛国的に書き換えられた歴史改編SFや時間オペラが数多く出版されている。

歴史改編小説の亜種を、独立させて指摘するべきだろう。それは、地理改編および隠された歴史である。地理改編は、地球の地理が我々の知っているものではないという仮定に立脚し、それにより歴史が変わるというものである。古典的な例は、アクショーノフの長編『クリミア島』（ロシアでは作者の出国後の一九八一年に出版された）である。この作品においては、クリミアは島であり、民主主義的に発展した独立国家をつくるのである。

隠された歴史が「変える」のは、現在や未来ではなく、過去である。それは、現実の歴史が我々の知っているものとは異なっており、忘れられたり、隠されていたり、あるいは偽造されたものだという仮定に基づくものである。（このテーマは、まさに今、アクチュアルである。今は作家が、ロシアの過去全体を新しく書き換え始めているのだ。例としてはアクーニンのメガプロジェクト「ロシア国家史」で、第一冊目二〇一三年、第二冊目二〇一四年、など。）アンドレイ・ヴァレンチノフも、このジャンルの作品を書いている。例えば彼の連作『力の眼』においては、地球上の歴史の大きな出来事すべてのかげに、異星の「人形遣い」が存在している。

歴史改編SFから、例をいくつか挙げるべきであろう。

ヴャチェスラフ・ピエツーフ。多くの人が彼の最良の作品として挙げているのは短編の連作『中央エルモラエフ戦争』（短編集、一九八九年）で、ここではオルタナティブ・ヒストリーの架空の物事が、内戦から現代までのロシアの実際の歴史に統合されている。また、ピエツーフの長編『ロムマト』（一九八九年）も人気がある。歴史改編テーマの長編だ（題名も、ロマンチックなマテリアリズムのように解釈され、ジャンルの面では歴史エッセーに近い。一八二五年のデカブリストの蜂起が成功していたら、ロシアの歴史の流れが変わっていたかもしれないという仮定に基づいている）。

次の作品も、言及する価値があるだろう。

アブラモフの『静かな天使が飛んだ（一同が静まり返ることを言う決まり文句）』（二〇〇九年）。これは、ファシストの第三帝国が第二次世界大戦で勝利し、ロシアの盲目的愛国主義者たちと合流した世界である。舞台は一九九〇年代初めごろ、つまりこの中編が書かれる時代と並行する時期である。

スヴォロフの『砕氷船』。ノンフィクション風の社会評論的な本であるが、信憑性は様々ながらいろいろな論拠を持ち出して、ソ連が一九四一年七月にドイツへ侵攻する準備をしていたと作者は主張している。大祖国戦争を開始し、ヒトラーはただソビエトの攻撃計画に先んじたのだと。

この本の中では、第二次世界大戦の主な理由はヨシフ・スターリンの政策だと宣言されている。その目的は、スヴォロフによれば、一九四一年夏にヨーロッパ中央および西部を占拠することであった。この本が書かれたのは一九六八年から一九八一年であり、二〇一四年に完成し、ロシア語で最初に出版されたのは一九九一年だった。国外では一〇回以上再版されている（スヴォロフは、ジュネーブのソ連軍参謀本部情報総局合法的諜報機関の元スタッフ。一九七八年に英国へ亡命し、彼自身の言葉や参謀本部情報総局長のインタビューによれば、彼は欠席裁判で死刑の判決を受けていたのである）。

ブイコフの『正当化』（二〇〇一年）。作者は、二十世紀のロシア史の悲しい出来事について、空想による自説を提示している。スターリン体制の犠牲者たちだ。その時代に、不屈の、物に動じない、暑さも寒さも何とも思わない超人という人種が鍛え上げられた。そしてスターリンの死後、彼らは死後の世界から現われはじめ、親族や友人たちのアパートに奇妙な電話のベルが響き、秘密裏で会議が進められていく。「生き残った者」の一人は、高名な作家のイサーク・バーベリである……

あるいは、そのブイコフの『ЖД《ジェーディー》詩』。作者は、題名の略語「ЖД」を解読するよう読者に提案している。

序文「作者より」で彼は、ロシアの歴史はロシアのキリスト教同様、まだ始まっていないのだと確言している。そしてこの作品は歴史やキリスト教の遅れたスタートをうながすものとなる、と述べている。

この作品の主人公たちは、非妥協的な敵同士である。征服者ハザール人（「市民の自由」の支持者）と、征服者ヴァリャーグ人であり、ロシアの主権をめぐって真剣に取っ組み合いをはじめた。

実を言うと、七世紀以降のロシア史を作者はヴァリャーグ人とハザール人の勢力が交互に入れかわるものとして描いている。しかし最終決戦の時が来た。国は内戦にはまり込んで抜け出せず、軍隊は無秩序に中央ロシア台地を移動し、脱走兵は森に隠れ、パルチザンは列車を転覆させる……。この増大するカオスの雰囲気の中で、戦略的に重要な村々を、落ち着かない登場人物たちが重苦しい行程の終結を延ばそうとしたり早めようとしたり、何か全く新しいものを始めようとして流離《さすら》っている。作者によれば、生きている人々（живые души）を記念し、それに因んで、散文的な詩が「ЖД《ジェーディー》」と名付けられたという。

　このような作品の大多数が「大衆文学」に分類されているが、それらが例えばポストモダニズム、またはモダニズムに分類されうること、大衆的読み物よりもエリート文学に近いことを述べるべきだろうか。ジャンルを定めるのは難しい。例えば『ЖД《ジェーディー》詩』の解説には、こう書かれている。「ストーリーは探索《クエスト》である」……。要するに、潮流およびジャンルの相互浸透、レベルの高いものと低いものとの混合は、ポスト・ソビエト文学において、どんどん進んでいるのである。

〈終末空想小説およびポスト終末空想小説〉

　ポスト終末空想小説（終末空想小説）は、ポスト・ソビエトを含む現代の空想小説における主要な潮流のひとつである。

　この二つのジャンルは密接に関連しており、そこに境界線を引くのは困難である。舞台は世界的カタストロフィー（隕石との衝突、核戦争、環境の激変、伝染病）のとき、またはその直後であり、特に冷戦時代にみられた（そのような作品が最初に現われたのはソビエト時代だった。『ストーカー』〔原題「路傍のピクニック」〕（一九七一年）など）。この分野の作品は現在も書かれ続けており、例えば、ポスト・ソビエト文学では、グルホフスキーの『地下鉄《メトロ》二〇三三』（二〇〇五年）が話題になった（二〇三三年、世界中が廃墟となっている。人類はほぼ全滅した。モスクワは幽霊都市となり、放射能に汚染され、化け物が住むところとなった。生き残った少数の人々はモスクワの地下鉄に隠れている。そこは地球で最大の核シェルターなのである。地下鉄の駅は都市国家となったが、トンネルは闇と恐怖が支配している。住人であるアルチョームは、自分の駅、そしてもしかすると全人類を恐ろしい危険から救うために、地下鉄全体を巡らなければならない。）ポスト終末空想小説がアンチ・ユートピアと交差することは、大体において非常によくある。

ポスト終末空想小説とアンチ・ユートピアはオルタナティブ・ヒストリーだけではなく、恐怖小説やファンタジーと交差する。しかし、ポスト・ソビエトの空想小説では、そのような「ハイブリッド」はまれである。

純粋なアンチ・ユートピアの部分を取りだすのは難しい。非常に多数の作家が、実に気ままにひとつの作品の中でこのジャンルを他のジャンルと組み合わせて使用しているのだ……。実のところ、アンチ・ユートピアは明確に区分されているジャンルなのだが。そしてそれは広く一般を対象としている。

一般にロシアのアンチ・ユートピアで重要な作品とされているのは、二十世紀初めのロシアの作家、エフゲニー・ザミャーチンの長編『われら』（一九二〇年）である。これはジョージ・オーウェルの『一九八四年』や、オルダス・ハクスリーの『すばらしい新世界』、レイ・ブラッドベリの『華氏四五一度』と同列に置かれている。

アンチ・ユートピアは常に、制約が非現実的であること、未来または周りの世界とは孤立し、隔離された、社会的、精神的、政治的に変貌してしまった世界に移動することを前提としている。日常が我々の世界には存在しない空想的なものと組み合わされうるのだ。そうすると、二重の世界が発生する——幻想的な「現実」と現実とが平行して存在する。我々はそれを以下に挙げる作品で見ることができる。

アレクサンドル・カバコフ（『帰還せざる者』、一九八八年）を例にとろう。現代に「近い」アンチ・ユートピアである。ストーリー展開が速く「アクション」のジャンルに分類されるアンチ・ユートピアだ。変化を期待する高揚感が全体的に共有されていた時代に、カバコフは新しい社会の形成期に人格が成長するダイナミズムをうまく描いている。この長編の主人公は、未来へ移動する能力がある。この稀で有益な能力を用い、近未来に干渉して現在の政策を修正する目的で、国家の秘密機関が主人公を機関に引き入れ、利用する。

カバコフはその後も空想小説に近い作品を執筆している。アンチ・ユートピアのジャンルがほとんどすべての作品に痕跡を残している。懐古的長編の『すべて取り返しがつく』（二〇〇四年）でさえ、フィナーレでアンチ・ユートピアになっているように思えてしまう。

アクショーノフの長編『クリミア島』については既に述べた。現代では、懐古的アンチ・ユートピア『モスクワ、クワッ、クワッ』（二〇〇七年）では、また作者の想像力が勝り、この作品を叙述的小説の領域を超えたものにしている。

リュドミーラ・ペトルシェフスカヤは、アンチ・ユートピアの『新ロビンソン』や空想小説の『動物のおとぎ話』だけではなく、『ナンバー1、あるいは他の可能性の庭々で』（二〇〇〇年）を書いている。批評家たちの考えではスリラーであり、同時に複雑でレベルの高い作品である。しかし、むしろ神秘小説である。

ウラジーミル・マカニンは『けもの道』（一〇〇九年）、『取り残されし者』（一九八七年）やその他の、空想小説的仮説が入った中編小説を書いている。

ヴォイノヴィチの『モスクワ二〇四二年』は空想小説的および風刺的要素をともなうアンチ・ユートピアである。

マムレーエフの『世界と高笑い』（二〇〇五年）、ペレーヴィンの『虫の生活』（一九九三年）、『黄色い矢』（一九九三年）など……。

ソローキンは二〇〇六年に出版された中編『親衛隊士の日』で高レベルの小説からアンチ・ユートピアに

「飛び降りた」。例は数限りなく挙げられる。

トルスタヤの長編『クィシ』がそのようなアンチ・ユートピア的空想小説に分類されるのはなぜだろうか。この長編には、空想小説とは全く関係のない他の潮流の要素が多く含まれているのだが。この長編は、一九八六年から二〇〇〇年までの十四年間にわたって書かれた。この本ではあてこすりと皮肉をこめて核戦争後のロシアに何が起こるかが描かれている。

アンチ・ユートピアと比べ、二十世紀でユートピアのジャンルはあまり需要がなかった。しかしながらソ連では多くの作家が未来の理想的な社会を描き、共産主義的ユートピアを作り出していた。例えば、以下の長編小説だ。エフレーモフの『アンドロメダの霧』、ノソフの『太陽の都市の無知な人』、ストルガツキー兄弟の『22世紀、真昼』、ワジム・シェフネルの『断崖の娘』。ポスト・ソビエトの空想小説では、ユートピアは定着しなかったのだ。

西側諸国では、スペースオペラ、サイバーパンク、ナノパンク（バイオパンク、スチームパンク）、ポスト・サイバーパンク、「ディーゼルパンク」、空想科学小説、テクノファンタジーが人気だが、ポスト・ソビエトのロシアでは発展しなかった。

読者の方々は聞くかもしれない。なぜ最近の本やポスト・ソビエト期の文学の特徴がテーマのこの本で、私が革命前およびソビエトの空想小説をよく振り返るのかと。

それは、過去がなければ現在はなく、我々が今ポスト・ソビエトの空想小説で見ている多くの現象（主に、著しく増大しているロシアのファンタジー）もまた、革命前およびソビエト時代に端を発していたためである。過去を知らなければ、現在を理解できないのだ！

ロシアのファンタジー――国民的特徴

さて我々は現代までたどり着いた。ファンタジーは圧倒的大多数のティーンエイジャーや若い世代の人々の心をつかんでいる。

インターネットにさえ興味深い傾向が見られる。ロシアのある中学校の教師たちがファンタジーに関心を寄せ、教え子たちとこのジャンルの鉱脈を積極的に調べ始めたという。大変積極的で、ファンタジーについての議論が十九世紀ロシア文学の研究に取って代わることがあるほどだという。なぜか？

ここまでで明らかなのは、ロシアの幻想文学が非常に多様であること、しかし一九九一年まではすべてが、基本的に空想科学小説に帰着していたことである。十五年程前にはまだ、「ロシアのファンタジー」という語結合は滑稽なナンセンスであった。大多数の読者にとって、ファンタジーのジャンルといえば、まずジョン・ロナルド・トールキンやロバート・ハワードを連想する。（ちなみに、ソビエトの知識人階級は世界のファンタジーを非常によく知っており、西側の読者をはるかに上回るくらいだった。）しかし今、ロシア人作家がファンタジーの世界から外国人作家を排除し、自分たちの作品で書籍市場をあふれさせてしまった。これはどのように起こったのだろうか？

入れ替わりのメカニズムは、ラブロマンスの場合と同じだ。（覚えていらっしゃるだろうか、西側の「ばら色の」ロマンスが、ポスト・ソビエトの「ブラック・ローズ」ロマンスに、結果として「魔性の女」のロマンスや「グラマラス」ロマンスに入れ替わったのを？）新しいものは何もない。すべて同じ、ロシア人のメンタリティーの特徴なのだ。読者は馴染み深い、現実に存在する主人公に自分を結び付けなければならない――そうでなければ一体化が起きない、つまりテキストに深く入り込むことや、本および作者への信頼という魔法もない……つまり文学の奇跡が起きないのである。

社会学的調査のデータによれば、今日のティーンエイジャーが読破した本の五分の一はファンタジーの分野だという。男子の方が女子より大きな関心を示している。授業ではファンタジー小説の中の詩を読み、ファンタジーのストーリーに曲をつけている……タイトルの数や部数でファンタジーを上回っているのは、ラブロマンスと推理小説だけである。

ファンタジー文学は二十世紀の、より正確に言えば、その後半の産物である。「剣と魔法」文学の創始者はロバート・ハワード（『英雄コナン（キンメリアのコナン）』）とジョン・ロナルド・トールキン（『指輪物語』）である。外国でのファンタジーの最盛期は六〇年代から七〇年代であるが、ロシアにその波がとどいたのは八〇年代のことであった（トールキンが多いに愛好された時代である。剣を持った戦士に仮装したり、エルフのルーン文字で家々の塀が飾られたり、「ホビット・クラブ」のラジオ放送が人気だったり）。

ファンタジーの何がティーンエイジャーを惹き付けているのだろうか？　自分の手で魔法を使い、権力絶大な悪を倒して正義の勝利を得る主人公たちである。彼らはティーンエイジャーに、勝利は手にできる、卑劣な者には弄ばれないという信念を吹き込んでいる。ティーンエイジャーたちが自分たちと同一化している主人公たちの中には（「ブラック・ローズ」ロマンスのヒロインとの同一化の法則を覚えていらっしゃるだろうか？）彼らが持ちたいと願っている理想的な性質があるのだ。身体的な力、すばやく決断する能力、信頼、信念、高潔さ、ユーモアのセンス。ファンタジーの魅力は、人間の可能性の理想化にある。

ティーンエイジャー（特に男子）には、特にロマンチックな主人公が必要である。（ロシア古典文学は役に立たない。古典文学の主人公はターミネーター的性質を有していない。古典文学の主人公たちはたいてい夢想し、苦悩し、逡巡しているだけである。行動する代わりに鼻水や涙を拭い、人生の意味あるいは無意味さについて考えをめぐらせている。彼らには筋肉も残酷さも不足している。）若い男子が心惹かれるのは、無鉄砲なほどの勇敢さ、雄雄しさ、弱い者の保護者としての高潔さ、激しい感情である。そうしたものはポスト・ソビエトのロシアの現実にはない。しかし若い人々には、呼吸するための空気のように必要なのだ。ファンタジーだけが、彼らが探し、夢見ているものを与えることができている。要するにファンタジーは現在、宗教や古典文学と入れ替わって、教育的機能を果たしているのだ。悪や嘘との非妥協的な戦いを教えているのである。アンケートに回答したティーンエイジャーの九〇パーセントが、ファンタジーを読むことが孤独感や寂しさや怒りからの救いだと考えている。ティーンエイジャーは無力であり、誰かにもたれたいのである。大いなる力の一部となり、守られたいのだ。そして自分を主人公と同一視し、精神的に補填される。ここに、このジャンルの魅力があるのである。

実例として、ロシアの長編小説（ヒロイックファンタジー）『ヴォルコダフ（猟犬）』に対する、インターネットに載っている読者のレビューを引用しよう。

「なんということだ。なぜ私はこの本をもっと前に読んでおかなかったのだろう。在学中だった三年前に、私たちの学校の図書室で司書が、自分の好きな本としてこの本の話をしていた。それを私はただ聞き流してしまったのだ。これは、ただのクローンのような数多くのファンタジーではなく、まさにファンタジーなのだ。必ず勝つ正義、家族、恋愛、友情、裏切りの物語。最初は、本で使われている言葉に戸惑った。一族の名称、地名、常に言及されている神々の名前。しぶしぶ読み、何とかテキストを読みとおした。読み始めで我慢し本を投げ出さなくて、なんと幸福だったことか。なぜなら、後に褒美がもらえてあまりがあったくらいだったから。私は読み、そして目の前に読んだ物語の鮮やかな絵が浮かんだ。だってヴォルコダフ（猟犬）はまだ二三歳（！）なのだから。彼はとても賢明で強く、勇気があって、清廉潔白な人間で戦士なのだ。陰気な善人だ。彼は私より三つしか年上ではない。そして、なんという戦いの描写だろう！　私は自分が決闘の描写に飢えているとずっと分かっていた。でも、ここでは……読んで、手で目を覆いそうになった。だって、怖かったから。今でも目の前に血みどろのシーンがよみがえる。ああ、私も無邪気に、善が常に悪に勝つと信じている。今はそれをもっと信じ始めている。ヴォルコダフ（猟犬）は、真実と誠を示すため、責任を持って自分の決闘をした。手短に言うなら、こうだ。もし何か善なる、素晴らしい、面白い、魅力的なファンタジックなものを読みたければ、頭を悩ませずに何か軽すぎないものを読みたければ、あなたにはこの本が良いでしょう。」（https://www.livelib.ru/review/94475）

純ロシア的プロジェクト——発展の段階

ファンタジーの歴史とサブジャンル、作家たちについて少し述べたい。

英語圏におけるファンタジーが現代の姿になってからすでに一世紀を数える。ロシアでは近年まで、はっきりとそう呼ばれる作家はいない。ファンタジーに数えられることがあるのは、ゴーゴリ、時にグリーン、または、ブルガーコフさえ数に入れられることがある。しかし、それはどんなファンタジーなのだろうか？おそらく、本来の意味でファンタジーのジャンルに分類されるのは、今では忘れられた十九世紀の作家、アレクサンドル・ヴェリトマン、スラヴのファンタジーの「おじいちゃん」（長編『不死のコシェイ』〈民話上の金持ちで意地悪で背が高い痩せた老人〉、一八三三年）、長編『スヴャトスラヴォヴィチ、悪魔の教え子』（一八三五年）であろう。ソビエト時代の作家の中で思い出されるのは、ストルガツキー兄弟のユーモア二部作『月曜日は土曜日に始まる』、『トロイカ物語』、そしてもしかすると、『幽霊殺人』（原題『ホテル「死んだ登山家」』）も。それは大変なこじつけであるが。

ポスト・ソビエト期まで、わが国では外国のファンタジーは出版されていなかった（おそらく、『ホビット』や『ゲド戦記』のような古典的作品は例外として）ので、外国から翻訳文学が流れ込んだとき、ファンタジーの愛好者の間でお祭りが始まった。しかし九〇年代半ばには舶来のメニューに飽きはじめ、何か自国の、ロシアのものが欲しくなった。需要が発生すると、供給も現われるのだ！

一九九三年、サンクトペテルブルグの出版社セヴェロザーパド（北西）が、「クレイジーな」プロジェクトに着手した。トールキンの長編物語『指輪物語』の続編制作を宣言したのだ。しかし、この続編の作者はロシアの（!!!）作家のニック・ペルモフだった。このプロジェクトは多大な成功をおさめ、ここからロシアのファンタジーの凱旋パレードが始まったのであった。

その後二年ほど、ファンタジーの需要はなかった。関心が再び高まったのは一九九六年で、それは、ヴォルコダフ（猟犬）というあだ名のセールイ・ピョース（灰色の雄犬）族の若き戦士を描く長編小説（後に続編シリーズ）が出版されたときである。主人公がまだ幼子だったとき、彼の生まれた村落が敵に襲撃された。セールイ・ピョース族の主だった人々はみな剣で殺されたが、この男の子だけは生き残り、サモツヴェトヌイエ（宝石）山という名の鉱山に売られてしまう。しかしヴォルコダフは鉱山から抜け出した（それができた奴隷は彼一人だった）。彼の人生の目的は、自分の種族の復讐をすることとなった。

このマリヤ・セミョーノヴァの『ヴォルコダフ』は集中的に宣伝され、半年足らずで二万五千部が売り切れた。これが突破口だった。その後、アレクサンドル・ブシュコフの順番が来た。連作『スヴァローグ』（スヴァローグはスラヴの神）である。これらはすべて、いわゆる「スラヴのファンタジー」または「ヒロイックファンタジー」に分類される。例えば、『ヴォルコダフ』の舞台は違う惑星であるが、地球に似ているようだ。マリヤ・セミョーノヴァによれば『ヴォルコダフ』に出て来る民族は、ひとつはスラヴ民族、二つ目はゲルマン・スカンジナヴィア民族、三つ目はケルト民族と見なしても良いという。このシリーズでは、おどろくほど正確に詳しく、民族の生活や風習などが描かれている。

ファンタジーのジャンルには、数多くのサブジャンルがある。神秘、ヒロイック、冒険、思想・比喩、パロディー、ユーモアのつくものからパラレルワールドファンタジー、現代のファンタジー、推理小説的および恋愛ファンタジーである。

ここですべての作家や本について語ることが不可能なため、いつも通り、最も注目されるサブジャンルの枠内で最も目立つ人物を挙げよう。まして、ファンタジーにおけるサブジャンルは非常に密に絡み合っているので、その結合の原則を批評家たちは「マルチシステム的」と称している。

〈叙事詩的ファンタジー〉

『指輪物語』以来、叙事詩的なファンタジーは、ファンタジーのジャンルの中で最も愛されている潮流であり続けている。ロシアでの創始者はニック・ペルモフである（トールキンの叙事詩的『指輪物語』の続編という気違いじみたプロジェクトを思い出そう！）彼の続編三部作（『闇の指輪』）がペルモフの人気の基礎を作り、その後に続いたのが、『黒い盾』、『ヘナのダイヤモンド』、『神々の死』、『魔法使いの戦争』などである。連作『ヒエルバルドの年代記』、シリーズ『剣の守り人』、そしてその他の長編小説シリーズも成功した。その中には、叙事詩的作品の他に、ヒロイックファンタジーやテクノファンタジーもある。

ペルモフはかなり長い間、トップの座にいた。ペルモフの他には、スヴャトスラフ・ロギノフ（いくつか賞を受賞した長編『千手の神ダライナ』）、アレクサンドル・ゾリチ、アレクセイ・ペホフを挙げることができる。しかし彼らは皆、ペルモフには及ばない。

そして……ペルモフに競争相手が現われた。女性ジャーナリストのヴェーラ・カムシャ、『アルツィヤ年代記』の作者である。最初のうち、彼女は事実上、ペルモフをコピーしていた。いずれにせよ、長編シリーズの最初の二冊『暗い星』と『この上ない権利』は、ペルモフのテキストとほとんど変わらなかった。しかし、三冊目『日没の血』を始めとし、アルツィヤの叙事詩は「お手本」と入れ替わった。カムシャはアメリカ人作家ジョージ・マーティン（『氷と炎の歌』シリーズ）をお手本に選んだのだった。カムシャの文体も変容した。特にすべての人に深い感銘を与えたのは、長編『赤に赤』（二〇〇四年）である。この作品は、『エテルナの火炎』という題のシリーズの第一冊目となった。（これは「首飾り《オジエレリエ》」という名の世界（首飾りの形状をしている）に入る、架空の世界である。「首飾り」は、この作品の中で「よその」と呼ばれている神秘的なもの――「首飾り」を飲み込もうとしている――に周りを囲まれている。）というわけで、ニック・ペルモフは大急ぎで新しい連作『ライレグの七頭の獣』（二〇〇七―二〇一一年）の始まりとなる次の長編を書かなければならなくなった。（事件がやはり別の世界で展開する。そこでは、戦いで弾丸も魔法もファイヤーボールも使われている。）

〈スラヴのファンタジーの英雄性（ヒロイック・ファンタジー）〉

　ロシアのヒロイック・ファンタジーへの関心の高まりは、マリヤ・セミョーヴォヴァの『ヴォルコダフ』（一九九五年―二〇一四年の六冊シリーズ）のおかげで起こったのだが、この作家は以前も、古代スラヴ人やスカンジナヴィア人についての歴史小説を書いていた。『ヴォルコダフ』の内容については、すでに述べた。『ヴォルコダフ』は、「ロシアのコナン」、「スラヴのファンタジー」とも呼ばれている。セミョーノヴァ自身によるものの他、他の作家たちによる続編も現われた。

　批評家は「スラヴのファンタジー」というレッテルを慌てて貼ったようだ。というのも、シリーズではいかなる「スラヴ人」も見られず、舞台は別の惑星だからである。とはいえ、「スラヴのファンタジー」、何よりヒロイック・ファンタジーの急激な発展は、この長編から始まった。

このサブジャンルの代表格は、ユーリー・ニキーチンとその連作である「ロシアのファンタジー」シリーズ(二〇〇六年―)の『森から来た三人』。ニキーチンに続く作家の中では、オリガ・グリゴリエヴァ(長編『ラドガの湖』、『魔法使い』)、レオニード・ブチャコフ(連作『ヴラジゴル公』)、ガリーナ・ロマノヴァ(連作『ヴラスチミール公』)などである。

ヒロイック・ファンタジーについては、アレクサンドル・ブシュコフに言及しないわけにいかない。(パラシュート降下隊員士官スタニスラフ・スヴァログを描く長編『どこの出身でもない騎士』(一九九六年)が、大人気シリーズの第一作となったばかりでなく、莫大な数の模倣作品を生んだ。)我々の同時代人のロシアの普通の若者(または若い女性)は、「剣と魔法」の世界にいるのだ(時間旅行、空間旅行、あるいは宇宙旅行の時など、ストーリーによって様々なバリエーションがある)。ブシュコフはストーリーを西側のファンタジーから借用した。しかしロシアにとっては、それは「開拓」であった。ブシュコフの他には、ヴィクトリヤ・ウグリュモヴァ、そしてセルゲイ・ルキヤネンコ(『ドラゴンの時間ではない』)が挙げられるだろう。

ヒロイック・ファンタジーのある種の支流と考えられるのは冒険ファンタジーであろう(もちろん、これは非常にあいまいな用語である)。冒険ファンタジーで最も人気がある作品と考えられているのは、ヘンリー・ライオン・オルディ(ハリコフの作家ドミトリー・グロモフとオレグ・ラドゥイジェンスキーのペンネーム)の『剣の道』である。

〈神話的ファンタジー〉

研究者の中には、「神話的ファンタジー」を独立したサブジャンルとして区分している者もいるが、これはあまり正しくないと私は考えている。なぜなら、すべてのファンタジーの根底には神話があるからだ。それでも研究者たちは、西欧の神話に基づいたファンタジー（ゲルマン・スカンジナヴィア神話に基づくファンタジーも含む）、スラヴ神話に基づくもの（ここで、ロシアの神話に基づくファンタジーが別のサブジャンルとされることもある）、東洋の神話に基づくもの（日本の神話に基づくものも含む）、アフリカの神話に基づくものなどに分類している。

また、神話的基礎と、作者による神話の創作との合成もありだ。テクノファンタジーやサイエンスファンタジーも空想科学小説（ＳＦ）から科学技術時代の神話を借用している。

都会を舞台とするファンタジーも存在している。

神話的ファンタジーでは、やはりオルディにかなう者はいない。彼らの非常に多くの長編は様々な民族の神話に基礎を置いている。『英雄は唯一無二』（ヘラクレスについてのギリシャ神話の再解釈）、『オデッセイ＝ラエルトの息子』（『イーリアス』と『オデュッセイア』の再解釈）、『救世主がディスクを清める』（非現実の中国）、『第八戒の継子』（非現実のポーランド）、連作『黒いバラムート（輪廻転生の輪を断ち切る者）』（古代の叙事詩『マハーラーバダ』の改作）など。古典的神話には、多くの非常に独特な魔法が混ぜこまれていることを確認するべきだろうか……。

また、ドミトリー・スキリュク、アンドレイ・ヴァレンチノフ、オリガ・エリセーエヴァ、そしてダリヤ・トルスキノフスカヤのいくつかの中編も挙げることができよう。ファンタジーの全分野の作家の少なくとも八〇パーセントは、程度の差はあれ原則として神話的ファンタジーには当てはまるのである。

〈都市ファンタジー〉は特殊なテーマである。事件が現代の都市で展開され、都市が作品のストーリーや雰囲気に重要な役割を果たす、非常に独特なサブジャンルである。都市ファンタジーの例としては、ペホフ、パノフ、そしてルキヤネンコといったポスト・ソビエトの作家たちの作品が挙げられるだろう（ここには、「都市ファンタジー」のバリエーションとして、「都市のおとぎ話」も加わる）。ここには実在する現代の都市が魔法と絡み合う魔法的現実がある。ルキヤネンコの連作『パトロール』を例にあげよう。実在の人々が、都市の「多次元の」魔法空間で生活し、そこではどんな奇跡もあるというものだ。ところで、まだソビエト時代だったときに、オルロフの『ヴィオラ弾きのダニーロフ』や、セルゲイ・アブラモフやヴァディム・シェフネルの中編小説が人気を博していた（当時、これは「幻想的リアリズム」と名打たれていた）。

都市ファンタジーの現代作家の作品からは、マリアンナ・アルフェロヴァの『空の小道』やエレーナ・ハエツカヤの『アナクロン』を挙げることができるだろう。

分かりやすくするため、『空の小道』（一九九六年）を紹介しよう。この長編は「都市おとぎ話」のスタイルで書かれている。

仕事も家もない若い男のエリックは、孤独な老婆の家に盗みに入りたいと思っていた。この女性にはレニングラード封鎖で死んだ息子がいて、その息子の名もエリックということを偶然エリックは知る。現代のエリックは冒険することにした。老婆の家を訪れ、自分がパラレルワールドから来た息子だと告げるのである。彼はごくありふれたペテルブルグの市電で到着する。老いた母親は息子に、子守唄を歌う代わりにニコライ・グミリョフの詩『道に迷った市電』を読んでやっていたからだ。現代のエリックは死んだエリックの場所に身を置き、封鎖のあった冬に死んだエリックがしなければならなかったことをする。そして、有名な詩の中の市電も、イサーク寺院の金色の丸屋根の上の空に現われるのだった……。

〈歴史ファンタジー〉（偽史小説と合わさっている）

偽史ファンタジーは現在、外国においてもロシアにおいても、非常に人気がある。しかしながら、これは潮流ではなく、どちらかといえば手法である。実際にあった歴史上の何らかのエピソードをもとに、魔法の世界が設計されているのだ。（さらに、サブジャンル的方向性で言えば、これはヒロイックファンタジーでも、叙事詩的作品でも、そして心理的ドラマでもありうる。）

先駆者のひとりは、歴史専門家のアンドレイ・ヴァレンチノフ（ペンネームはアンドレイ・シュマリコ）で、作品は『オリヤ』、『空が歓喜している』、『オラ』、二部作『変節者の小道』などである。

ロシアのファンタジーにおいて特別な役割を果たしたのは、エレーナ・ハエツカヤの長編『剣と虹』である。これは一九九三年に出版されたが、最初は外国人のペンネームで出された。というのは、当時出版社が、大衆に人気を博すかどうか、危ぶんでいたからである。しかし、傑作となった。（放浪する騎士、悪にも善にも向かわない風変わりな魔法使いデミウルゴス〔創造者〕、彼が創った世界であるアロイの森――そこには気分次第で創造された様々な存在たちが様々な時代に住みついていた。被創造者たちが好き勝手して歯止めがかからず創造者を怒らせた。創造者はその世界を破壊しようと決めたが、世界を破壊するのは、原稿を燃やすのとは違った……。世界は抵抗することもできるのである、という話である。主人公の原型の一人は、ロビン・フッドである。）

〈神秘小説の要素が入ったファンタジー〉

このタイプのファンタジーは非常に多岐に富んでいる。暗黒の世界で物語が展開されるダークファンタジーと呼ばれるものがある（心をつかむアンドレイ・ダシュコフの作品『セノルのさすらいの旅』、『巫術の戦争』、そして連作『地獄の星』）。

他のものは、神秘的スリラーに近い。まず例として挙げられるのはセルゲイ・ルキヤネンコで、ヴァシリエフとの共著でベストセラーとなったパトロール隊ものの連作であろう（『デイ・ウォッチ〔昼間のパトロール〕』、『ナイト・ウォッチ〔夜間パトロール〕』など）。

この物語では何人かの人々、大体一万人に一人が魔法の能力を持つ「異人」として生まれてくる。「異人」の力は巨大であり、病気を知らず、老化を止めることができ、普通の人々を自分たちに従わせることができる。

その性質により、彼らは「闇の人」と「光の人」に分けられる。「光の人」は、自分たちが生きているのは、他の人々のためであると考えている。彼らは自分たちの目的を、人々の保護、人々の犯罪の防止、法と秩序の遵守、世界を悪から解放することとしている。一方、「闇の異人」は個人的な自由、個人的な興味や利益のために動いている。このような分裂の理由は、彼らが人々から魔法のエネルギーを受け取るメカニズムが異なることによる。光の異人も闇の異人も、自分の魔法の力を人々のエネルギーから得て蓄えているのである。光の人々は、笑い、喜び、幸福といった良い感情を人間から集めている。闇の人々は、悲嘆、憂愁、怒りという否定的な感情を集めているのだ。光の人々は、この方法は「異人」にとって許されないことだと考えているので、使うことは稀であり、どうしても必要不可欠な場合にかぎっている。まさにこの、人々や周りの世界に対する気持ちの違いが、彼らの争いの基礎にあるのだ。彼らの争いが地球上のすべての生きとし生けるものを全滅させることが可能だということが分かり、光の勢力と闇の勢力は平和条約を結んだのであった。

そしてそのときから、彼らの戦争は冷たい戦争となった。光の人はそれぞれ他の人々に対して一定の回数、魔法を使う権利を受けている。吸血鬼や狼男は定期的に狩りをする許可を受けている（犠牲者となるのは「吸血鬼くじ」を使い、偶然の要素で決められている）。したがって、条約順守をしているかどうか、闇の人々を監視しているのが「夜間パトロール隊」で、光の人々を監視しているのが「昼間のパトロール隊」である。条約遵守を監視する上級機関として「審問」があり、それは少人数だが大変に強力であり、構成員には闇の人も光の人もいる。（ウィキペディア）

この潮流には、ヴァシーリー・ゴロヴァチェフのスリラー『禁じられた現実』やアンドレイ・ヴァレンチノフの歴史神秘スリラー『脱走兵』などが分類されている。

〈枠にはまらないファンタジー〉

どのサブジャンルにもあてはめることが不可能なファンタジー作品もある。連作であっても、全く文体のジャンルが異なる長編からなるものもある。その特徴的な例は、キエフの作家夫婦マリーナ＆セルゲイ・ディヤチェンコである（指摘したいのは、つい最近までロシアとウクライナは伝統的にひとつの文化的・文学的範囲の中にあり、しかもその繋がりは今に至るまで途切れておらず、最終的に切れてしまうことはおそらくないだろう、ということだ。というわけで、ディヤチェンコや他のウクライナのファンタジー作家も、ポスト・ソビエトのロシア文学の代表として考え続けることを私は提案する。そして、英語版のウィキペディアにもそう書かれている。）

西欧のファンタジーとは全く違う、大変魅力的なポスト・ソビエトのファンタジーの新作や、新しい種類について、まだまだ語ることができる。

「ユーモラスな」ロシアのファンタジー（外国人には全く分からないかもしれない）、「テクノファンタジー」（オリガ・ラリオノヴァの『クレッグ王』やペルモフの連作『テクノマジック』）についても。

あるいは再び女性のテーマに戻ることもできるが、ラブロマンスや「ブラック・ローズ」のロマンスのレベルではなく、もっと広範囲なロマンス・ファンタジー（ダリヤ・トルスキノフスカヤの『王の血』、ヴィクトリヤ・ウグリュモヴァの『道化の分身』、『女神の名前』）と言えるだろう。一方、ナタリヤ・イパトヴァ（二部作『豪胆な王と赤い魔女』と『王は気分転換をする』、中編小説『小さな草は命』、『ヴィンテルフォルド』、『冬の交差点のおとぎ話』……）は、ロシアのロマンチックファンタジーの「女王」と呼ばれる権利を有している。

そしてもちろん、愛好者にはエロチック・ファンタジーもある……。

マジック・リアリズム

総じてマジック（魔術的）リアリズムは、原則としては幻想文学に属しているのだが、厳密に言えば大衆文学には分類されないので、我々も別の項目にしたのである（作家がマジック・リアリズムのメソッドを使っているジャンルは、例えばロマンスノベルから歴史改編まで、実に様々であり、それはどちらかと言えば大衆文学に近い）。文学研究者的視点からすれば、マジック・リアリズムは、芸術的モダニズムの最も過激なメソッドのひとつである。「マジック・リアリズムの役割は、奇妙で、抒情的で、幻想的でさえある要素を現実の中で探求することにあり、その要素のおかげで日常生活がやさしく詩的に、シュールリアリズム的に、そして象徴的に変容する」（フランスの批評家エドモン・ジャルーの言葉。彼は一九三一年に初めて

「マジック・リアリズム」という言葉を提示した)。一次的な、人の目に見える日常にあるものの他に、マジック・リアリズムは第二次的な、日常にない、謎めいたものも包括している。

ロシア文学におけるマジック・リアリズムの源流は、十九世紀前半のロシアのロマン主義文学(ロシアの恐怖短編)——例えば、ポゴレリスキー、チトフ、ザゴスキン、V・オドエフスキー、ソモフ、ベストゥージェフ゠マルリンスキーの短編や中編小説、それにプーシキンの作品(『スペードの女王』)やゴーゴリの作品(『ヴィイ』(東スラヴ民族の伝説中の、地獄に住む、老人の姿をした化け物)、レールモントフの作品(『シュトス』(賭けトランプゲームの一種))、A・K・トルストイの作品『吸血鬼』)にさえ見ることができる。この現象は、ロマン主義の時代(一八二〇―一八四〇年。この年代がロシアのロマン主義小説における幻想的作品のピークと研究者には考えられている。例えば一九八〇年代の初めにレニングラード大学が『ロシア幻想小説一八二〇―一八四〇年』というアンソロジーを編集している)のロシア幻想小説とも呼ばれている。後にこの伝統は、チャヤノフ、プラトーノフ、ブルガーコフ、プリーシヴィン、レオーノフ、グリーンの神話的ロマンにおいて引き継がれている。

マジック・リアリズムの典型的な特徴は、時間のゆがみや脱落である。つまり、現在が繰り返されたり、過去を思い出させたりする。そして、数多くのシンボルやイメージ、感情や精神的な衝動の詳しい描写、魔法的要素の有無を言わせぬロジック、原因と結果の場所の入れ替わり(例えば、登場人物は悲劇的事件に遭うこともある)、フォークロアや伝説の要素があること、未解決の結末などである。

ロシアの現代作家でマジック・リアリズムの特徴を持っている作品があると考えられているのは、ウラジーミル・オルロフ(一九八〇年にすでに『ヴィオラ弾きのダニーロフ』を書いた)、ヴィクトル・ペレーヴィン、ニコライ・バイトフ、パーヴェル・クルサノフ、オリガ・スラヴニコヴァ、ナタリヤ・マケーエヴァ、ヴィクトル・エロフェーエフ、アンドレイ・ミーニン、ロマン・センチン、アレクサンドル・ジティンスキー、アナトーリー・クドリャヴィツキー、フェリクス・ロジネルである。批評家の中には、ユーリー・マムレーエフ（『恐怖の翼』）の形而上学的リアリズムもマジック・リアリズムと考えている者もいる。

一例として、パーヴェル・クルサノフの『天使に噛まれて』（二〇〇〇年）をみてみよう。

この長編は、歴史改編ジャンルとも言える。主人公の男はロシア人将校と中国人女性の間に生まれた。舞台は現代ロシアであるが、十九世紀半ばからの歴史が本当の歴史とは異なっている。東欧の国々がロシア帝国の従属国なのである。この長編の主人公は自らを皇帝と宣言し、結果的に権力を奪う。彼は自分の姉と同居しているのだが、この姉は同時に、主人公の養父の妻である。

この作品では、謎、魔法、そして改編された神話が多くの場所を占めている。「モギ」とその強大な力についてのストーリーは、アレクサンドル・セカツキーの『モギ（威力ある者）とその強大な力』から借用されたとされている。

この作品のジャンルは批評家に定められていないが、アンチ・ユートピア、ファンタジー、マジック・リアリズムの特徴を指摘している研究者もいる。他方では、『天使に噛まれて』をはっきりとマジック・リアリズムに分類しているものもある。帝国的ムードだとして作者が叩かれたが、この長編は大成功を収めた。（クルサノフのこの長編を、二〇一四年のボリシャヤ・クニーガ賞第二位となったソローキンのポストモダン・ユートピア長編『テルルリヤ』（二〇一三年）と比較するのは興味深い。）

『テルルリヤ』（ジャンルはユートピア）の舞台は、未来である。そこではユーラシア大陸が、文化的に進化した中世にある。ここでは馬、大盃、織物の服、定期市が復活している。ヨーロッパはムスリムの襲撃を受け、ロシアは何回か動乱が起きている。今やユーラシアのすべての国家が解体されて小さな公国になり、そこには普通の人々、巨人や小人たちが暮らしている。各公国には、それぞれの政治体制がある。、すべての人々がテルル（tellurium）という、人類の前に新しい世界を開いて見せる最大級の催眠物質の助けを借りて天国や幸福を探そうとするのだ。

ソローキンのユートピアは、多くの点で、アンチ・ユートピア作品『親衛隊士の日』の続編である。ロシアの壁は崩壊し（「煉瓦がごっそり盗み去られた」）、帝国は滅び、いくつもの小さな自治区がそれに取って代わり、しかもそれは民族的なものではなく――すべての民族は混ざってしまい均等に分かれて住んでいる――政治的性質により構成されているのである。

『テルルリヤ』は、ユートピアらしく、心に安らぎをもたらす（とはいえこの作品にもソローキンの作品の特徴――狂宴、小児性愛、ホモセクシュアルの登場人物たち、屎尿《しにょう》、残虐――が無いわけではない）。

クルサノフのマジック・リアリズムとの違いは、場面場面のすべての虚構性にかかわらず、叙述がリアリスティックであり、マジック・リアリズムに特徴的な神秘的ニュアンスがないことである。

マジック・リアリズムには、アレクセイ・イヴァノフの歴史長編『反乱の金』（二〇〇五年）、ディーナ・ルビナの恐怖神秘小説『レオナルドの筆跡』、セルゲイ・ゴロヴァチェヴァのスリラー『魔の山』（二〇一二年）、エゴール・シエンコフの思想的アクション『大きなゲームの理論』（二〇一二年）も分類される。『大きなゲームの理論』は読者の熱狂的反応を呼んだ（少々詳しく内容を述べよう。人生に絶望した主人公は天使と会い、天使に手伝ってもらって複数のパラレルワールドに行き、パラレルワールドでの生活を送る。新興財閥《オリガルヒ》になったり、殺し屋になったり、事務員になったり……。この長編は、ダイナミックな神秘的ストーリーがすぐれている。思想的なテーマの他、主人公と天使が消費主義、ビジネス、グラマラス、社会などについて語り合う。この長編はマジック・リアリズムとしては少し風変わりな展開だが、それでも批評家たちは、この潮流に分類している）。

私自身には、マジック・リアリズムの軌道上に現代的素材がおかれているのが、非常に実り多く興味深く思える。

政治小説

ロシアの政治小説は一世紀半前にかなり高揚した。このジャンルの最上級、偉大で世界およびわが国の古典文学に入った例としては、ツルゲーネフの『父と子』、『けむり』、ドストエフスキーの『悪霊』などがある。（「政治小説」だったということに賛成していただけるなら！）これらの作品が出版されると、読者も権力側も非常に大きな関心を寄せた。

ソビエト時代、政治小説は火が消えたようになってしまった。特に、二十世紀初めに印刷されなかったエフゲニー・ザミャーチンの政治的アンチ・ユートピア小説『われら』[1]のスキャンダルの後がそう。一九二〇年代には、国の政治的方向性の正しさを民衆に明らかにする「社会主義リアリズム」的な長編（カタエフの『時間だ、前進！』、ショーロホフの『開かれた処女地』、ファデーエフの『壊滅』、セラフィモヴィチの『鉄の流れ』、フルマノフの『チャパーエフ』、アレクセイ・トルストイの『パン』や『苦悩の中を行く』〔『苦難の路』という訳題もある〕）が増えた。それらの多くは鮮やかに才能豊かに描かれており、ソ連文学史に残るものではあると私は考えている。スターリン後の時代には、「外交」小説（外交の世界を描く小説）が生まれた。そのピークは、推理小説的ストーリーをうまく組み合わせ、しかもソビエト政権の政治的方針に背かないでいられたユリアン・セミョーノフの複数の長編（例えば、『タスは発表する権利がある……』）である。

西欧の政治小説の作家たち（グレアム・グリーン、ジョン・ル・カレ、ゴア・ヴィダルなど）はその時代の焦眉のテーマを描いていたが、良く売れてもいた。それはソビエトおよびポスト・ソビエトの政治小説家たちの目標となった。

ポスト・ソ連時代になって、ストーリーの展開が速く、良く売れる政治小説のシリーズを始めに書いたのはアレクサンドル・プロハノフである。彼は軍事政治小説のジャンルで書いているが、自身がよく出張に行き、そこで新たな作品の題材を見つけていたのだった。長編紀行小説『カブール中心部の木』、『島々で狩人は……』、『アフリカ学者』、『ほら、風が来る』は、緊張感あるストーリー展開とロマンチズムの四部作『燃える庭』を形成している。この後に、同じようにホットなアフガニスタンがテーマの作品が続いた。

二一世紀との狭間に、プロハノフは、非常に人気のある一連の長編（『巡洋艦ソナタ』、『赤茶色（共産主義者的愛国者たち）』、『帝国最期の兵士』、『ヘキソーゲン氏』）を作り出し、政治小説の分野で勝利の栄冠を手にした。それぞれが、実際の事件に関係がある――一九九一年八月（モスクワでの八月クーデター）、一九九三年の十月政変（人民代議員と最高議会の解散、エリツィンの命令でロシア最高会議ビルが砲撃された）、

1　ザミャーチンの長編『われら』は、その知、理想主義、世界的な理想の再建の夢をともなって、銀の時代の影響下で書かれた。（書かれたのは一九二〇年だが、ロシアでこの長編が最初に出版されたのは一九九〇年末になってからのこと。）『われら』は風刺の要素を持つアンチ・ユートピア小説であり、世界のアンチ・ユートピア小説で最も有名なもののひとつである。オルダス・ハクスリーは、自身の作品『すばらしい新世界』の中で、『われら』がこの長編を書くためのインスピレーションを与えたと語っている。『われら』がなければ、オーウェルの『一九八四年』も生まれなかっただろう。長編の描く世界では、個人で存在することが犯罪なのである。舞台はおよそ三二世紀。この長編は、個人に対する厳しい全体主義的管理の社会を描いている（氏名は文字やナンバーに置き換えられており、国家はごく私的な生活、恋愛、セックスまで管理している）。長編『われら』は革命後の官僚を憤慨させ、ソ連で発禁となった。

一九九九年九月のテロ（モスクワ高層アパート連続爆破事件）。長編『ヘキソーゲン氏』（二〇〇二年）は、批評家や読者の非常に強い関心をよんだ。その中では、秘密諜報班、オリガルヒ、様々な方針の政治家の陰謀が語られている。陰謀の目的は、老いぼれた権力者から若く有能な選ばれし者へ政権を譲渡することである。殺人、クレムリンの陰謀、建物の爆破、挑発などが、この長編に緊張感と魅力を付与している。長編『ヘキソーゲン氏』で、二〇〇二年五月三一日、作者は国民的ベストセラー賞が授与された。

プロハノフは多作で、一年に何作も長編を発表することもあるので、全作品を挙げても意味はない。彼の作品から二つ、『ヴィルトゥオーゾ』（名手）』（二〇一四年）、『ゴールデンタイム』（二〇一四年）を紹介しよう。

長編『ヴィルトゥオーゾ』はクレムリンの権力を描いた作品である。廊下、豪華なインテリア、秘密の地下廊、拷問用の監房も描かれている。陰謀が渦巻き、宗教的精神性が最も下劣な本能と隣り合っているロシア国家を描く長編小説である。作品の主人公となったのはヴィルトゥオーゾだが、彼は現代の「魔法使い」であり、「魔法」でロシアの事件を操っている……。

長編『ゴールデンタイム』もプロハノフのそれ以前の長編に類似している。この本は国家の根底を揺るがした最近の事件を語っている。ボロトナヤ広場の抗議集会（二〇一二年五月六日）、クレムリンに行進する群衆について……。これはボロトナヤ広場の人々の物語、リーダーについての物語だ。語りの中心にいるのは、ロシア国家、ロシアの勝利を説きロシア国家の強化策を推進する者たちである。

愛国者で現体制の支持者であり、強国主義者のプロハノフは、国家のイデオロギー的必要に合致している。彼は権力側にとって必要なのである。

政治小説の分野でエドゥアルド・リモーノフが創作活動をしても驚くことは何もない。（リモーノフは一種独特で突飛である。作家であるだけではない。一九九三年にナショナル・ボリシェヴィキ党の基礎を築き、「リモンカ」(「手榴弾」を意味する俗語)という名称の党の機関紙を作り、ユーゴスラビア、モルダビア、プリドネストロヴィエでの軍事行動に参加した。しかし積極的に複数の長編小説を今も書いている。ところで、彼は三島由紀夫の生涯と作品の影響を強く受けた。)しかし、そうした雰囲気でさらにエキゾチックなのは、ヴィクトル・エロフェーエフ(『良いスターリン』)、ウラジーミル・シャロフ(『時間までにおよびその時間に』)、イリヤ・ストゴフ(『革命は今だ!』)、ユーリー・ドゥボフ(『より小さい悪』)、アレクセイ・スラポフスキー(『彼ら』)である。

ある程度の確率で推測できるのは、一連の散文作家たちの政治色がある種の出世主義や金を稼ぎたいという願望と関係があるということだ。作家が自作を読まれたいと望むのは当然の願望である。政治は作者の名前を広める。政治についてのほのめかしは、書評に出るだけでも読者にとっての撒き餌なのである。

政治小説の作家の第三のタイプは、前の二つのタイプとは異なり、戦争、本物の戦争、つまり血と死によって生まれた。

それは、北カフカスの軍事衝突によって出現した作家たちであり、彼らの政治色は強くない。デニス・グツコ、アルカージー・バブチェンコ、ザハル・プリレピン、ゲルマン・サドゥラエフ……。チェチェン戦争で命を落としたのに指揮官の役に立てなかった兵士のある種のシニズムを、ザハル・プリレピンは自分の中で気ままに混合している。

デジタル文明の子どもたち

世界は、デジタル文明の到来で変わってしまった。世界はSNSの発達により、逆さまにひっくり返った。

人類はまだ、自分たちの生活にデジタルが来たことによる後遺症を認識し尽くしていない……。そしてこの甚だ効果的だが安全とはとても言い難い道を、通り抜けてしまったわけではない……。

デジタル文明の子どもたちは、「アナログ」文明の子どもたちとは全く違っている。デジタル文明の継子である「ひきこもり」もいる。デジタルが到来し、社会は心理学的にも階層分化した。

我々が本書の中ですでに何度か引用している評論家のドラグンスキーは、このように考えている。「社会は今、一九八五年より前に生まれた者と後に生まれた者にはっきりと分けられている。若者と「若くない」者とに。若者（デジタル世代）には、全く異なる原則と生活についての考え方があり、常にネットの中で「生活している」彼らには異なる価値体系がある。彼らには異なる「タブー」や、善悪についての異なる理解がある。我々が彼らに「学ばなければならない、働かなくてはならない」と言うと、彼らは「なんのために？　私にはこれが普通だし、私はこんなふうに生きているのだ」と答える。若者には、人類の伝統的な価値観が養われていないのだ。彼らは我々にはお馴染みの指針も持たず、一方我々は、我々の価値観で彼らをうんざりさせている」

デニス・ドラグンスキーは述べる。「しかし、問題はそこではない。我々は今文学を議論しているのだ。ソビエトの才能あふれる詩人であるウラジーミル・マヤコフスキーは詩『ズボンをはいた雲』に、このように書いた。

恋と鶯で何やらスープらしきものを煮え立たせる一方、
舌なしの町は身をよじる、
叫ぶべき語るべき言葉を持たぬ町は。

〔『ズボンをはいた雲』小笠原豊樹訳より〕

そして今や、町は自分たちの言葉を手に入れた。サイトやネットを通じ、人々は自分の意見などを述べることができ、複数のポーズで撮った自分の写真を出すこともできる。そして権力側も迎合せざるを得ない。なぜなら、非常に強力な応答のつながりが現われたからである。六〇年代には権力側も、国民に何が必要かを知っていることで自分を落ち着かせることができた。一方今は、国民が何を選ぶのかが丸見えであり、国民が選ぶ方向に向かわなければならなくなる。そして残念なことに、声の大部分は、国民の最も教育程度の高い層が形成しているのではないのだ……」

こうしたこと全てがデジタル文明の到来とともに突然起こったのだった。エリートの作家たちや非常に高尚な評論家たちが、自分たちが気に入っている「スープらしきもの」を「煮え立たせる」間に！　そして、彼らの「スープらしきもの」が誰にとっても特別興味のないものだったと突然判明したのだ。一方、スリッパ履きでジャージを着てコンピューターに向かう教養の低い人々が、自分たちが気に入っているものや、読んだものについての自分たちの考えや、何を望んでいるかをネットに書き込んでいる。なぜなら、来るべきものが来たから！　町は自分の言葉を手に入れたのだ……。

これが第一のまとめである。

しかし、それぞれの現象には、マイナス面しかないのではなく、プラス面もある。

疑う余地のないプラス面に分類されるのは、文学が選ばれた人のための閉ざされた工房ではなくなったことである。若い作家が成功する可能性、その工房に入って有名になる可能性が、才能と言うよりコネまたは偶然に左右される工房ではなくなったのだ。書くことを望んでいる人々、そして書くことができる莫大な数の人々が、検閲による妨害や、出版社や雑誌の編集者という障害物を超えなくても、自分の作品を世に知らせる可能性を手に入れたのである。

実際のところ、我々はまだ、世界文化において起こったことの大きさを認識していなかった。インターネット文学という現象が現われたことを！

これが第二のまとめである。

形のはっきりしない大衆の文学？　今のところは、形がはっきりしていないが……町はすでに言葉を手に入れ、話すすべをマスターし、そして約十年後、もしかするともう少し早く、顔を手に入れるだろう。それがどんな顔をしているか、興味深い。

「ネット文学」とハイパーテキスト

世界のインターネットにおけるロシア語部分（「Runet」（ルネット）＝ロシアのインターネット）の独自性は、文学に通暁していること、「文学性」である。この特徴を表現するため、「RuLiNet」（ルリネット）という用語まで考案されている。「RuLiNet」は訳すと「ロシア文学インターネット」。「ルネット」は西欧諸国のインターネットとは大きく異なっている。[1] 結果はこうだ。

第一に、ネット文学（インターネット文学）が現われたことは、印刷機の独占の終焉を意味する。結果として、書籍、雑誌、印刷物が（いくつかは近い将来に）終わる可能性がある。

第二に、人類を引き離している時間や距離が消滅しつつある。インターネットの参加者は全員、途切れないオンライン会議の秩序の中におり、すべてが今ここで進行しているのだ、まさにこの瞬間にも。

第三の新しい現象の特徴は、ハイパーテキスト性と表記されるだろう（一九九〇年代から）。

ハイパーテキストとは引用の断片を含むテキストすべてをいう。ハイパーテキストは、ひとつのテキストの作業をしている読者が一瞬で他のテキスト（最も多いのは、最初の意味を説明、解明するもの）を画面に表示する可能性を与える。読者はある意味において共著者となる。このように、現代の文学は、デジタル時代の新しい「技術的な」特徴と絡み合っているのである。

しかし、インターネット文学の技術的新機軸に深入りはしないでおこう。具体的な例で、「ルネット」のほとんど研究されていない分野においてポスト・ソビエト文学に何が起こっているのかを理解する試みをする。サプライズを用意した。次の節では、インターネット文学の素敵な作家をご紹介しよう。彼は皆さんにインターネット文学についてだけではなく、彼自身についても多くの興味深い詳細を話してくれる。

私はどうやってネットで「宝石の中でも最も価値の高いもの」を見つけたか

決して平たんではなかった自分の人生において、私は以下の二つの、世界と関わる真理（あるいは法則？）を理解し悟る幸いに恵まれた。

1　偶然は、偶然ではない。

2　宇宙はいつも我々の思い、特に無意識の呼び掛けに反応する。

1　ネット文学研究者であるエカテリーナ・ロガチェフスカヤは『ルリネット――ネット上の文学』という論文の中でロシアのインターネットの文学的資源を以下の四つに大別している。（1）バーチャル図書館、（2）インターネット出版およびインターネット書店、（3）電子書籍および電子化された紙の本、（4）「文学的集団」つまり、文学の会、コンクール、個人のサイト、文学者たちの組合のサイト。要するに、進行中の文学活動に自分の考えを自由に表明する可能性も与えられている、全てのものである。

この二つの簡単な法則を覚えて下されば、ある意味であなた方はご自分の人生をとても楽にできるだろう。いかなる場合であれ、現実がよりコントロールしやすいものとなり、目標に手が届きやすくなるでしょう。信じられませんか？　お試しください、そしてご自分で確かめてください……。

何かを非常に強く望むと（特に、無意識のレベルで）、すると突然、偶然のように――実のところは全く偶然ではなく――何か謎めいたことが始まる。何か実際の出来事が渦を巻くように……あなたに、あなたが立てた目的の実現に不可欠なものがうずを巻いて流れ込む水のように入ってくるのだ。どこからか、理解しがたい方法で、必要な物、本、知識が現われ、必要な人間や必要な考えがやって来る……。つまり、宇宙は不意に、あなたが無意識に頼んだものを投げ入れてくれる。それを自分の疑念や思考で邪魔をする必要はない。そうすれば、すべてがうまくいくのである。

この本についても、同じことが起こった。どうしたものかと深く思慮したとき、知識、書籍、そしてもちろん人とのつながりが広い川のように流れてきたのである。その人というのが、私の生活ではまず会うことがなかっただろう人なのだ。

私はフェイスブックで日本についてのニュースページを開いており、そこから私に、実に様々な人々から個人的なメールが届く。よく来るのはネットでは普通の軽いもので、「あなたの写真を見ました、気に入りました、お友達になりましょう！」といったメールである。ところが、突然、非常な独創的なメールが来て、私は驚いた。その見知らぬ人は、重訳（そして三重訳も）の問題に興味がそそられたという。日本語から（英語を通して）訳したり、あるいはその逆の場合、翻訳後のテキストには何が残るのでしょうか、とあった。そして、メールの主は、自分が書いた長編小説があり、彼が表現したところでは「とても日本的」なものだとも書いていた。私が一瞬、驚きと喜びのあまり逆立ちしたい気になった。偶然性は、偶然ではない……。

もちろん私は返信し、長編が掲載されているアドレスを知らせてもらった。読んで、そして感動した。次の段階で、このメールの主であるテイムラズ・トヴァルトヴァゼ、インターネット作家であり、この驚くべき人物とのインタビューの約束を一瞬で取り付けた。その後、彼はインターネット詩人のアンナを私に紹介してくれたが、彼女はとても個性的な女性で、日本文学の愛好者だ。彼女の才能あふれる作品は、ロシアにおける日本文学の翻訳の章でお読み下さい。

というわけで目的は達せられた。テイムラズは、自分や、自分の創作活動や、インターネット文学について語ってくれた。そして私のゴブラン織りにさらにもうひとつ、貴重な糸が織り込まれたのだった！　私は宇宙とテイムラズに心から感謝している、そして自分にも……。

さて、ご紹介しよう。テイムラズ・トヴァルトヴァゼさんだ。このグルジアの名字は、ロシア人の耳には、例えば日本の「近松門左衛門」のように、聞き取りにくい。トヴァルトヴァゼは詩人であり、小説家であり、劇作家でもある。しかし、少し変更点がある。以前なら、彼は「机にしまいこむために」、つまり自分や親しい人たちのためだけに書いていると言われただろうが、今は、自分の作品をインターネットで発表していると言われるだろう。それについて、トヴァルトヴァゼ自身はこのように冗談を言う。それはネットの方が保存性がいいからだ、紙だと何かが起こる可能性があるから、と。では、インターネットで何かあったら？　そのときはどうしようもない。それは、世界全体、我々の文明全体に何かがあったということを意味している。つまり、何百万年もあとに、石に刻まれたおかげでみごとに保存されたバビロンの王ハンムラビ法典を通してしかその時代を知ることができないのと同じようになるわけだ。

トヴァルトヴァゼ・テイムラズはスフミ市の海辺で生まれ、モスクワに住み、ロシアテレビの連邦第一チャンネル（株式会社「第一チャンネル」）で外信部部長として勤務している。いわゆるエライ人だ（!!!）

ガリーナ・ドゥトキナ（以下「D」）　こんにちは、テイムラズ！　あなたはインターネット文学の作家ですね。なぜ印刷物でなくてインターネットなのでしょうか？

トヴァルトヴァゼ・テイムラズ（以下「T」）　こんにちは、ガリーナ。だって、この人は本の作家、この人は雑誌の作家、あの人はSNSの作家って言えませんよ。樽に書く作家も、回転木馬に書く作家もいれば、アイフォンやトイレットペーパーなどに書く人もいますし。

D　でも、形式的には、あなたはご自分の作品をインターネットで発表していらっしゃいます。

T　発表するのはインターネットでだけではないのですが、でも、あなたは正しい。基本的にはそうです。

D　それはあなたのご希望なのですか？

T　それは、今可能なことだからです。私は、「好きか嫌いか」という原則で発表の場を選んでいるのではありません。ここでは「可能か不可能か」の方が適切です。これは作品が出版社の望む金銭的結果をもたらさない詩人や作家の運命ですね。慈善はだれにでもできるわけではなく、それどころか皆がそれを望むのではありません。

D　あなたがおっしゃりたいのは、編集部や出版社にいるのは例外なくシニカルな財務係で、才能を馬鹿にする人たちだということですか？

T　いいえ、そうではなく、私が言いたいのは、ビジネスは利益をもたらさなければならないということです。もし編集部が、あなたの作品には金がかかりすぎると考えたなら、あなたに断りを入れるでしょう。これは道理です。また、どこの編集長も作家が傑作を持ってくるのを望んでいます。そのような希望もまた理解できます。しかし、僥作がすべて一瞬で利益をもたらすわけではありません。このような状況で、どうすればよいのか？　おそらく、断るか、あるいは支払いを少なくするか――その謝礼も、あまりに僅かで、例えばレストランでの支払いには足りないでしょう。一回の平均的な夕食にも足りないくらいです。

D　私の理解では、雑誌での発表ではあなたの謝礼も僅かだったのですね？

T　何をおっしゃるのですか！　私は謝礼をほのめかしたりもしませんでしたよ。無料で発表したのです。私は前から、ありがとうと言われるだけで謝礼はないと分かっていましたから。でも、ロシアのことわざにありますね、「お礼の言葉だけではお腹がふくれない」って。

D　お金は重要ですね。でも、あなたは作品の執筆時やその前に、発表することでどれだけ利益が得られるか、考えないのですか？

T　もしそんなふうに考えていたら、何も書かなかったでしょうね。

D　そうですか。でも、あなたはご自分のために、発表の場としてのサイトをすぐに見つけたのですか？それは、どんなふうに？

T　初めは、もちろん、文芸雑誌のサイトに行こうとしたのです。想像して下さい、あなたが、自分では天才的な詩や短編をいくつか書けたと考えて、それを発表したいと思ったとします。あなたはそれをタイプ打ちして、出版社に持ち込みます。あなたの詩は受けとられ、所定の手続きに入り、そして「お返事は三ヵ月後に出します」と言われたら。その後あなたは三ヵ月間眠れなくなり、胸をどきどきさせてポストを見に行くのです。こう考えながら。「突然、早く返事がきたら？　どんな返事かな？　おそらく編集部は、感動した、こんなのを今まで読んだことがない、と書いてくるかもしれない」と。三ヵ月経ちました。沈黙のままです。あなたは電話をかけます。すると、返事は必ず出します、と確約されます。でも、今は大変むずかしい問題があって……とも言われます。結局、一年過ぎます。

D それで……。

T それで、あなたはご自分の作品を他の出版社や雑誌に送ります。なぜなら善が勝つという信念はあなたのなかで揺るぎないから。そしてあなたの作品はまた所定の手続きにまわされ、返答が約束される……。

D それで、今度はもう……。

T また、返事はないのです。あなたは本物の印刷された文芸誌に作品を発表したいという虚栄心から、インターネットで文芸雑誌のサイトを探します。難しいからといって投げ出したくないので、詩または散文の原稿募集の部門を見つけますが、やっぱり後戻りしそうな予感がします。送るのはタイプされた形で、これこれの住所へ。電子版の作品は、編集部は受け付けません、拝見しません、とある。

D なぜです?

T 誰が送信されたものにかかりきりになりたいと思います? どれだけの作品が送信されてくると思いますか? サーバーがダウンしますよ。

D 私には分かりませんが、ロシア中から詩が送信されるわけじゃないでしょう?

T 送信されるのです。そんな感じになっていますよ。一日に五〇万という数の「私はあなたが好き、あなたは私を愛していない?」というテーマの詩を受信したいですか?

D それは誇張じゃないですか?

T 計算してみて下さい。最も人気のある一般的な文学のサイト「詩・ル（Стихи. ру)」や「散文作品・ル（Проза. ру)」だけでも、五七万人、一八万人が登録しています。そして他のサイト、例えば「リトコンクルス（Литконкурс＝文学コンクール)」、「ポエジー・ル（Поэзия. ру)」、「ポエムブック」、「私は作者（Я автор)」、「芸術の王国（Короловство искуств)」、「ロシアの詩と散文（Стихи и проза России)」、「君の詩（Твои стихи)」など、数十、数百のサイト、その他にブログ、フェイスブックなど。そしてその書き手の馬鹿でかい集団があなたのサイトに押し寄せたら、サイトがダウンするのでなければ、それだけの数の出来の悪い作品を読む編集者が不足するのです。一方、「国民の文学」サイトは、非常に質の低いものが多いです。そこから価値がある作品を仕分けするのはとても難しい。

D　そしてあなたは、行き場がなくなったのですか？

T　まさにその通り。分厚い雑誌は時代に即していない、現代芸術を理解するのを放棄している、なぜなら作者に必要な注目をむけてくれないのだから、と作者は自分を納得させますが、霊感の熱は沸騰点に達します。そして作者は、汚くみえるが安全な、しかしやはり冷たいインターネットの湖に踏み込むのです。ああ、なんと気分がいいことか！

D　では、そのガラクタの中に、どのくらい長くいられますか？　どこに意味があるのでしょうか？

T　やはり、代替案としての意味ですね、リスクは伴いますが。主要なことは、心に強く受け止めなくてもいいと言うことです。あなたが才能あるダンサーだけど、理解を求めて行った所すべてで、あなたにとって具合の悪い条件を押しつけられたとします。そんなとき、歩いていて、突然こんな看板を見たとします。「バレエ学校。入学自由。規則なし。創作活動をして、他の人にも創作活動をさせてください」。あなたはショックを受けるでしょう。自分の目が信じられないけど、そのように書かれているのだから、入ってみると、そこで驚くべきシーンを目にします。巨大なホールに、バレエからはほど遠い人間がぎっしり詰め込まれ、それぞれの人が思い思いのことをしている。あなたはこの人ごみをやっと通り抜け、そしてついに、建物の隅の、バーのところで、バレリーナを見つける。彼女は周囲に構わず、トレーニングを続けている。あなたの前にいるのが、ウラノヴァ、マクシモヴァ、プリセツカヤ級のダンサーだと、あなたには分かる。あなたは彼女に駆け寄り、尋ねる。「あなたはここで何をしているのですか？」と。バレエリーナはあなたに答えます。「私はなぜか劇場には採用されないけれど、今大事なのは技術を磨くこと。ここにはバーもあるし、誰にも邪魔されない。今は、これが結論なの」。

D　恐ろしいシーンです。

T　でも、これが現実なのです。五十万人のへぼ文士、七万人が詩とは何かを理解しており、八千人が時々悪くない詩を書き、百名にすばらしい文才があり、十名が詩人に近く、一、二名が本物の詩人。彼らはどこへ向かえばいいのでしょう？

D　そういう人たちもインターネットの常連なのでしょうか？

T　そうとも限りません。ベテランの人気作家も、時々自分たちの個人サイトに作品のページを開設しています。だって、作品を発表している雑誌はせいぜいが五千から八千部しか出ていないけれど、インターネットではどんな個人的なサイトでも四万あるいは十万人もの読者がいるのですから！　冗談みたい！　そのような人数に、どんな書き手も興奮するのです。

D　量は質につながるでしょうか？

T　へぼ文士が詩人になることはまずありませんが、書かせておけば良いのです。普通の、平凡な詩を書く人が天才になることはありません。しかし、素晴らしい人々がすばらしいものに触れて、より良くなればよいのです。質が量に変わることについて言えば、現に、時がたつにつれて、サイトから本物の作家も現われています。とにかく、インターネットには勝てません。粘土板が本に勝てなかったように、本もインターネットに勝つことはできないでしょう。時間の問題でしょうね。

D　では、プロの作家たちがインターネットに自分のサイトを開設し、そこに書く人が押し寄せて、そしてその彼らが、一般人の沼へと「放り出される」心配はありませんか？

T　そうなるのは、そのようなプロ作家があまり賢くないからです。様々なコースの教授と学生とが参加するアカデミックなサイトを開設する方がよいのです。勉強させればよい。拒絶するのではなく。貴族かどうかとか、人は何回も人間を家柄で分類してきました。これは、誰にとっても悪い結末となりました、常に。平等より良いものはありません。才能の差は、より弱いものを手助けしたいという気持ちを呼び起こすはずです。

D　では、文学は何に変わるでしょうか？

T　文学は芸術の中でも最も高度で、世界を支配するはずのものです。なぜなら世界も文学だから。

D　あなた方のサイトのホモサピエンスは、どのくらい緊密に交流しているのですか？

T　私には、詩のサイトを通じて友人ができました。実際に会ったことのない人も何人かいますが。総じて文学サイトの住人たちは、際限なくお互いに批評を書き、それに返事を書き、祝日のお祝いメッセージを送り合い、グループに分かれて実際に会ったり、もしかしたら結婚したりしているかも知れませんが、それは知りません。ここの世界の人たちは、プロになりきれていないのですが、でも生きている世界であり、そして誠実です。

D　どこに誠実さがあるのですか？

T　人は、自分が考えていることを発表します。ロシアにとっては、これが意味を持つのです。ロシアにおける文学が、ますます現代の全人類の精神的関心から取り残されているだけではなく、一八世紀から二十世紀の、プーシキン、ゴーゴリ、トルストイ、ブローク、マヤコフスキー、エセーニンなどといった有名な作家たちが創作活動をしていたころの精神的関心にも後れをとっているということです。

私の考えでは、偉大な詩人も作家もみな、どのような形であれコスモポリタンです。祖国への愛は太陽系への愛と矛盾しませんし、他の国や文化への愛とも矛盾しません。ただ、太陽系を守ってやり、そのために戦う必要にまだせまられていないだけです。もしその必要に迫られたら、武器パレードを見て感激し、「ロシア！」または「日本！」と叫んでいるように、「太陽系!!!」と叫ぶでしょう。でも、必ずしも戦争を待つ必要はありません。我々は白樺が好きですが、それは白樺が我々にある種の感銘を与えてくれるからであり、白樺も桜も太陽のおかげで生きているのだということまで考えが至っていません。今は顔を上げて、我々が皆、ひとつの世界に住んでいるのだと理解する方が良いです。私は、何も新しいことは言っていませんよ。小林一茶の句に、このようなのがあります。「花の陰あかの他人はなかりけり」

D　分かります。ところで、一般的なサイトでは、どのようなきまりがありますか？　どんなふうに発表されているのでしょうか？　お金は？　何かボーナスみたいなものはありますか？　あなた方は何で生計を立てているのですか？

T　私も、表面的なことしか言えません。規則は、どこも様々です。あなたのテキストについて、最初に何らかの委員会による評価が必要なところもありますし（ポエジー・ル）、制限が無いところもあります。でも、編集部はテキストが法律に反していないかをチェックします。そしてどんな作者も、誰かの資料が気に

トヴァルトヴァゼ・テイムラズ

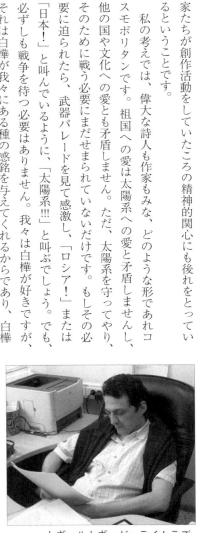

入らなければ、それを編集部に伝えることもできます。私が作品を出している「散文作品・ル」はそんなふうに構成されているのです。あなたが短編を書くと、どこのページにも出すことができます。小品、ノンフィクションなど、どこのページにも。もし誰かがサイトにアクセスすると、あなたの作品を、そのページでだけ読むことができます。でも、他にトップページがあります。もしあなたの作品がトップページに掲載されたら、それはすぐに見られることになり、読むために各ページにアクセスする必要がないのです。

D　トップページに掲載されるには、何をしなければならないのでしょうか？

T　そのためには、一定のポイント数——二五〇〇ポイントが必要です。そのポイントを得るには、三つの方法があります。著作に批評が書かれること（評論ひとつにつき二ポイント）、評価を書くこと（三ポイント）、そしてサイトの中の作者があなたの作品のページを見ること（一ポイント）です。……ある期間が過ぎ、トップページに必要なだけのポイントがたまると、あなたの作品は一週間「掲載」され、それから外されます。トップページではより多くの人が作品を読みますから、沢山批評が書かれる可能性があります。その批評があなたに追加ポイントをもたらします。

でも、多くの人がしているように、有名になるためにポイントを買うこともできます。SNSにメールを送ると、二〇〇—三〇〇ルーブルとられますが、五〇〇ポイントを得られます。さらに編集部が「ライター・オブ・ザ・イヤー」の称号のためのコンクールに参加するのを提案してくることもあります。これは巧妙なものです。コンクールに短編を送ると、それに編集局が目を通します。そして編集局があなたの短編を良いと考えたら、それを特別なアンソロジーに入れて出版します。一ページあたりの出版料は、八〇〇ルーブル（執筆時二〇一四年のレートで二五ドル）。もし短編が二〇ページだったら、計算して下さい、出版に五〇〇〇ドルかかることになります。そして、その後も、あなたが何らかの文学賞にノミネートされることはありません。一般的に述べると、そこには多くのいろいろな賞がありますが、私はそれにはあまり関心がありません。

D　あなたに参加するよう提案されたことがあるのですか？

T　ええ。でも、私は気が乗らなかったのです。

D　それはプライドから？

T　プライド、そうです。私はまず前年度の受賞者リストを見ました。そして、こんな受賞者リストには入りたくないと自分に言ったのです。私の考えでは、それはレベルが低かった。

D　あなたの読者は多いですか？

T　いいえ、文学の世界には自由にアクセスできるので、そんなに多くないです。つまり、私はすべての人にとって魅力的ではないということです。でも、私自身がサイトで面白いものを全部読んだわけではないと思っています。

D　それはよく分かります。だってあなたも、作者が五十万人とか何万とおっしゃっていましたから。

T　五十万人の作家、二千万の作品です！　人々に書くのを禁じるしかない。冗談ですが。

D　そうですか。では、あなたの作品について少しうかがいます。ご自分の作品の中から今いくつか挙げるとしたら、何でしょう、また、その理由は？

T　最近の詩と、短編の『光へ』、そして中編の『レールモントフ』です。それを日本風に書きました。

D　どういうことですか。

T　ある日本の音楽、笛の……尺八だと思いますが、それをもとに書いたのです。音楽が頭の中にあったので。

D　では、なぜ主人公がロシアの偉大な詩人のレールモントフなのですか?

T　なぜか、そうなったのです。はじめのテーマは、レールモントフと友人のマルティノフとの決闘だったのです。二人とも軍人で、カフカス人との戦争のときにカフカスに勤務していました。一八四一年のことです。レールモントフは、周囲の人、特にマルティノフをからかう（横柄なことがよくあった）のが好きだった。彼はマルティノフの外見を笑いものにしました。格好のいい制服、つまり円筒形の毛皮帽、チェルケス風の襟なしコートといったカフカスの軍服への愛情を。マルティノフが外見を大きく見せようと大きな短剣を身に着けていたのを笑いました。レールモントフはこうした冗談を悪意のないものと思っていましたが、マルティノフはついに激怒しました。マシュク山麓で一八四一年七月一五日に彼らは決闘したのです。レールモントフは自分の介添人に、自分はばか者を射殺しないと言いましたが、マルティノフは一撃でミハイル・レールモントフを射殺してしまいました。それから彼はレールモントフに駆け寄り、跪いて「ミーシャ、ごめんよ」と言って接吻しました。

中編『レールモントフ』[1]で私はこの決闘の参加者を、違う時代の違う体に移しました。彼らは決闘の悲劇

1　中編小説『レールモントフ』はレールモントフとマルティノフの決闘の話がベースにある。偉大なロシアの詩人ミハイル・レールモントフは職業軍人であり、軽騎兵で、カフカスの親衛隊に勤務し、その後、テンギンスキー歩兵隊の陸軍中尉となった。一八四一年、休暇から隊に戻る途中、ピャチゴルスクで、長年の友人で退役した少佐のニコライ・マルティノフと出会った。彼らの間で口論が起こり、それから決闘になった。
　トヴァルトヴァゼの中編ではレールモントフとマルティノフは新しい肉体で、違う生き方をしている（鹿のレールモントフと狼のイギで、つまり生まれ変わったのだ）。中編は叙情的で、自然描写があり、それが主人公たちの内面を伝えている。この中編は、本当の友情と献身を描いている。

の後、新しい生活をしているのです。レールモントフは気位の高い鹿で、マルティノフは腹をすかせた、飢えた不幸な狼です。冬の初め、木の多い窪地、雪。飢えた狼（木の皮をかじっているくらい飢えている）は鹿を狩ろうとする。ついに獲物が直接攻撃できるぎりぎりのところに現われる。狼は鹿を攻撃するが、鹿は怖がらず、パニックにも陥らず、角で狼を半死半生になるまで強く攻撃する。鹿は狼を見て、何気ないふうに言う。「私はお前を殺すべきか？」狼は鹿の言うことが分かる自分に驚く。彼は小さいときから自分の考えが奇妙だと気がついていた。誰も彼の言うことを理解したことがなかったからであった。それは何かの病気だと考えていたのだ。狼は雪の上に座り、攻撃に失敗して何とか息をしつつ尋ねる。「お前は誰だ？」鹿は答えた。「レールモントフだ！」。そして狼（イギ）は、彼の心に触れた者を殺すより、飢えたままでいるほうがいいと理解する。

この中編小説は、献身と本当の友情を描いています。私が想像で描いたシーンは日本のアニメに似ています。色鮮やかで、飛び跳ねていて、時々不明瞭な明と暗の中間のシーン。そして二人の主人公の献身は、純粋に日本的な特徴に思えるのです。

D　あなたの理解では、日本的献身とは何ですか？

T　誰かの名誉や大切なもののために自分や自分の大切なものをきっぱりと捧げ、世界を特別にすばらしいものと見ること、生に感動すること。私は大なり小なり、いつもそれを描いています。どの作品でも。もし献身がなければ、自分が失うものが何もなければ、人生を豊かにするものは何もなく、人生を理解しないようにもなるでしょう。

私の短編『光へ』でも、犠牲について書いていますが、違う種類のものです。私は辺鄙な場所の暖房のない家にひとりでいました。ひどい寒さで、私のベッドにラットがよじ登ってきていました。我々は皆いっしょに、朝まで眠ったのです。人間とラットが七、八匹いました。そして、後にも先にも、その夜ほど静かに安心して眠ったことはないのです。朝が来たとき、光が差し込む少し前に、お互いを知らないまま、散ってしまったのです。寒い間はみんなが集まるのに、明るくなるとお互いを見失います。やはりある意味で日本的です。

D　あなたにとって、「日本的」という概念は特別な意味を持つのですね。よくおっしゃっていますが……。どんな人間の性質をあなたは一番大切にしていらっしゃいますか、どんなものが嫌いですか？

T　私が愛するのは善、決断力で、憎むのは暴力です。それから慎み深さは好きですが、詩人には良くないですね。詩人には、慎み深さは罪業です。

D　ご冗談ですか？

T　いいえ。罪業と言うのは、詩人はプロとして、自分の作品の価値を良く分かっているから、慎ましく下を向くのは偽善なのだ、という意味です。自分の価値を理解することは別なのです。他の人たちの価値を自分の影で見えなくしてしまうのはいけないし、反対に、彼らをより美しくしなければなりません。すると自分も他の人たちの美しさで豊かになる。

D　その哲学には、自己批判の余地はありますか？

T　詩人は自分自身に対し、常に厳しくあらねばなりません。厳しすぎるくらいに。自己批評でもそうです。

D　では、人からの批評については？　あなたはご自分への批評については、平常でいられますか？

T　正直に言うのですか？

D　はい。

T　誰にも言いませんか？

D　そうですねえ……。

T　良いでしょう。詩人は、感激されることだけが好きなのです。

D　分かります。でも、例えば、皆があなたを褒めるのに、あなたが厳しい自己批判をし、あとになって自分の作品の全部が全くなっていないと考えたとします。そうしたら、大惨事ですか？　自殺？

T　ちょっとイライラして、それからグルジア料理で自分を落ち着かせます。それはたくさんの物や人を調和させてきましたからね。

D　日本料理でも落ち着きますか？

T　それも好きですよ。日本料理もグルジア料理もね。

D　ところで、あなたの名字はどういう意味ですか？

T　それは……あまり慎み深いものではないのです。

D　慎み深さは罪だというようなことをおっしゃっていましたよ。

T　ええ、言いました。

D　では、罪業を犯さないでください。

T　訳すと、宝石の中の宝石、となります。古い苗字です。

D　それだけですか？　信じられません。

T　わかりました。最も高価な宝石の中で最も高価な宝石、です。

D　感動します。とくにインターネット文学の作家としては。

T　いじめないで下さいよ。

D　そんなつもりはありません。純粋に技術的なことを教えて下さい。あなたはどのように創作活動をしていますか？　決まった時間に書くのですか？　決まった場所で？　どうしていますか？

T　私は常に働いています。それを仕事と言うならですが。だって魚は常に泳いでいるのです。魚は水の狭さは感じません。そんなふうに私も常に、何かの考えにふけっています。でも、時々、空気の狭さは感じます。そのときには、すぐにアパートから外に出る必要があります。普通、私は最も聖なる場所へ行きます。

D　そんなところがたくさんあるのですか？

T　私が住んでいるモスクワのスラヴャンスキー並木道には一、二か所あります。それは木々の下ですが、どんな木でどこにあるかは言いません。

D　どうやって見つけて、どうして特別な場所だと分かったのですか？

T　「空気の狭さを感じて」、ただ歩いていたら、すぐに分かったのです。

D　その場所では何がどうなるのですか？

T　ただ立っていると、力が湧いてくるのです。頭にも肩にも入ってきます。まるで天国です。非常に強いエネルギーの流れです。神の恩寵のおかげで私は息をするのが楽になります。思考はありえないほど速く働き始めます。

D　あなたは何を読みますか？

T　様々です。気分によります。スタンダール、川端康成、ヴェルレーヌは死んでいません。彼らの作品が全部好きなわけではありませんが。例えば、スタンダールなら『ローマ散歩』は好きですが、それだけです。でも、その「それだけ」のために、別の世界を作ることができます。そんな作家は、いつまでも死ぬことはありません。

D　では、もっと若い、現代の人の中では誰かいますか？

T　分かりません。詩、短編、長編小説の中の数章だけでしたら評価しているものもありますが、誰かが特別と言うことはできません。ロシアでは、新聞雑誌に物を書いたりテレビに出る作家や詩人が知られています。もし彼らに何かが起こったら、マスコミはそれについて語るでしょう。でも、ロシアでは誰が詩人のゲンナジー・アイギ〔一九六〇年から七〇年代のソビエト・アヴァンギャルド芸術のリーダーのひとりであり、ロシアの詩的シュールレアリズムの創始者〕を覚えているでしょうか？　あるいは、現代の詩人タチヤーナ・ベクは？　立派な詩人たちなのに、メディアに出ていないだけで。なぜなら、文学のレベルは落ち、大衆のレベルも落ちたからです。

ほかにも私にとっては大切な人は二人いますが、彼らはロシアではなく、アメリカに住んでいます。それは詩人のユーリー・ミロラヴァと作家のエフセイ・ツェイトリンです。この人たちは私にとっては大切で、賢人であり、彼らから多くのことを学びました。彼らの作品を読むことで彼らと交流し、多くを学ぼうとしています。彼らは非常に高度な教養を持っているからであり、いつわりがないためでもあります。彼らは、もったいぶったりしません。

ロシアに住んでいる散文作家の中では、ペレーヴィンが面白いです。芸術家として。彼は今、分かりにくく書くようになり、何のためにあんな奇妙な作品を書くのに時間を使うのか、時々分からなくなりますが、でも彼はすごい芸術家です。

D　難しい質問をします。仮に、ほとんどすべての雑誌にあなたの作品が掲載されるようになり、引っ張りだこになったとします。そうしたら、あなたはネットのページを閉じてしまうのではないかと私には思えます。ちがいますか？

T　そんなことはまだないので、実際のところは、自分がどうするか分かりません。でも、閉じないと思います。なぜ閉じないか？　そこには、ただ自分のために書いている人や、天才ではないと理解しつつ、「仲間」と交流するのが好きな、良い人たちが沢山いますから。この地球や人間の創造主は、誰かが他の人々の上に立つ特別な人間であることを望んでいませんでした。

D　あなたはテレビ局で働いていらっしゃいますね。その部分の生活について少しお話し下さい。

T　私は第一チャンネルで働いています。もう十五年ほどになります。編集局から始まりました。それから編集グループの責任者になりました。他の役職もあったのですが、今は外信部の責任者であり、各支局での仕事の状況を、自動車が正常に動くように、カメラが正常に機能するように、誰も喧嘩しないように、監視したりしています。その他にもいろいろ。全部はお話しできないでしょう。

D　テレビ局はあなたの創作活動に影響を及ぼしましたか？

T　いいえ、影響は受けていません。でも、ひとりの人間として、テレビに育てられました。

D　職場では、あなたは作家として評価されていますか？

T　私が執筆活動をしていることを知っているのは、非常に限られた人だけです。私は自分のことを吹聴していませんから。

D　なぜ？

T　違うところだからですよ。あそこはテレビにしか関心がない場所で、文学への関心はあまり高くありません。散文作品はまだ読まれていますが、詩に夢中になっているのは私だけだと感じます。

D　いつから書くようになったのですか、何歳から？

T　最初の本を書いたのは七歳のときで、題名は『三〇〇人のスパルタ人』。これは有名な映画の私なりの解釈で、イラスト入りの散文作品でした。最初の詩を書いたのは十二歳のときで、作家ミハイル・ヤンの本

『チンギス・ハン』を読んだ後でした。ご想像の通り、私はとても好戦的な少年だったのです。

D　そのときすでに、自分を詩人か作家だと感じていたのですか？

T　いいえ、でもインスピレーションの源の話でしたら、私を驚かせた状況が二つあります。今まで誰にも話したことがなかったのですが。モスクワの中学三年生の時、私はプーシキンの詩の本をプレゼントされたのです。家に誰もいなかったとき、私は本を開けて読みました。

流れる霧のあいだから
月があらわれ
悲しげな草地の雪に
悲しげに光をそそぐ。

〔金子幸彦訳『冬の道』より〕

私はこの数行を読み、読み返し、本から離れ、十二階のアパートの窓から冬の夜の景色、雪を見て、そしてまた読みました。誰にも言いませんでした。

二つめは夏休みに、私がスフミの祖父母のところにいたときのことでした。散歩して、家からすぐ近くの宿泊施設に立ち寄り、入口近くの花壇の花（大きくて様々な色のカミツレ）を見ました。立ち止り、花の美しさに感動して立ちすくんだのです。誰からも注意をむけられないように、長い間は見ていなかったのですが。好戦的な男の子にはあるまじきことです。誰にも言いませんでした。

でも、もし日本の美を崇拝して育った日本人の男の子だったら、必ず言ったでしょうね！

D　あなたは今、何でもお好きなことを日本の読者におっしゃることができますよ。
T　日本を愛して下さい、最も美しい国――そのために死ぬこともできるほどの国、生まれ変わってもまた日本にいたいと思うほどの国を。
D　では、その他の国の読者が怒らないように、その人たちにも何かおっしゃって下さい。
T　どんな人生も、すばらしい才能にあふれています。多分、人間は、この世界を見る可能性を与えられれば、何か非常に良いものを得るのです。誰もがそれぞれ、自分が才能あふれる人生、宇宙を楽しまなければならないこと、そして自分とその周りを、生きているということのために愛さなければならないと理解する必要があります。

短編『光へ』の話題に戻りたいと思います。現実的なのが作家にとっていつも良いものだとは限らないのですが、この場合は、想像ではありません。ええ、私が目覚めたとき、目の前にネコの顔がありました。ネコは私の胸のあたりに登ってきて（万が一に備えて）、ラットが方々に散っていくまでそこにいたのですが、休戦は破りませんでした。短編の終わりに、私はこう書きました。

「赤褐色のネコは胸から飛び降り、守衛のポストから去り、ラットたちさえも去ってしまって、誰がこの世界に残ったか？

私は思った。私も起きて、開かれた場所に隠れる時が来たと。そこではすべてのものが秩序を有し、それぞれの存在が自分の目的を体現しているのだ。そして、熱く明るく輝いている場所だ。だからその場所に寒さが到来するまで、太陽の下では、寒さの中で誰がどんな者だったか、知ることがない。」

D　ありがとうございました。
　　ありがとうございました。

（中編小説『レールモントフ』、短編『光へ』はロシア語で、以下のアドレスで全文を読むことが可能。http://www.proza.ru/2009/07/08/710 ；http://www.proza.ru/2010/01/04/1437）

ポスト・ソビエト文学の総括

ポスト・ソビエト文学の総括をするのに、専門家たちは二十世紀の末でも非常に困難を覚えていた。評論家たちの見解はこうである。文学はその可能性を拡大したが、救世主的および教育的機能を失ってしまった。結局、ふたつの平行する考え――ロシア文学の「夜明け」とする考えと「黄昏」とする考えが形成された。

読者が作家より少なくなった。その代わり文学賞がかつてより非常に多くなった。文学の惑星ソラリスの虚構が、我々の漠然とした思考や期待の鏡なのだ……。

今日、ロシアには、地方の賞や雑誌の賞も含め三百以上の文学賞がある（ネット文学の賞は入れていない）。賞の数は数えまい、これは別のテーマである。しかし三百の文学賞は、おぞましいシンドロームだ。病的である……。文学賞やそれを取り巻いて発生するごたごたの中で、成熟していないが、どこにでももぐりこむ文学者、書字狂、ただの事業家の大群が膨れている。結論は悲しいものだ。受賞者はますます増えているが、才能ある人はますます減っている。

二〇一〇年四月、サンクトペテルブルグで国際学会「二一世紀ロシア文学。最初の十年――総括と予想」が開催された。主催者は非常に権威のある以下の諸団体であった。ゲルツェン記念ロシア国立教育大学ロシア文学講座、ロシア国立図書館読書センター、「生きている古典文学」協会、国立サンクトペテルブルグ技術デザイン大学北西出版研究所、国立ウラル大学、国立ペルミ教育大学、タンペレ大学ロシア語ロシア文化学科（フィンランド、タンペレ市）である。

学会自体は、学術界で大きな反響を呼んだ国際学術プロジェクト「文化商品――現代ロシアにおける大衆文化現象」（二〇〇八年）および国際学術セミナー「二一世紀の読者――時代を背景にした肖像」（二〇〇九年）の続きとなった。

手短に述べると、四月末のペテルブルグに、文学研究者、批評家、作家、図書館司書、出版者が、二一世紀の最初の十年間についての文学を「総括」するために集結したのであった。新しい人物、ジャンル、概念、出版戦略が出現した十年間についての緊迫したディスカッションと激しい議論の時だった。しかしながら距離があまりにも近い、つまりあまりにも時間的に近すぎると学会の参加者は考え、そのためユーモアをこめて医学用語を使用した評価へとたどり着いた――既往歴（anamnesis morbi）、コンサルテーション（consilium）、調剤法（receptum）、指定（munus）など。そして十年間の総括についての会話は、評価から分析へと流れ着いた。

参加していたのは六十名以上（モスクワ、ペテルブルグ、トヴェリ、チュメニ、ヤロスラヴリ、サランスク、サラトフ、ノヴォシビルスク、ペルミ、エカテリンブルグ、イジェフスク、ペトロザヴォツク、チェレポヴェツ、バルナウル、キエフ、ミンスク、タンペレ、アルマ・アタなどから来ていた）で、非常に代表的な会議であるが……議論されるテーマも非常に多彩であった――現代の散文および詩の発展、大衆・インターネット文学の現象、「新しいドラマ」、現代文学のプロセス（出版プロジェクト、文学賞、若手作家のフォーラムなど）の社会的文化的特徴づけ、新しい文学形成における厚い文芸雑誌の役割、時代の中にある二一世紀の作家たちの肖像など。

そこで言われたことの中では「作家であるのは流行していて名誉あることなのだ」ということ以外、納得できなかった。しかしロシアで読書は流行っているのだろうか？

文学のプロセスを決めるのは市場のメカニズムである。出版社はほぼ毎月、新人の出現を発表している。誰のために本を執筆しているか、誰のために評論家によって文学賞の受賞者が選ばれているのか、もし読者に実体がなく、読者の姿を誰も想像することができないのならば？　従って、文学はセルフサービスに移行したということになる。自分で書き、自分で自分の書いたものを読み、自分で自分について語るのである。こんなことはどうやって発生したのだろうか？　いつ？

二一世紀はじめの散文作品を、批評家はよく「ゼロ年代の文学」と呼んでいる。実際に、現代の文学をゼロまで落としてしまったようであり、そして二一世紀はじめには現代文学は新たにすべてを建てなおす必要のある起点にいたような感じがする。読者を探し、現在と歴史上に自らの場所を探す必要があったような感じが……。

総じて、最初の十年間（芸術とビジネスの化合の時代）の文学の総括は、学会で高度な専門家たちにもできなかったのだった。

その代わり、インターネットのとあるページでは、作家のミハイル・ヴェレル[1]がかなりはっきりと思いを語っている。「二一世紀の最初の十年間におけるロシア文学は、ある種の衰退期にあると感じませんか？」という質問に対し、彼は次のように述べている。「ロシア文学が衰退期だったのは、八〇年代から九〇年代の終わりまででした。そのときは出版が不可能だったり、社会の関心が生きた文学より全く別の分野にあったり、あるいは本の出版が経済的諸条件だけに左右されたりしていました。一方、二一世紀の最初の十年間は、生きたロシア文学にとっては、驚くほど良く、実り多く変化しているのです。エリート文学、商業的文学、そして冒険文学でも、作家の名前のリストを挙げることができます。一五〇年から三〇〇年後に、現代人の中から、誰が生き残っているかということは、判断できません」。

夜明けか黄昏か？　これからどうなる？

とにかく、我々は今、二一世紀のポスト・ソビエト文学を観察している。そこにあるのは夜明けなのか、それとも黄昏か？

激動の二十世紀は、「大衆の蜂起の時代」と呼ばれた。社会に大衆という新たな力が発生し、それが個人の上にそびえ、国の運命を決定している。二十世紀のはじめの大衆は基本的に都会に出稼ぎに来た農民たちであった。結果として、教養のレベルが下がってしまった。

大衆は古典的文化を受け入れない。大衆文化においては、すべてが分かりやすいものでなければならない。大衆にとって興味があるのは、恐怖、セックス、滑稽さである（オリガ・アンドレーエヴァ）。エリートが大衆を啓蒙しようと努力したにもかかわらず。結果は、あの文学のソラリスの図で我々が見ているとおりである。そこに戻って、ポスト・ソビエト文学に存在している潮流やジャンルをもう一度見て、そして読者たちの好みの表に目を通していただきたい。

ペレストロイカ期の文化の爆発とポスト・ソビエト文学の始まりは、音を轟かせ、そして終わってしまった。その後、我々は長い長い間、平らな大地をゆっくり進んできた、遠くの輝きが朝日なのか夕日なのか、むなしく見極めようとしながら――夜明けなのか、黄昏なのか？

新しい文化の爆発の時代が突然起こってしまい、前にあるのが夜明けなのか黄昏なのかを見極めることが

1　ロシアの人気作家で、ロシアのペンクラブ、国際歴史協会、ロシア思想協会会員。一連の文学賞の受賞者。

出来なかった……新しい「大衆の蜂起」の時代を。

ソ連邦が一瞬で崩壊してしまった結果、ひとつだったロシア語文学のフィールドが分解されてしまった。最近までウクライナ人作家も、旧ソ連諸国のロシア語話者の作家たちも入って、ひとつだったロシア語文学の世界が、抜本的に再編されてしまった。

こうしたことすべてが、デジタル時代が一気に到来したために激変した文明の上に置かれたのだった。もし「百匹目のサル現象」[1]を信じるなら、我々はもうすぐ、全員がインターネット作家になる可能性がある。自分たちで書き、自分たちで読む、または全く読まない。本は生活から消えてしまう。冗談はさておき、近いうちにポスト・ソビエトの文学のソラリスの図は、最も根本的なところから作り直されるだろう。

例えば、五年ほどあとには、いくつかのジャンルや潮流が消えるか変化しているだろう。例えば、グラマラス・ロマンスなどはロシアの新興財閥《オリガルヒ》の地位の変化にともなって変化しているだろう。ポストモダンは、大衆の無教養が理由となって、誰にも読まれなくなるかもしれない。逆に、他のジャンルは繁栄するかもしれない。私には勇気がなくて予想できないが、「新しいリアリズム」は繁栄するかもしれない。ミドル（中間）文学も気分が良いだろう。そしてもちろん、空想小説、特にテクニカル空想小説も、新しい驚くべき成果や発見（日本の宇宙エレベーター計画だけでも大変なものだ！　水中都市も！）にともない、飛躍が期待される。また、神秘小説やアンチ・ユートピア、歴史改編小説も、新しい地球的大惨事の脅威から飛躍するだろう。ここに、いわゆる「愛国主義的ファンタジー」（近未来の大変動や戦争が予言的に描かれるだろう）を含めることができる。このようなファンタジーは、例えば、ウクライナの空想小説にあった。作家たちは今起こっていることを事実上すべて、いくつかの現在の軍事作戦の名称に至るまで当てたのであった。

もしかすると、他の文明の全く異なる文学（あるいは、全く文学ですらなく、今は我々には見えていないコミュニケーションや知識・文化の伝達の方法）があるかもしれない。いつか紙が粘土板に取って代わり、それから印刷機の時代が到来したように。

時が過ぎればわかるだろう。

インターネット出版の「フォンタンカ・ル」のインタビューで、作家のドミトリー・ブイコフはロシアのイメージを非常に明確に描いている。「ロシア社会は常に花が咲き誇っている大きな湿原に似ていたし、これからもそうでしょう。しかし湿原というのは、他に引けを取らない地形です。山も、砂も、砂漠もありますが。私も、砂漠に住んでいた方が良かったとは思いません。私は、多分、すべてのものがそのままの状態でずっと残っている、非常に清潔な湿地のような場所に住むのが気に入っているのです。そこは信じられないほど豊かな植物相、非常に珍妙な動物相があります。湿地は自らの中にあらゆるものを集めています。ご存知ですか、沼の中では死体が何世紀も分解されないで残されることがあるのを。そのようなことが我々の国でも起こっているのです。流れる水は、もちろんありません。しかし魅力的な蝶は飛んでいます。もし我々がこの湿地を乾かしたら、より良くなるかどうか、分かりません。そこでは何かとても良いものが生育しているのです。結局のところ、その中には素晴らしい泥炭が身を潜めているのです。それは、我々の文学です。世界全体のための泥炭です。素晴らしい燃料であり、これを用いれば全世界が部屋を暖めることができるものです……。」私は、一九六〇年代から七〇年代がソビエト史で最も魅力的で最も期待できる時代だっ

1　ある個体が習得した行為が、その行為の能力を有する個体の数が一定数に達すると、瞬間的に個体群に広まるという現象。総じて、新しい考えを聞いたり新しい能力を得たグループから、民衆全体に考えや能力がすばやく広まることを意味する。この現象は、ローレンス・ブレアおよびライアル・ワトソンにより、一九七〇年代中盤から末にかけて記録されたことになっている。また彼らは、この現象は日本の学者たちによって観察されたとしている。

たと主張します。駒が置かれたチェス盤でした。そしてその後、駒は盤上から払い落とされ、そして状況は大変に簡素になりました。六〇―七〇年代を手に入れるために、三〇年代、四〇年代という非常に恐ろしい時代を通らなければならなかったことは、また別の話です。私はそのような代償を支払って七〇年代の多様性を買う用意があると言う自信はありません。今、我々は三〇年代―四〇年代にいます、規模ははるかに小さいですが。煙突が短いほど、煙は薄い。我々の将来にあるのは、激しい開花と新しい「雪どけ」、新しいトルストイやドストエフスキー……」(http://ru-bykov.livejournal.com/1995047.html)

というわけで、ロシアの、そして世界の文化的ビッグバンは避けられないようだ。ゼロ年代の「ゼロへ戻る」時代は終わった。我々は台地の端に近づいた。そして前にある空の輝きは、日の出でも夕焼けでもなく、火災の照り返しだ。これが文学だけのことでありますように、そして浄化をもたらしますように……。

第3章　日本、わが愛！　ロシアで誰がなぜ日本文学を愛好しているか

「……日本全体が、優雅さ、リズム、知恵、敬虔な勤勉さの権化だ……幸福な数週間、この世のものとも思えない美しさの中におり、それは一分たりとも損なわれず、何かのために翳った時は、一瞬たりともなかった」

詩人コンスタンチン・バリモント（一九一六年の日本旅行の回想）

「感動」のある愛

ロシアと日本。とても近い。と同時に、非常に遠い。それは何マイルもの海や、人のまばらなシベリアが我々の間にあるからだけではない。メンタリティーや生きることに対する考え方に本質的な違いがあり、それがロシア人と日本人との相互理解（または無理解）の境界なのである。なのに、現代ロシアにおける日本文化（特に文学）への関心が白熱していることに驚かされている。

私たち両国間の関係発展の歴史、初期の交流や、日本についての初期の研究やロシア人旅行者による日本の描写、相互の文化への影響の歴史について述べることは、ここでは省かせていただく。そうしたことは数万ページ書かれているからだ。私の課題は、ポスト・ソビエト期における日本の文学作品のロシア語への翻訳や、現在ロシア人読者が日本文学をどのように理解し受容しているかを述べることである。しかしながら、そのためにはこの問題の歴史に足を踏み入れる必要がある。

現在ロシアでは日本がブームだとされている。いずれにせよ、これは日本やその文化、そして生活に対する関心の、両国交流史上最大の高揚である。今日のブームは従来のものとは異なっている。というのは、二重の性格を有しているからである。高いレベルの文化だけに限らず、生活文化や大衆文化にも及んでいるのだ。私の同時代人が思い描いた日本の姿が、どれだけ現実と一致しているかということは、また別の問題である。専門家たちは、「ロシア的」日本像は、現実よりもむしろ神話的だと考えている。それにロシア人は、全てを飲み込もうとするような勢いで、自分たちが心に思い描いた日本を愛しているのだが、これは仕方がない。同様に、日本文学をも自分たちのイメージのプリズムを通して受容している。これは、ロシア人に本当の日本の姿を伝えようという日本研究の専門家や翻訳者たちの努力にもかかわらず、非常に頻繁に起こっている。

……日本は今日、成功のシンボルとなり、ジャパニーズ・ライフスタイルはロシア人にとっての理想である。日本趣味は、単なる流行ではなく、揺るぎないひとつの傾向であり、エスタブリッシュメントの要素であり、社会的ステイタスの指標である。現在、ロシアにおける日本ブームを「花の文化」と「根の文化」に分けることができる。「花」に分類されるのは、ロシアに「上から」、つまり、在ロシア日本大使館や国際交流基金、日本語の授業が行われているロシアの諸大学、日本語の講習会、あらゆる日本センター、東洋学研究所、日本文化をロシアに普及させている雑誌、出版社や各種クラブの支援で積極的に根付かされた「純粋な」文化である。花の文化には、まず文学、特に古典文学や舞台芸術やその他の芸術が分類される。伝統的な文化も含まれる。

しかしながら「花」のエリートの分野が広がっているのは、限られた特別なロシア人、つまり日本に関する専門家、日本文学で育った年配層、知的エリートや、比較的狭い、高度に洗練された文化を志向する日本崇拝者の若年層である。（一般のロシア人の、禅の思想に対する狂信的な関心や、禅思想の実践に関連する墨絵、華道、茶道、俳句、言うまでもなく武道への関心には驚かされる。多くの人は、それらを独学――ビデオや教科書でマスターしようとさえしている。）

しかし、「花」の文化と並んで、この五－十年間にロシアでは「根」の文化が力強く伸び始めた。一般のロシア人の非常に大きな集団が、日本の生活文化や日本の大衆文化（映画、ビデオ、写真芸術、アニメ、日本料理、日本のデザインや日本の生活様式全般）に自然発生的に魅了されたのである。それはすべてロシア人、特に若者の日常生活の一部となっている。すべての日本的なものが流行となった。興味深いのは、「根」の文化には一連の知的現象も分類されるということだ。例えば、ロシア人が質の高い日本の大衆文化の知的な旗手たち――特に村上春樹の作品や日本のアニメ、特に宮崎駿、映画監督の北野武などに狂信的に熱狂している。（ロシアのインターネットは、日本のアニメで文字通り「一杯になって」おり、特に妖怪、Ｊホラー映画や日本の怪談をもとにした映画をテーマにするスレッドで一杯だ。若者は、閲覧できるあらゆるアニメを自分たちで（無料で）翻訳して音を入れたり、実に様々なテーマで日本の芸術について論文のようなものを書いたりし、ひどい間違いだらけのものも時々あるが、それがインターネット全体に拡散されている。最近は未成年者の誰も彼もが夢中になっているのは学校の怪談や都市伝説である（未成年者は熱心に筋を変えたり、作品を「日本の」スタイルで書こうと試みさえしている）。このプロセスは、管理されているものでは全くなく、独自に発展している。

とはいえ、何もない場所には何も発生しない。現在の日本文化・文学愛好ブームの前には、一世紀以上のロシア人の日本への愛があり、しかも関心は常に揺るぎなく、時々急激な高揚も起こったりしていた。そしてこの愛情は、幾分「熱に浮かされたような」、少し病的な性質を持っていて、それはロシア語で「с придыханием」（つまり「狂喜乱舞して」）とも言えるような性質だった。ディレッタンティズム的神格化や新参者の歓喜は、理解せずに、またはまったく「反対に」理解し、その「理解」にもとづいていることが非常に多い。最初の美学的「ジャポニズム」がそうであったし、ソビエト時代も、そして今、ポスト・ソビエトのロシアにおいてもそうなのだ。全身をつらぬく、極めて寛大な偶像崇拝的な無条件の愛……自分たちが作った神話への崇拝。

それが悪い、と私は言いたくない。愛することは、どんなときでも敵意より良い。しかし、盲目的に愛するより、愛情の対象が歪められていないほうが、もっと良い。

日本への愛の四つの時期

日本に対する、非常に十分な根拠のある、学術的とも言える「開拓者的」関心に加え、様々な人が日本について書いている。ニコライ・ヤポンスキー（カサトキン）や作家のゴンチャロフなど。イヴァン・ゴンチャロフは、フリゲート艦パルラダ号で日本沿岸への航海に出た外交使節団団長エフィミイ・プチャーチンの秘書であった。また、有名な地理学者で水路学者であり作家でもあったヴォイン・リムスキー＝コルサコフも指摘せねばならない。（当初、彼はフリゲート艦パルラダ号の一団に入っていたが、航海の後半、プチャーチンが英国でパルラダ号の修理の際に名高い蒸気スクーナー船ヴォストークを購入した時、このヴォストーク号の艦長に任命され、艦長として日本沿岸に航海し、さらに間宮海峡やオホーツク海の伝説的な巡航も行ったのであった。それ以前に日本に半年間滞在したのはペテルブルグの名高い作家であるフセヴォロド・クレストフスキーであり、彼は日本についてのエッセイを一冊書いている。有名な最初の航海者たちの名前はさらにつづけて挙げることもできるが、本書はそれについての本ではない……。）

ロシアの日本研究の第一段階にも、ヨーロッパのジャポニズムの波の中で自然に発生したような、日本の異国情緒への関心がロシアの芸術家のあいだに存在した。二十世紀のはじめは、ロシアの芸術が新しい形式を探求した時代として指摘される。そんな時、ヨーロッパの前に人形のような日本が、富士山や、理解しがたいが人の心をとらえる短歌や俳句のポエジー、芸者やサムライ、扇子や着物、刀、遠近法のない浮世絵を伴った日本が開かれたのだ……。神秘的な茶道など、伝統的な儀式が想像力に衝撃を与えた。おとぎの国、違う世界の国……人形の家の国……そして見事な景色の国。日本は遠くから、そのように見えたのであった。ヨーロッパに続いてロシアも、日本的エキゾチズムに熱狂したのであった。中国のエキゾチズムも少なくなかったが、中国は日本より近く、分かりやすく、そして手が届きやすかった。

この一世紀半の間、ロシアでは日本に対する大衆的な愛情の高揚が、おそらく四回あった。愛情の四つの年代だ。

愛情の第一年代

愛情の第一年代に分類されるのは、十九世紀と二十世紀の過渡期である。その時期は、日本美術の美学的簡素さに魅了されることを特徴としていた。日本美術はヨーロッパからロシアに届いた。ロシア人はモスクワとサンクトペテルブルグで行われた初めての展示会（キタエフ主催）や、数名のロシア人貴族（例えばシチェルバトフ公爵）の珍しい舶来品の収集熱により、日本の磁器、版画、装飾芸術の美しさを見て感動した。また、ロシアの知識階級は、日本の美術だけではなく、ポエジーにも夢中になった。日本の短歌や俳句の最初のロシア語訳は、まさにこの二十世紀初めになされたものであり、何人かの優れたロシア人詩人、例えばヴァレーリー・ブリューソフは、ロシア語で短歌や俳句を作ろうと試みさえした。（より正確に述べると、ヴァレーリー・ブリューソフはヨーロッパ諸言語から短歌および俳句の訳をロシア語に訳し、「監修」したのである)。コンスタンチン・バリモントも、ヨーロッパ諸言語からの重訳で自分の力を試した。日本のモチーフは、ベールイ、フレーブニコフ、グミリョフや、その他の「銀の時代」の詩人たちの作品に登場していた。画家で詩人のヴォロシンは、浮世絵を手本にして日本画を研究し(ヨーロッパ旅行中に)、自分の水彩画に入れるサインとして俳句を用いていた。洗練の名のもとにすべてが複雑化されたので、これらの経験は「侘び」などの精神を伝えず、どちらかと言えば手の込んだ飾り物に似ていた。アクメイズムの信奉者、象徴派、未来派、イマジニズムの詩人たちによる創造的探求をともなったロシア・モダニズムの世界は、馴染みのない構造や形式の追及のため、新しいエキゾチックなものすべてに、喜んで魅了されたのである。奇妙なことだが、日露戦争が関心に刺激を与えたのだった。

日露戦争での敗戦は、矛盾しているようだが、文化交流の崩壊につながらなかった。その反対である。ロシアの知識階級の芸術家は、戦争中でさえ、日本やその独特の芸術に感動し続けた。一九〇五年のはじめには、ペテルブルグとモスクワで日本の版画展が成功裏に開催されている。日本の大いなる崇拝者であったのは、例えば、日本を訪れ、素晴らしい日本のスケッチシリーズを制作した画家のヴェレシャーギンである(彼はマカロフ提督と戦艦ペトロパヴロフスクに乗り、旅順港外へ日本の水雷艇と戦うために出て行くとき、戦艦が機雷に触れて爆発し、死亡したのであった)。

有名なロシアの雑誌には、最初の日本研究論文や日本文学の翻訳が掲載された。時折、日本に対する感嘆は驚くべき形式をとることがある。セルゲイ・エイゼンシュテインは日本語を学び、メイエルホリドは歌舞伎に関心を寄せ、ボリス・ピリニャークは、作家交流の一環として日本を訪問した後、傑作『日本の太陽の根』(一九二七年)を書いた。ところで、この作品は後に彼の命とりになった(一九三八年、彼は日本のスパイとして逮捕され、死刑にされたのだ）。さらに大きなパラドックスであったのは、ロシアの敗戦が社会の日本への関心を強くかきたて、それがロシアで日本研究者の有力な学派を形成することになったことだ。コンラッド、ネフスキー、ローゼンベルグ、エリセーエフ、ポリヴァノフなど、偉大な学者たちはロシアにおける日本学の学派を築いただけではなく、世界の日本研究の発展に非常に大きな貢献をしたのであった。彼らがロシアのために真実の日本――歴史、宗教、言語、文学、倫理、民俗学などを紹介してくれたと言えるだろう。科学アカデミー会員コンラッドは、ロシアの日本学者たちの一世代を丸ごと養成したのだ――日本への関心を、ディレッタンティズム的愛好から学術的プロフェッショナリズムの分野へと移行させて。古い学派のすばらしい翻訳者たち――コンラッド、グルスキナ、マルコヴァ、フェリドマンやその教え子たちは、日本古典文学の素晴らしい翻訳をして、ロシア人読者に文学への良い関心を植え付けた（彼らは美しい翻訳を希求していたのであった）。

愛情の第二年代

日本への関心の第二の高揚は、七〇−八〇年代である。まさにこの時代に、安部公房、大江健三郎、川端康成、芥川龍之介、井上靖が数多く翻訳され、彼らが当時の崇拝の対象となったのであった。彼らの人気を支えることになった事実がいくつかある。それは、ソ連における黒澤明監督の映画の轟くような大成功、それに、社会規範に従わないロシアの知識階級が安部公房や大江健三郎の悲劇的な孤独に、自分たちの気分に似たものを見出したことであった。また、鉄のカーテンの陰で暮らしているロシア人にとっては、ソ連では禁止されていた（暗に禁止されていた）安部公房や大江健三郎を夢中にさせた実存主義の考えが興味深かった。川端康成もまた、その日本的エキゾチズムにより好まれていた。当時、日本のフォークロアや詩が積極的に翻訳（ヴェーラ・マルコヴァ訳）されていた。日本の詩に対するロシアの全国民的な愛情は、六〇年代から七〇年代に発生し、のちにそれがロシア詩の特別な潮流となり、ロシアのサブカルチャーとして俳句が誕生した（現在、ロシアには俳句の作品集が、インターネットのものも含めて存在しており、国際交流基金の後援で全ロシア俳句コンクールが毎年行われている……しかしここに至るのはまだ先の話）。この時代、日本への関心はほとんど学術的な性質を帯び、思想家で文化学者のタチヤーナ・グリゴリエヴァによる極めて専門的な書物である『日本の芸術的伝統』が、教授から一般の労働者にいたるまで数十万人のロシア人読者の座右の書となっていく。ところで、公正さのために指摘しなければならないのは、日本への関心は、補助金を出していたソビエト国家自体にも支えられていたことである。日本の作家の選別に対する管理は厳しく、ソビエトの権力者が必要としていた日本のイメージを形成するものだった。

当時の日本文学翻訳者は、単に翻訳者というより、本格的な作家であった（例えば、ＳＦ作家のアルカージー・ストルガツキー。彼が素晴らしい翻訳をした三遊亭圓朝の『牡丹灯籠』はロシアで今も信じられぬほど人気が高い）。検閲の条件下では、作家たちは表立って自己表現する可能性を有しておらず、ある種の精神的自由の可能性を見出して、日本文学の翻訳を通して自分の才能をほとばしらせていたのであった。当時日本文学の翻訳に携わっていた独占的出版社は三つあった。フドージェストヴェンナヤ・リテラトゥーラは日本の古典文学を出版しており、プログレス（のちの出版社ラドゥガ）は日本の現代文学を、ミールは幻想文学に特化していた。国家の出版部数管理のおかげで、日本の本はソ連の辺境にまで届いた。翻訳されたテクストは出版社で綿密に編集され、それによって最上級の質の高さが保障されていた。出版計画は前もって発表され、人々は日本の本の出版を一年間待っていた。告知された部数が書店に送達される日には、行列ができた。先回りして言うと、私はかなり長い間ラドゥガで上級編集者、後に学術編集者として勤めていた。

私は日本文学とロシア人翻訳者の選別や、翻訳の質に責任を負っていた。私はとても若い専門家であり（当時、日本語を知っているソ連唯一の編集者だった）、そのことは大きな責任でもあり、名誉でもあった。当時、編集者兼日本研究者も翻訳者も、「一個売りの商品」だった。というのは、当時、出版社プログレス（ラドゥガ）には日本文学の出版に対して、一年に三－四冊以下というソ連情報・出版省により定められた割り当てが存在していたためである。私は、ロシア人読者に新しい日本の作家を多く紹介するために、そして若手翻訳者にチャンスを与えるため、アンソロジーを多く計画するよう努めた。そして、それはうまく行った。現代の日本学者の大家の多くが、出版社ラドゥガで翻訳の修行をした。つまり、ラドゥガで翻訳者としての経験を積んで飛び立っていったのだった（のちに日本学者のグリゴーリー・チハルチシヴィリ＝未来のアクーニンも同じ仕事をするようになった）。

現代日本文学の出版については、一九八〇年から一九九〇年までの期間で、プログレス（ラドゥガ）の東洋編集部は、二〇冊の現代日本作家の作品集の編集をすることができた。それはロシア人読者には知られていない、新しい、優れた現代日本作家の作品集であった。その中には以下のものが含まれていた。

一九八〇年

1「現代日本中編小説集」

三浦朱門『箱庭』／郷静子『れくいえむ』／窪田精『死者たちの島』／野呂邦暢『草のつるぎ』／小島信夫『抱擁家族』／坂上弘『優しい人々』

2　開高健『青い月曜日』第二版

一九八一年

1『日本現代詩』（金子光晴、三好達治、草野心平、北村太郎、谷川俊太郎の現代詩）

一九八二年

1渡辺淳一『無影燈』

2小林久三『皇帝のいない八月』

3安部公房『選集』（『他人の顔』、『燃えつきた地図』、『箱男』）

一九八三年

大江健三郎『ピンチランナー調書』

一九八四年（以後、ラドゥガ出版社）

1「秘めたる望み」（日本現代民主主義作家短編集1955―1980年）（霜多正次、窪田精、中里喜昭、及川和男、吉開那津子、右遠俊郎、森芳雄、佐藤貴美子、冬敏之、稲沢潤子、小沢清、源河朝良など）

2安岡章太郎『ガラスの靴』（短編集）

一九八五年

1現代日本小説（開高健、川端康成、井上靖、三浦哲郎、安岡章太郎、吉行淳之介、水上勉、結城信一、高橋陽子、丹羽文雄、高橋たか子、田久保英夫、耕治人、後藤明生、芝木好子、丸元淑生、岩倉政治、黒井千次、秦恒平、右遠俊郎など）

2『季節』古典的ジャンルの現代日本詩選集――短歌と俳句（正岡子規、高浜虚子、飯田蛇笏、水原秋桜子、松本恭昂、斉藤茂吉、吉井勇、釈迢空、川田順、前田夕暮、宮柊二など）

3三浦哲郎『冬の狐火』作品選集

4 『曇り日の行進』広島・長崎の悲劇を描く短編集（林京子、大田洋子、原民喜、右遠俊郎、及川和男、井伏鱒二、郷静子）
一九八六年
1 川端康成選集
2 大江健三郎『同時代ゲーム』
一九八八年
『ものの声』戦後日本の現代詩アンソロジー（谷川俊太郎、高良留美子、天沢退二郎、清水哲男、辻征夫、吉増剛造、長田弘、吉行理恵、中江俊夫、岡田隆彦、荒川洋治、佐々木幹郎）
一九八九年
1 森村誠一『野生の証明』
2 遠藤周作『沈黙』、『侍』
一九九〇年
1 山本周五郎『赤ひげ』、『柳橋物語』（その他短編集）
2 『薔薇荘殺人事件』（現代日本推理小説――江戸川乱歩、黒岩十五、島田一男、鮎川哲也、松本清張、森村誠一、斎藤栄、戸川昌子、日影丈吉、笹沢左保、三好徹、海渡英祐、水谷準）
一九九三年
『波紋』現代女流小説アンソロジー（国際交流基金後援）（有吉佐和子、郷静子、吉行理恵、山口勇子、吉屋信子、稲沢潤子、金井美恵子、加藤幸子、河野多恵子、増田みず子、森瑤子、向田邦子、村田喜代子、中里恒子、野上弥生子、大庭みな子、大谷藤子、佐多稲子、佐藤愛子、佐藤貴美子、芝木好子、重兼芳子、曽野綾子、高橋たか子、竹西寛子、田辺聖子、富岡多恵子、宇野千代、林芙美子、平林たい子、平岩弓枝、津村節子、津島佑子、円地文子、山本道子）

一九九五年

『古今和歌集』日本の古い和歌、新しい和歌。（国際交流基金後援）解説及び日本語原文、三巻本。

＊この時期に、私は日本の古典および現代文学を積極的に翻訳し、研究活動をやり、学位論文を書いていた（これについては第四章で述べる）。『古今和歌集』で、私の出版編集者としての活動は終わり、私はフリーランスの翻訳者、文化学者、そして作家となった。

一九九一年のソ連崩壊後、ロシアに西側の大衆文学が押し寄せ、日本は数年間、ロシアの読者たちの関心から消えていた。当時、日本との文学の交流が途切れてしまい、ロシアの日本文学翻訳が消滅の瀬戸際にあるように思われた。

愛情の第三年代

そして、ショック療法、つまり経済改革による過酷な時期――価格の急騰、国民の貧困、市場経済化、政治的不安定の十年間が過ぎた。ロシア国内において比較的安定した状況がみられはじめると、日本に対する関心の新たな波が高まった。日本への愛情の第三年代が到来したのである。ロシアは再び東に顔を向けた。過去を振り返り、当時日本文学のロシア語訳の分野で起こっていたことを分析してみよう。少ないが、歴然たる数字がある。一九九三年から二〇〇五年にかけ、ロシアでは日本人作家の本が二〇〇点ほど出版された。その大部分は社会主義時代に出た作品の再版であり、特に拡大した日本古典文学や、新時代の文学で、万国著作権条約で当時保護されなかった作品であった。「沈黙」と感じられたこの数年の間に、ロシアの翻訳者たちは、奇妙なことに、日本古典文学の翻訳における「空白」を塗りつぶすことができた。この時期に出版された、特に目立つ作品の中では、日本語の原文と解説を同時に載せたアンソロジー『古今和歌集』(これは私が国際交流協会の支援で、大変な苦労をして完成させた。なぜなら私の出版社は、この本の出版について、特に利益はないと考えていたのだ)。紫式部の『源氏物語』、解説入りの『古事記』第一巻の翻訳や『日本書紀』である。際立った成果には、文学の記念碑『大鏡』、江戸時代の詩や禅宗の詩の翻訳がある。

一九九三年から二〇〇三年の十年間で、様々な構成で最もよく再版されたのは、芥川龍之介、川端康成、江戸川乱歩であり(乱歩は殆どロシア人作家となった。何度も再版され、十九世紀－二十世紀初めのロシアの「恐怖短編」に似ている「怪談」の分野が非常に熱心に読まれていた)、やはり国民的に愛読されていたのは安部公房、大江健三郎、松本清張だった。成果の中には、太宰治作品全集もある。

もうひとつの到達点を指摘しなければならない。過ぎしペレストロイカは、我々に三島由紀夫の翻訳をもたらしてくれたが、これは新しい突破口であった。彼は際限なく出版され、西欧文学が非常に愛好されていた時期でさえ再版されていた。ロシア人における禅思想(鈴木大拙の英語の著作からの翻訳により)や日本の武道の人気を支えていたのが、三島由紀夫作品の大成功であった。三島由紀夫は特にロシア人作家のエドゥアルド・リモノフに霊感を与え、彼は歓喜して三島由紀夫の思想に従い、「楯の会」を思わせるような政党を立ち上げた。

しかし、日本文学の本当のブーム、人気の爆発が始まったのは、村上春樹(『羊をめぐる冒険』、『世界の終りとハードボイルドワンダーランド』、『ダンス、ダンス、ダンス』)からであった。ところで、全くの偶然から、そして私自身の鈍さのため、ロシアにおける村上春樹紹介の先鞭は私ではなく、ドミトリー・コヴァレニンがつけることとなってしまった（コヴァレニンは素晴らしい翻訳者であり、私は心から彼の翻訳に感服しているが）。しかし、村上春樹がロシアに現われるのが、コヴァレニンの『羊をめぐる冒険』の翻訳より数年早かった可能性があったのだ。一九九五年に私は国際交流基金に『世界の終りとハードボイルドワンダーランド』出版の申請をした。翻訳援助（助成金）は出たのだが、出版援助はなかった。これはベストセラーで売り切れが必至だろうから、とかいう理由だった。私は、無名の作家の作品を出版するリスクを負うよう、出版社を説得することができなかった。結果として、数年後の一九九八年に、作品を気に入ったスポンサーを見つけたコヴァレニンが『羊をめぐる冒険』を出し（コヴァレニンの名誉のために述べると、彼は私に許可を求めた）、それからはもう、私に許可を求めることもなく、私のお気に入りの『世界の終りと……』を含む三部作をすべて翻訳したのだった。本当のことを言えば、この取り返しのつかない喪失で、今でも心が疼く。しかしながら、指摘する必要があるのは、『羊をめぐる冒険』がすぐに商業的成功を得たのではなかったことである。読者の関心が爆発するには、何年かが経ち、インターネットでの力強い動きが必要だった（ロシア人に共有された村上春樹に対する愛情の爆発は『世界の終りと……』で起こったのだった……）。そして、そのときから関心は薄れていない。

村上春樹は、新生ロシアにおいて二つの違う世代が（今は、「グローバル化」およびデジタル的世界観を持つ第三の世代も育っているが）、理由は全く別々であったが同じように夢中になって読んでいた作家である。それは、希望が裏切られた父の世代と、馴染みのない恐ろしい現実の中で道に迷ったペレストロイカの「子どもたち」（ソ連崩壊時に十歳未満であり、人生のスタートがソビエトの学校または幼稚園で、そのあと突然口を開けた原始的資本主義の新しい時代の、未知で予測不能な穴に落ちてしまった人々）であった。グローバリストの村上春樹が日本という故郷に属しているか否かについては、いくらでも議論が可能であるが、国を超えた、そのため全世界に理解されうるこの作家の翻訳本は、当時において、五万部以上という莫大な規模に達した。大型書店における村上春樹の翻訳書の販売部数は上位を占めていた。例えば、モスクワ最大の書店のひとつである「ビブリオグロブス」の二〇〇五年一月三日から同年五月三〇日までの半年間のトップ二四に、村上春樹の本が八点ある。さらに、そのうちの二点はパウロ・コエーリョに次いでトップ三に入っている。『世界の終りとハードボイルドワンダーランド』が二位、『羊をめぐる冒険』が三位である。その後、村上春樹は第一位になった（『国境の南、太陽の西』）。おそらく、これはもう文化だけではなく、社会現象であった。

ロシアでは、彼が書いたものは事実上すべて、しかも即座に翻訳されている（従って題名は挙げる必要はない）。現在、村上春樹を知らないことや読まないことは、ソビエト時代の日本ブームの年代に安部公房や大江健三郎を知らなかったり自分の書棚に彼らの本が無かったりしたのが恥だったのと同じくらい、みっともないこととされている。村上春樹は（日本のアニメと並んで）、日本のテレビ、日本のバイクやスシと共に、ステイタスの順位の一番目となったのである。

なぜ村上春樹がロシアで国民的に愛される作家になったのだろうか（かつて安部公房や大江健三郎、そして川端康成がそうだったように）。これについては、諸説ある。そのうちのひとつは、ロシアと日本のメンタリティーの相似であり、また、ペレストロイカに欺かれたロスト・ジェネレーションの悲劇という説もある。あるいは、ロシア人が村上春樹作品の中に、ロシア古典文学だけに特徴的な、何か自分たちの、胸が締め付けられるような一種のノスタルジーのようなものを感じたのかもしれない。

村上春樹の作品には、こうしたことすべてのほかに、さらにもうひとつ魅力的な特徴がある。実のところ、村上春樹の全作品が全く神秘的なのである。現実の生活で、我々の隣に何か恐ろしいものが生きている。謎に包まれ、理解不能なものが。同じものが村上春樹の本の中で進行している。魅力的だろうか？　もちろんだ！　村上春樹の作品のジャンルを判別するのは困難である。西側諸国の評論家たちは、村上春樹が書いているのは古典的な「ファンタジー」だと考えている。しかし古典的な「ファンタジー」では、主人公たちが戦う相手は外的な敵である。しかし村上春樹の主人公たちは、自分の中にある悪と戦っている。村上春樹の主人公たちには清い心があり、手も汚れていない。そしてそれが、小さな人間たちに、自分たちは悪に勝利することができるという希望を与える。村上春樹の長編小説は、暗い悲劇で幕を閉じることがないのだ。小さな、絶望した人間にとって、悪の世界における一筋の光でなければならないのである。

村上春樹と並んで、村上龍、吉本ばななといった新しい偶像も現われ、それから一連の日本の若い世代の作家も現われ、日本に対する関心の新たな、そして力強い高揚が始まった。さらに今回の関心は高度な芸術や文学にとどまらず、生活にもおよんだ。つまりロシア人の最も広い層の日常生活にも浸透したのである。

愛情の第四年代

時の流れとともに、ロシアにおける日本受容のステレオタイプは何回か変化した、しかも非常に大きく。十九世紀末および二十世紀前半は、日本のプロレタリア文学の積極的なプロパガンダにもかかわらず、ロシア人の日本のイメージは「ゲイシャ・サムライ・短歌・フジヤマ」と結びついており、二十世紀後半は「ホンダ・ソニー・経済的奇跡・禅思想・日本の武道」と結びついていた。その後、「日本ブランド」となったのは「スシ・アニメ・村上春樹」であった。最近上位に加わったのは華道、墨絵、武道、まんが、コスプレ、日本の生活習慣などであり、しかも大衆的である。関心のベクトルも変化した。日本のエキゾチズムや経済的成果への抽象的な関心から、ロシア人は日本を自分たちの日常生活、ロシアの日常に導入する方向に進んだのであった。

一八〇度の方向転換

今や、部数を決めているのはソ連時代の出版省ではなく、市場の需要である。というわけで、数字がロシア人読者の関心をありありと反映している。日本の古典文学には、どんなときも多数ではないが安定した顧客がいる。新しい時代の日本文学の読者も、二つのサブグループに分けられる。推理小説や神秘小説の愛好者と、優雅な純文学の信奉者である。堅苦しい文学評論家は、当然、純文学愛好者の味方である。現代に関しては、疑う余地なくトップを走っているのは村上春樹である、と評論家も読者も一致している。この傾向と積極的に戦おうとしているのが、日本文化の外国への普及とプロパガンダに携わっている日本の組織、国際交流基金と文化庁である。国際交流基金は日本の現代作家のアンソロジーをロシア語で出版するのを促進し、特に二〇〇三年秋に出た作品集『彼』および『彼女』には現代日本の男性作家と女性作家の中短編が収められた（作品集の名称に対応している）。その後、続編として出たのが作品集『奇妙な風』（様々な形式の現代日本の詩）および『大惨事の理論』（現代日本の散文作品）、そして現代日本のＳＦアンソロジー『ゴルディオスの結び目』である（特に貴重なのは、現代日本のＳＦの歴史をテーマにした論文を思わせる巽孝之氏の序文だ）。

このプロジェクトが素晴らしいのは、何より、編者たちによって「ひとつ屋根の下に」集められた作家たちが様々であることだ。ここで読者は、その作品を個々に知りながら、同時に彼らに統一してあるものを感じる可能性と、現代日本文学に見え隠れしている傾向を追う可能性を与えられるのである。これはまた必要不可欠なバランスを作り出し、それによって具体的な創作活動の個性を通して、日本社会全体が何をもって生きているのかを見ることができるのである。

一方、二〇〇二年には大規模なプロジェクトJLPP（Japanese Literature Publishing Project）[1]が文化庁の後援で打ち出された。

それを実現するために、NPO「日本文学出版交流センター」（J-LIT）が発足した（理事長は広瀬恵子氏）。

日本でロシア・プロジェクトのコーディネーターをしていたのが秋田国際大学教授のアレクサンドル・ドーリン氏であり、ロシアでのコーディネーターが私であった。私はロシアの出版社とロシア在住の翻訳者との関係を構築し、私自身もプロジェクト内の作品の数点を翻訳し、テクストの照合や校正をし、日本のセンターとのコーディネーターの仕事をした。J-LIT解体の数年後、このプロジェクトを完成させるため、日本の文科省により、小川康彦氏のJLPPオフィスを創設した凸版印刷株式会社にプロジェクトが移譲された。

このプロジェクトの理念は素晴らしいものであり、最初の数年間はロシアで極めて成功裏に進み、ロシア人翻訳者および日本在住のロシア人翻訳者が十名以上仕事をしたのだった。しかし日本の選定委員会による作品の選択が次第に奇妙なものとなっていき、翻訳リストにはロシアの出版社が気に入らない作品も含まれるようになり、出版プロセスにブレーキがかかってしまった。

私がロシア側とのコーディネーターをしていた間は、ロシア側の実行委員会は日本側とある程度の相互理解に達していた。日本の選定委員会が選んだ日本の作品リストと並行して、ロシアの翻訳者側の申請や希望により作成された第二のリストも受け入れられていたのだ。これは両国の文化の相互理解における大きく肯定的な前進であり、それゆえ私は日本側のこのような歩み寄りに心からの謝意を表したい。また、総じてこのような出版計画は、ロシアにおける読者の好みや伝統の特性を考慮に入れ、ロシア側と合議の上で決定されなければならないと思われる。

その後私はある期間、凸版印刷と協力関係にあり、ロシアの出版社における翻訳を手伝った。簡単なことではなかったが書籍の出版は継続された。凸版印刷は、可能な限りのことをすべてやってくれた。現在、ロシアでのこのプロジェクトは中止してしまったと考えてよいだろう、さらに何年にもわたって発展が可能だったことだろうが……。

なぜこうなってしまったのだろう？　なぜ、このような素晴らしいプロジェクトが結局存在しなくなったのだろうか？

ロシア人読者は芸術的に非常に高度なロシア文学の伝統が身にしみこんでいるので、実際のところ、完璧でないものを受容させることは不可能である。また、ソビエト時代の輝かしい業績を残す出版社ラドゥガの日本語翻訳者たちの一派は、ソビエト時代に数十年にわたって、翻訳の面でも作家の選定においても、質と好みのハードルを高く設定し固定していたのである。「あまりにも西欧風な」二人の村上と吉本ばななに夢中になりすぎること、他方で「ゲイシャ、サムライ、フジヤマの国」というステレオタイプ（耽美主義的ロシア人をいらだたせている）に熱中することは不均衡だ。しかしそうした異形は、依然として「機能してい

1　二〇〇二年に文化庁が現代日本文学の海外への発信・普及を推進するために立ち上げたプロジェクト。発足以来、明治以降に発表された現代日本文学のなかから専門家の会議で候補作品を選定し、それをさまざまな言語に翻訳し、出版する活動を進めた。これらの作品は、各国出版社を通じて一般書店で発売されることはもとより、調査研究の資料として、各国の図書館・大学をはじめとする多くの機関にも寄贈された。

（公式サイト https://www.lpp.go.jp/jp/aboutus/index.htmlより引用）

る」。しかし、日本の選定委員会が新しいプロジェクトのリストに、ロシア人読者が慣れているものより低いレベルの、あまり知られていない日本の現代作品を入れることも方向転換であるが、ただそれは別の方向への転換である。現代日本文学のスペクトル全体を披露するためだけに、ロシアの書籍市場で、最上のレベルではない作品を積極的に推し進める意味があるのだろうか。そのような文学はどちらにしても日本の洗練された詩情になじんだロシア人読者には読まれないだろう。

小川氏を筆頭とする凸版印刷の無私無欲、そのスタッフ、特に著作権の素晴らしい専門家であるクリス・ブラハム氏の超人的な尽力、そして（もちろん!!!）バトンを掴んでＪＬＰＰプロジェクトの残りの本の出版を請け負ったロシアの出版社ギペリオン（ギペリオン出版社については後述）の協力がなかったとしたら、そのプロジェクトの運命がどうなっていたかは分からない。

総じて、この複雑なプロジェクトの仕事にコーディネーターとして私が携わっていたとき、Ｊ－ＬＩＴの日本人スタッフ、後には小川康彦氏を筆頭とする凸版印刷のスタッフ、どんなに評価してもしきれない援助をしてくれたクリス・ブラハム氏、ＮＰＯ日本文学出版交流センター理事長の広瀬恵子氏、スタッフの川崎万理氏、佐原亜子氏をはじめとする方々には非常に助けていただいた。また、私の翻訳の照合作業を常にして下さっていた金子百合子氏（神戸市外国語大学准教授）には特に深い感謝を表したい。金子氏のロシア語の分野および日本の歴史、文化、文学の領域の知識の深さは誠に素晴らしく、百科事典のようだった。同氏は私の質問のひとつひとつに、画像や追加的情報のリンク先アドレスが付いた詳細な回答を送信してくれた。彼女の助けは、本当に貴重だった！　私は、この人たちとの仕事の日々を、あたたかい感謝の気持ちとともにずっと忘れないだろう。

結局、プロジェクトＪＬＰＰのすべての労力により、今の時点で以下の書籍が出版されている。

1 梶井基次郎『檸檬』、エカテリーナ・リャボヴァ訳、ギペリオン出版社、二〇〇四年
2 樋口一葉『たけくらべ』、エレーナ・ディヤコノヴァ訳、ギペリオン出版社、二〇〇五年
3 宮本輝『錦繍』、ガリーナ・ドゥトキナ訳、ギペリオン出版社、二〇〇五年
4 末永直海『百円シンガー 極楽天使』、タチヤーナ・レヂコ＝ドブロヴォリスカヤ訳、ギペリオン出版社、二〇〇五年
5 石原慎太郎『わが人生の時の時』、アレクサンドル・メシチェリャコフ訳、ギペリオン出版社、二〇〇五年
6 小島信夫『抱擁家族』、マリヤ・トロプイギナ訳、ギペリオン出版社、二〇〇五年
7 吉行淳之介『夕暮まで』、ユーラ・オカモト訳、ギペリオン出版社、二〇〇五年
8 曽野綾子『天上の青』、タチヤーナ・ブレスラヴェツ訳、ギペリオン出版社、二〇〇六年
9 山田太一『異人たちとの夏』、アンドレイ・ザミロフ訳、エクスモ出版社、二〇〇六年
10 大岡昇平『武蔵野夫人』、アイダ・スレイメノヴァ訳、アズブッカ出版社、二〇〇六年
11 永井荷風『腕くらべ』、イリーナ・メリニコヴァ訳、アズブッカ・クラシカ出版社、二〇〇六年
12 逢坂剛『斜影はるかな国』、リュドミーラ・エルマコヴァ訳、アズブッカ・クラシカ出版社、二〇〇六年
13－14 大佛次郎『赤穂浪士』（上・下）、アレクサンドル・ドーリン訳、ギペリオン出版社、二〇〇六年
15 長谷川伸『日本捕虜志』、カリネ・マラジャン訳、エコノミーチェスカヤ・リテラトゥーラ出版社、二〇〇六年

16 多和田葉子『容疑者の夜行列車』、アレクサンドル・メシチェリャコフ訳、アズブッカ・クラシカ出版社、二〇一〇年
17 井上靖『楼蘭』、エフゲーニー・クルチナ訳、ギペリオン出版社、二〇〇七年
18『宮澤賢治作品集』、エカテリーナ・リャボヴァ訳、ギペリオン出版社、二〇〇九年
19 宮部みゆき『火車』、イリーナ・メリニコヴァ訳、アズブッカ・アッティカス出版社、二〇一一年
20 円地文子『女坂』、ガリーナ・ドゥトキナ訳、ギペリオン出版社、二〇〇八年
21 山田詠美『ベッドタイムアイズ』、ガリーナ・ドゥトキナ訳、ギペリオン出版社、二〇〇八年
22 安土厚『小説スーパーマーケット』(上・下)。アレクサンドル・ドーリン訳、アズブッカ・クラシカ出版社、二〇〇九年
23 中上健次『枯木灘』、ユーラ・オカモト訳、ギペリオン出版社、二〇一二年
24 小池真理子『無伴奏』、アレクセイ・ジニェフ訳、ギペリオン出版社、二〇一二年
25 辺見庸『赤い橋の下のぬるい水』、ガリーナ・ドゥトキナ訳、ギペリオン出版社、二〇一二年
26 川上弘美『真鶴』、リュドミーラ・ミロノヴァ訳、ギペリオン出版社、二〇一二年
27 江國香織『神様のボート』、イリーナ・プリク訳、ギペリオン出版社、二〇一三年
28 大岡信編『現代詩鑑賞一〇一』ニューリテラリーオブザーヴァー出版社、二〇一三年
29 日野啓三『夢の島』、タチヤーナ・レジコ訳、ギペリオン出版社、二〇一四年
30 菊地秀行『幽剣抄』、エレーナ・ツタチコヴァ訳、ギペリオン出版社、二〇一四年
31 車谷長吉『赤目四十八瀧心中未遂』、リュドミーラ・エルマコヴァ&ユーラ・オカモト訳、ギペリオン出版社、二〇一四年

32 西村京太郎『南神威島』、アレクサンドル・ドーリン訳、ギペリオン出版社、二〇一四年
33 津島佑子『笑いオオカミ』、アレクサンドル・ドーリン訳、ギペリオン出版社、二〇一四年
34 古川日出男『ベルカ、吠えないのか?』、エカテリーナ・リャボヴァ訳、二〇一四年
35 五木寛之『大河の一滴』、イリーナ・メリニコヴァ訳、ギペリオン出版社、二〇一四年
36 柳美里『ゴールドラッシュ』、イリーナ・メルニコヴァ訳、ギペリオン出版社、二〇一四年
37 坂東眞砂子『曼荼羅道』、エフゲニヤ・サハロヴァ訳、ギペリオン出版社、二〇一四年

疑問が生じてくる。JLPPのプロジェクト(特に二〇一三年以降のプロジェクト第二の部分)に基づく書籍の出版がロシアで苦戦したのは(その中には、例えば『曼荼羅道』のように素晴らしい作品もあるが)、ロシア人読者および出版者は日本文学に何を求めているからなのだろうか、彼らの愛着や好みはどのようなものなのだろう?

ロシア的日本

ついに我々は主要な部分、つまり現在何が起きているのか、に到達した。「花」が「根」を生やしたのである! ロシアでは近年、膨大な数の人々が一切助言を受けたりせずに、どこからともなく日本に夢中になり、しかも基本的には文化的習慣、また大衆的な日本文化に夢中になっているという驚くべき現象が起きていると私はすでに述べた。それは単なる流行ではなく、全く強固なひとつの傾向であると。一方では、これは需要と経済的可能性が成長し、中流階級が現われ、日本の商品が多くの人々の手に届くものとなったことに関係している。第二に、鉄のカーテンが下に落ちた後、夢の国である日本が、大衆にとってより近く、手

の届く場所となった。ロシア人の意識の神話的性格[1]を思い出してください！　新しい神話ができたのだ――日本は成功して健康な人々の国だと。ロシア人の中で、日本は人生の成功や長寿と結びついている。みんなが幸せな、奇跡の国だと。そう信じている新ロシア人たちは、日本についてどんな本を読みたがっているだろうか？

　私は珍しい、そして非常に興味深い証明書を保管している。それは、図書庁により二〇〇三－二〇〇七年に発行されたものだが、それはちょうど、ＪＬＰＰのプロジェクトによって書籍の出版が始まった時期であった。そのときはプロジェクトの本が成功裏に出版され、売れ行きも悪くなかった。

　図書庁の公式的統計データによると、二〇〇五年のロシアでの出版は大部分がモスクワに集中していた。国家はソビエト時代のように書籍出版に助成金を出しておらず、そのため出版社は必ず利益をもたらす本を出版しなければならず、言い換えると購買者の需要を見極めなければならなかった。その経済再生の時期に、ロシア人読者は日本文学の何を買ったのか、どんな本が出版社に利益をもたらしたのか？　この統計資料を、国中からすべての情報が集まる図書庁に、私は問い合わせたのだった。

　私の図書庁への問い合わせ内容は以下のとおりだ。

一、日本の文芸作品の翻訳出版のリスト。
二、日本文学のノンフィクションの翻訳出版のリスト。
三、二〇〇三－二〇〇七年の日本文学のシリーズ本の出版情報。

　そして、以下のようなデータを受け取った。それはロシアにおいて日本文学への関心が復活したこの時期の、ロシア人読者や出版社の、日本文学への関心を非常に雄弁に物語っている。

　この時期に以下のシリーズ本が刊行されている。

出版社ギペリオン（ペテルブルグ）は、この時期に「日本古典文学ライブラリー」と「テラ・ニッポニカ」の二つのシリーズを出版した。

出版社イノストランカは、「新しい日本の散文作品」、「舷窓の中の日本」、「現代日本文学アンソロジー」の三つのシリーズを出版。

出版社セヴェロ・ザーパド・プレスは「日本文学の黄金シリーズ」を出版。

その他多くの出版社が日本の本を出版しているが、異なるシリーズの中の本で、概して目立たなかった。

すべての出版社によってこの時期に出版された日本文学（文芸作品）の翻訳は総計で二〇〇点。うち二〇点は日本の古典文学の再版で（松尾芭蕉の句集、日本の伝説や昔話、井原西鶴作品など）、二〇点は近代および現代の有名作家作品の再版（安部公房、谷崎潤一郎、芥川龍之介、川端康成、江戸川乱歩など）、三島由紀夫作品二六点、村上春樹作品の新版および再版約七〇点、約二〇点がＪＬＰＰ（現代日本文学の翻訳・普及事業）プロジェクトによるもの（うち二冊は一瞬で売り切れたベストセラー。大佛次郎の『赤穂浪士』と宮本輝の『錦繍』）。また、島田雅彦、鈴木光二、藤沢周（推理小説、スリラー、アクション）、高橋留美子（一二点）、吉本ばなな（六点）も広く紹介された。

この組み合わせは混沌としており、ロシア人の日本文学に対する関心の傾向は、このモザイクからは分からない。しかしながら、古典作品への関心が高まっているのは明らかだ。翻訳プロジェクトのための推薦リストを作成する上で、ロシアと日本の人文学者による共同の尽力やロシアの出版社との相談が必要不可欠な

1　ロシア人には意識の深層に根付いた強固な価値観や神話に立脚し、そのイメージをもとに「新しい神話」を作り出す傾向が強い。ロシア人の思考は西欧ほど合理的ではなく、政治の要請や民衆の夢によって「新しい神話」が作られやすく、特に日本についてはおとぎ話に出てくるような奇跡の国というような神話が多い。

ことは、明白至極である。
ノンフィクション（五〇点）に関しても、カオスのような図が見られた。
知識分野（日本をテーマとする）ごとの出版点数は以下の通り。
経営・マネージメント、七点
文明・文化、一六点
ジャーナリズム、一点
児童向け知識本、八点
思想、一四点
心理学、一〇点
倫理・道徳・実用的思想、四点
極東発祥の宗教（神道を含む）、五点
仏教、八点
キリスト教、九点
社会科学・社会学、一五点
社会・社会変化、四点
政治、六点
国際関係、九点、など。
興味深い事実は日本の軍事、兵学、軍事科学、武力への多大な関心が明らかになったことである——九〇点出版されている！　約六〇点は日本の食品衛生学、健康法や物理療法のシステム（すべては名高い健康な日本の生活習慣)。食物や日本料理に関する本は約三〇点。

芸術関係の本もかなり多いが、様々な分野の書籍を合わせると、約四〇点になる(主に版画の画集)。

二〇点が、武道やその伝統。

言語知識、日本語、辞書が約一〇〇点!!

日本をテーマとする、英語およびその他の言語からの翻訳本は「異国情緒的」性格を帯びている(ゲイシャ、サムライについて)。

引用した数字から明白なのは、現代日本文学がロシア人読者の中で決して優位に立っていないということだ!!!(おそらく、村上春樹を除いて)

プロジェクトJLPPに立ち戻って

もう一度、プロジェクトJLPPに立ち戻ってみよう。プロジェクトの本が容易に出版され、すぐに売り切れになったこともあった時期を振り返ってみたい。

二〇〇三年から二〇〇七年についての図書庁の文書から見えるように、JLPPプロジェクトの本が二〇点出版された中で、読者たちが、これは好みに合い、本が上質で成功していると考えたのは、大佛次郎の『赤穂浪士』と宮本輝の『錦繍』であった。そのつぎに成功した(少なくとも出版社やコーディネーター諸氏の高い評価を得た)のは、円地文子の『女坂』、辺見庸の『赤い橋の下のぬるい水』、宮澤賢治作品集、川上弘美の『真鶴』、江國香織『神様のボート』、長谷川伸『日本捕虜志』、私の考えでは天才的な坂東眞砂子『曼荼羅道』——これは何とか出版にこぎつけた——であった。

私の愛する『楼蘭』(井上靖)、『真鶴』、『神様のボート』、『女坂』、『錦繍』、そしてもちろん宮澤賢治は、誰もが長い間待ち望んでいたが、本が出た時には、それを知った者はわずかしかいなかった……。宮澤賢治のいきさつはこんな奇妙でばかげたことになってしまった……。私にとって興味深く思えたのは、石原慎太郎の自伝的短編集『我が人生の時の時』である。翻訳も概して良いものだった。翻訳には日本側の照合者とロシア側の編集者も仕事に加わっていた。その作品は、もちろん、非常に良い文学に分類される。それなのになぜ読者や批評家に気づかれなかったのだろう？　少なくとも、期待されていたブームは起きなかった……。

私の考えでは、理由は必要不可欠な宣伝が足りなかったことにつきる（村上春樹の物語を覚えておいでだろうか？　人気作家だから良く売れるとかで、ロシアの出版社への助成金が断られた時のことを？　出版社はリスクを負うのを断り、結局、数年が失われてしまったのを……）。宣伝が無ければ、作家が大いに露出しなければ、無名の作品がすぐに売れるわけがない。どんなにそれが良いものであってもだ。コヴァレニンにとっては、インターネット上で村上春樹が長期的に力強くピーアールされることになってよかった。それも求められている結果をもたらしたのである。

さて、ＪＬＰＰの素晴らしいロシアプロジェクトも事実上、終了してしまった。（ちなみに、ロシアの他の国々では積極的に活動が継続されており、その範囲も拡大している。もちろん、専門家諸氏は注目していたが、一般読者はほとんど、ＳＮＳにおいてもコメントを寄せていない。私が翻訳した本、特に『錦繍』と『女坂』には、読者にストーリーの骨子をなんとか説明しようと、私が序文を書いた（一般に翻訳文学に序文を書くことは、ロシアでは伝統的なのである）。ロシアのマスコミに、本へのしかるべき書評が少しでも手配されていれば、または人気のあるインターネットサイトに有名作家または有名評論家の書評入りで作品の一節でも掲載されることが手配されていればよかったかもしれない。こうしたことに、少しの予算配分がされていれば。ロシアのコーディネーター・実行委員会は、何度もこうした問題を指摘していたのだが……。

そして単にそれをしなかったせいで、事実上素晴らしい本が当然得られたはずの評判を得られなかったのである！

幸いなことに、出版社ギペリオンがプロジェクトの残りの本を出版し、事実上すべての作品が、何とか読者を得たのである。すべてがハッピーエンドであった。

私がこの文章を書いていたときに、ちょうど、出版社ギペリオンの社長セルゲイ・スモリャコフが、ロシアにおける日本文化普及に貢献したということで、旭日双光章を受勲されるというニュースが届いた（タス、二〇一四年一一月三日）。全く正当な評価である！（ギペリオンは、日本の古典および現代文学作品の出版を専門としている。）

セルゲイ・スモリャコフと出版社ギペリオンについて

サンクトペテルブルグ出身の出版人セルゲイ・スモリャコフのエッセイ『伝記』では、大変ユーモアをこめて、彼の平凡ではない人生の歴史が語られている。それを、いくらか省略して紹介することにする。というのは、非常に多くの日本人作家の本を出版した非凡な人間の運命を知ることが、読者には興味深いだろう、と私は考えるからである！

では、彼自身が書いたセルゲイの物語をどうぞ。

私は一九五五年五月二五日にサンクトペテルブルグで生まれた。まだ小さかった頃、私はネヴァ川の岸辺

の散歩に連れていってもらっていたが、私は今でもさわやかな風や、左はワシーリエフスキー島の砂州へと続き、右は秘密めいた島々へと向かう水平線を覚えている。その島々についての多くの奇跡を私の母は話してくれて、私はそんな奇跡をとても見たかったのだが、幼い私にはできなかった。子ども時代に私をとり囲んでいた水辺の環境が、その後の私の人生全体に影響している。

学校を卒業した後、サンクトペテルブルグ大学哲学学部に入ろうと決めた。私はすべての試験に合格したが、なぜか面接に失敗した。そのとき、私の知的能力を低く評価していた両親や親族の圧力に屈し、私は書類を海運大学にも送っていた。優柔不断の人々には、宿命的に二番手が本命と入れ替わることがよくある。

大学を卒業すると、私は旅行する可能性を与えてくれる仕事に就いた。エニセイ川、アンガラ川、オビ川、コルィマ川、インディギルカ川といったシベリアのすべての大河を航行した。その多くの川を私は上流から河口までを数回往復したのだった。この仕事は学業よりはるかに面白かったのだが、私の中では変化への熱望が熟していた。いろいろと他の仕事を探したのち、新しい仕事を極東の地で見つけた。

三ヵ月後にはもう、ウスチ・カムチャツク市に到着した飛行機のタラップを降りていた。私のリュックサックには、いろいろな物のほかに、日本語の独習書が入っていた。

なぜ私がその本をカムチャツカへ持っていったのか、説明しなければなるまい。

私と同世代の人間は覚えているだろうが、一九七〇年代の終わりから八〇年代初めのソ連では、日本文学がかつてなかったほどの人気を博していた。出版が発表されたばかりの『源氏物語』の五巻本や世阿弥の論文のシリーズ、谷崎潤一郎の二巻本やその他の少数のタイトルしか出版されない日本の本の購入申込書を出すための夜の行列ができるのが——運の良い時でも購入できるのは申し込んでから一年か二年先のことなのに——当時のソ連文化事情においては普通の現象だった。ソ連の（今はロシアの）人間の日本や日本人に対する片思いの現象は、独立した研究に値する。私は片思いに似たその感情を覚えていた。

当時、私は日本について手に入るものを片っ端から読み、しばらくして法則どおり量が質に移行して、私は日本語を覚えようと決心した。三十年以上が過ぎた今、私は日本語のほとんど克服できない困難さをよく理解しているのだが、当時の私は若くてうぬぼれていた。私は、漢字の特性を理解したかった。

新しい職場では自由な時間は冬だけだったが、その代わり多かった。私は水夫として小さなセーナー漁船で働き、早春から晩秋までを海で過ごした。今でもその海が——私のセーナー漁船の甲板から見ていた海が夢に出てくる。これではっきりした。子どものころ、私に少し扉を開いていた水辺の環境の秘密が、ついに扉をすべて開いたのだ。もう家に帰ってもいいだろう、と思った。

私は三年を無駄にしており、逃がしたものを取り返したいと熱望した。帰郷して最初にしたのは、二年間の日本語コースに入ることだった。指導教官は素晴らしい教師であったアレクサンドル・ギンズブルグ氏だった。彼はロシア語のシンタクス（統語法）とは全く別物である日本語の文の構造の判別の仕方を教えてくれた。彼の指導で、私は初めて日本語文を読み始めたのである。

そのしばらく後、当時ペテルブルグ大学の人文学日本講座主任だった、今は故人となってしまったヴラジスラフ・ゴレグリャド教授を訪ね、教授の授業を聴講する許可を求めた。三十分話をした後、幸いにも許可を得ることができたのだった。彼の他にも自分たちのセミナーの聴講を許してくれたのがイリーナ・メリニコヴァ先生やユーリー・コズロフ先生、そして残念ながら名前を失念してしまったが日本人の先生だった。そのときの私は、一年生のクラスで会話の練習をし、三年生のクラスで年代記を読み、五年生のクラスで現代文学を読むといった日もあった。約一年後、上級人文学コースに聴講生として入ることができ、そこで私はウスペンスキー、今は故人となったカバノフ、ゴレグリャドといった大家や、素晴らしい教師であるトロプイギナやマランジャン諸氏のもとで学ぶ幸いに恵まれたのであった。

私はバスの運転手、後にはタクシーの運転手として働いて生活費を稼いでいた。縛りのない時間割のおかげで学ぶことができたのだ。

「ペレストロイカ」が到来した。グラスノスチとともに、自由に働く可能性が与えられた。私はすぐに常勤の職場をやめ、その後、自分で出版業を始めるまで、生活と学業のため、実に様々で偶然にも左右された方法でお金を稼いだ。掃除夫、ボイラーマン、荷役労働者、守衛として働いた。大学や人文学コースの授業が無い夏の数ヵ月間で、私は調査作業員となり、シベリアや中央アジア、天山山脈に赴いた。

授業の準備のため（私は哲学学部の授業や演劇大学の授業も聴講していた）、私は日本の神話に関する文献を探していた。大学図書館でピヌスの博士論文に『古事記』第一巻の翻訳全文が解説付きで入っているのを見つけることができたのは奇跡だと思っている。原稿をゴレグリャド教授に見せ、私が発見したのが、長年失われたとされていた原稿だったことが分かった。

しばらくして、出版社アスタ・プレスが私に電話をかけてきて、『古事記』の翻訳を出版する準備をしないかと提案された。これはソ連で最初の私営出版社のひとつだったが、私が働くことができた最初の出版社でもあった。

厳しい時代が来た。配給制度が始まり、お金は一瞬で価値を失ってしまった。商店には長い行列ができ、人々は生活必需品を買おうとしたが、例えば砂糖を買うために行列についても、石鹸を買うことになったりした。砂糖が売り切れてしまい、その配給券で、残っていたものが渡されたわけだ。

価値を失ったお金は用をなさず、何かを得るためにはバーター、つまり何らかの製品を別のものと交換する方法しかなかった。出版社もこの困難を全面的に被った。

今でも覚えている。我々はタシケントからオーバーシューズのコンテナと引き換えに紙のコンテナを受け取ったのだが、そのオーバーシューズは我々が信じられないような方法でゴム製品の工場「クラースヌイ・トレウゴリニク（赤い三角）」で受け取ったものだった。

皆が食うや食わずの生活をしていて、やっと食べていけるだけの給料も、ひどいインフレで通貨の価値が急落し、何ヵ月も受け取れなかった。しかし仕事はとても面白く、出版社を辞めようとは一度も思わなかった。私は自分の居場所を見つけたと感じ、とても働きたかったのだ。

ほぼ一年後、私はついに『古事記』の原稿を作成したのだが、本を出すことになったのは、なんと別の場所となった。私の最初の、素晴らしい、最も愛する出版社アスタ・プレスは破産してしまったのだ。

セルゲイ・スモリャコフ

私が招かれた第二の出版社はシャルという。これは大きなニット工場付属の小さな出版社で、このような奇跡もあの伝説的な時代にはあったのだった。そこで私は、ついに『古事記』の第一巻を出すことができた。ゴレグリャド教授の私欲のない援助のおかげで、私は国際交流基金から最初の助成金（出版援助金）を受け取った。『古事記』のほか、出版社シャルで私は一冊だけ本を出せた。それはサノヴィチの素晴らしい翻訳による『百人一首』で、その後、私は辞職することを考え始めたのだった。というのは、この出版社は銀行に独自の口座を持っておらず、すべての金が工場の口座に入っていたのである。出版事業のためのお金を工場から受け取るのがますます困難になった。

生産的に働くためには、独自で出版社を立ち上げなければならないと私は悟った。

それは難しい決心だった。私は恐ろしかったのだ。というのも、私は個人事業とは何かを知らず、それを学んだこともなければ、何から始めるのかさえ知らなかったから。しかし、すでに一度ならず経験したように、決心を固め、仕事が始まった時、すべてが最善の方向に動いたのであった。

そのときまで、私はすでに半年間、給料をもらっていなかった。私は辞職願いを書き、社長のところに行って、私と、そのときまで、そのときまでに出版された本の清算をするよう提案した。つまり、私は社長に、私が編集を担当した本の在庫の一部をお金の代わりに返してもらうことを提案したのだった。彼は同意した。私は本の取引をする組織のひとつと話をつけ、私の手にした本を売って、当時としては大金だった五〇〇ドルを受け取ったのであった。このお金で、一九九五年一一月一四日、新しい出版社ギペリオンを登記し、中古のコンピューターを一台購入した。仕事を始めることができたのだった。

困難な時期だったが、おそらく、私の人生で最も幸せな時だった。会社は二人だけだった。会計係である妻と私だ。我々はあらゆる仕事をした。名刺やレストランのメニューの印刷、チラシ、他の出版社のために完全版下を作成したり。注文は非常に少なかった。我々のことは誰にも知られていなかったのである。従って、お金も全くなかった。しかし、その代わり、我々は誰にも縛られず、私は私の望むことができた。私は日本文学を出版したかった。

我々はスポンサーや投資家を探していた。実に様々な人々と会い、幸いなことに素晴らしい人々に恵まれた。過去にも現在にも我々を大いに援助してくれているのは国際交流基金であり、そのおかげで、我々は『古事記』の第二巻、二巻本の『日本書紀』、『日本霊異記』や、その他約二〇点の本を出版した。それらの本の出版は、私が夢に見ることしかできなかったものだった。

我々のことが徐々に話題に上るようになった。驚いたことに、出版社ギペリオンは日本文学を専門とするロシア唯一の出版社だった。本の短評が出るようになり、私はラジオのインタビューを何回か受け、出版事業について映像が記録され、テレビで放送された。ロシアや国外でも読者の数が増えた。

設立時から、ギペリオンでは一〇〇点以上の日本の本が世に出、新しいものが準備されている。我々はセーヴェルナヤ・パリミラ賞の「年間最良出版社」部門の最終候補に五回残り、複数の図書館により決定されるロシア最大級のエカテリーナ・ダシュコヴァ記念賞が授与された。我々の本は、もちろん日本を含め、世界中で販売されている。

一九九五年十一月十四日からの私の伝記は、私の出版社の伝記である。そしておしまいに、私は私の愛するギペリオンに、私のためにしてくれたことすべてについて感謝したい。ギペリオンは素晴らしい人々、研究者や翻訳者たちを紹介してくれた。彼らは皆、私のための執筆者になり、彼らの多くは私に友情を捧げてくれている。

最も大事なことは、残りの人生すべてにわたり、最高に面白く愛する仕事を私に与えてくれ、そのために私を幸福な人間にしてくれた。というわけで、私の伝記には、ピリオドを打つのはまだ早いのだ！

読者の皆さんには、ギペリオンによって出版されたシリーズの中から、スモリャコフのお気に入りの本をいくつかご紹介しよう。

一、シリーズ「古代日本文学の金字塔」（九冊刊行。うち、セルゲイ・スモリャコフが担当した本をいくつ

か紹介する）

『日本書紀』日本の年代記一、二巻（訳・解説／L・M・エルマコヴァ、A・N・メシチェリャコヴァ）、サンクトペテルブルグ、ギペリオン刊、一九九六年

『古事記』古代の行動の記録（訳・解説／L・M・エルマコヴァ、A・N・メシチェリャコヴァ）、サンクトペテルブルグ、シャル刊、一九九四年

『日本の軍記物語――日本のいくさや乱についての物語』（訳／V・A・オニシチェンコ）、サンクトペテルブルグ、ギペリオン刊、二〇一二年

＊この本に収録されているのは五つの「軍記物語」、つまり反乱や戦いの物語である。『将門記』、『陸奥話記』、『奥州後三年記』、『保元物語』、『承久記』が、日本の軍事史における最重要な事件である、平将門の乱とその鎮圧（九三五－九四〇年）、北東の国における源の軍と土着の蝦夷との戦い（一〇五一－一〇六二年、一〇八三－一〇八七年）、保元の乱（一一五六年）を描く。

『平治物語』（訳、序文、解説、研究／V・A・オニシチェンコ）、サンクトペテルブルグ、ギペリオン刊、二〇一一年

＊「軍記物語」のジャンルの記念碑である『平治物語』（一三世紀）は、一二世紀の日本を揺るがした反乱の一つ、「平治の乱」（一一五九年）を描いている。この本は、かつてヨーロッパ言語に訳されていなかった『平治物語』の最古のバーションをはじめて翻訳したものである。

二、シリーズ「日本古典作品ライブラリー」（二六冊刊行、うちセルゲイ・スモリャコフが気に入っているものは以下の通り）

『松尾芭蕉散文集』（訳、序文、解説／T・L・ソコロヴァ＝デリュシナ）、サンクトペテルブルグ、ギペリオン刊、二〇〇〇年

＊偉大な詩人の知られざる散文作品の本である。芭蕉が日本の詩の偉大なる改革者であるだけではなく、素晴らしい作家であり、極めて興味深い散文ジャンルのひとつを作った人だということを知る人は少ない。この本には、詩人の旅の日記、俳文、弟子との対話や、作詩法についての議論が収録されている。表紙には、松尾芭蕉の俳画の一部が用いられている。

『小林一茶　詩と散文』（訳、序文、解説／T・L・ソコロヴァ＝デリュシナ）、サンクトペテルブルグ、ギペリオン刊、一九九八年

＊俳句の偉大な巨匠である小林一茶（一七六三―一八二七）の遺産。偉大なのは、約二万句の俳句、俳文ジャンルでの数点の作品（日記、旅行記、エッセー）。故国だけではなく全世界で有名な俳人である。本書では詩人としての一茶だけではなく、ロシア人読者には知られていない、散文作家としての一茶、素晴らしい本である『おらが春』や、鋭い愛や寂しさに満ちた『父の終焉日記』の著者として紹介される。

『おらが春』の抜粋、日記の全訳、そして詩作品の大部分は初めて出版されるものである。

『種田山頭火　詩と散文』（訳、序文、解説／A・A・ドーリン）、サンクトペテルブルグ、ギペリオン刊、二〇〇一年

＊種田山頭火は、最後の禅思想の放浪詩人であり、その時代のあらゆる状況や制限、そしてあらゆる芸術的伝統や文学的傾向から自由であった。

『古今和歌集――日本の古い歌および新しい歌の歌集』（訳、序文、解説／A・A・ドーリン）、サンクト

ペテルブルグ、ギペリオン刊、二〇〇一年、四三二頁

＊世界人類の歴史上、「古今和歌集」と比較できる本を見出すのは困難である。既に千年以上もの間、この本が日本の伝統的な詩の傑作集においてトップの地位を占めている。「古今和歌集」に触れられるのは、貴族や皇族だけであった。本書には詳細な研究および解説がついている。

『和泉式部　詩と散文―和泉式部集および和泉式部日記』（訳、序文、解説／T・L・ソコロヴァ＝デリュシナ）、サンクトペテルブルグ、ギペリオン刊、二〇〇四年

＊約千年前に生きたこの驚嘆すべき女性は、その同時代人であり『源氏物語』の作者である紫式部と並び、日本の優美な文学の源流なのである。

紫式部『源氏物語』第一―三巻』（訳、序文、解説／T・L・ソコロヴァ＝デリュシナ）、増補改訂版、サンクトペテルブルグ、ギペリオン刊、二〇一〇年

三、シリーズ「日本古典作品ライブラリー　二十世紀」（六点刊行されたうち、お気に入りのもの）

『川端康成作品集』（訳／V・マルコヴァ、V・グリヴニン、Z・ラヒム、A・メシチェリヤコフ）、サンクトペテルブルグ、ギペリオン刊、二〇〇二年

＊ロシア人の読者には非常に有名な川端康成の作品のほかに、本書には、かつて完全にロシア語訳されていなかった、このノーベル賞作家の掌編小説集『掌の小説』がA・N・メシチェリヤコフの翻訳で収録されている。

四、シリーズ「テラ・ニッポニカ」（三三点刊行、うちJLPPプロジェクトによるもの二七点。うち、お気に入りのもの）

宮本輝『錦繍』

＊宮本輝（一九四七―）は日本で最も「多作な」作家の一人であり、その作品は映像化されたり外国語に翻訳されたりしている。訳はG・ドゥトキナ。

円地文子『女坂』（訳／G・ドゥトキナ）

長編小説『女坂』は、その歴史的正確さ、残酷とも言うべき官能性、熱情的フェミニズム、古典的な文体の優美さ、そして全く日本的ではない率直さで驚かせてくれる。

宮澤賢治『よだかの星』（宮澤賢治作品集）（訳／E・リャボヴァヤ）、サンクトペテルブルグ、ギペリオン、二〇〇九年。

辺見庸『赤い橋の下のぬるい水』（訳／G・ドゥトキナ）、サンクトペテルブルグ、ギペリオン、二〇一二年

江國香織『神様のボート』（訳／イリーナ・プリク）、サンクトペテルブルグ、ギペリオン刊、二〇一三年

我々は、スモリャコフのお気に入りの本をすべて挙げられなかった。あまりにも多いためだ！つまり、出版社ギペリオンの社長セルゲイ・スモリャコフは然るべくして旭日双光章を受勲したのである！

インターネット女流詩人アンナ・アレクセーエヴィチェヴァのインタビューと詩

この章の締めくくりにも、サプライズを用意した。

私はインターネット詩人のアンナ・アレクシエヴィチェヴァに、日本文学の中の何が好きかを尋ねた。簡

単な回答が聞けると予想していた。ところが受け取ったのは、意外にも、自らについての短い話を物語るような、ひとつの詩作品であった。

アンナ、自分について。

私は、自分が日本を好きか嫌いかと考えたことはなく、ただ日本を理解し、感じてきただけ。

それから、もちろん、世界の文化にある沢山の心地よいものを味見したけれど、日本は最も本能的に自分の感覚にいちばんしっくりくるものであり続けた。

翻訳されていて、自分が見つけたものはすべて読んだ。

友人たちは私に日本の本を返すとき、「こんなのはあなた以外誰も読まないだろうね、何かうわ言のようなものとか、男の人が皆泣くとか」という感想をつける。

現代作家の中では、谷崎潤一郎、川端康成、江戸川乱歩が好き。

日本の映画もよく観る、例えば『砂の女』は本よりも気に入った。

『雨月物語』（溝口健二監督）はお気に入りの一つ。

デザイナーの山本寛斎の方がケンゾーより気に入っている。私も成長して、鮮やかなものへの子供っぽい執着から離れ、彼の整った、熟考された、厳密な、ほとんど禁欲的なパターンの方が、より多くの感銘を私に与えるのだ。

若者のサブカルチャーも好きだ。

村上春樹は読んだことがない、なぜかは分からないが。

映画『血と骨』（崔洋一監督）の北野武がとても気に入っている。

そして彼の監督作品『Dolls』も。

車については、ドイツ車やイタリア車の方が気に入っている。デザインがいいからで、技術には魅力を感じない。私はフォルムやデザインを感情の問題として研究するのが好きなのだ。

では、アンナによる日本文学の受容を表現している詩をどうぞ。既に書いたように、ロシア人は日本文化全体を、自分の心や自分のイメージのプリズムを通して受け入れているように思われる。そして何かが謎に満ちたロシアの精神の壁に残るのだ……

詩の題名は『二条姉への乞われない書簡』（二条姉は日記・紀行文学『とはずがたり』[1]をつづった女房二条のこと。この本はロシアで非常に愛されている）。

ああ、愛を信じて、錦の服を着るのが、
私に相応しかったでしょうか？
衣装を後に悲しい涙で洗うことになるのではないかと恐れ……
私をゆっくりと殺しつつあるのは、美
それは殺し屋の中で最も残酷——これが真っ先に私の頭に浮かんだこと
姉よ、あなたのことを思いめぐらせていたときに……
草の中で道に迷ってしまった小さなクモ……

1『とはずがたり』は、長年存在が確認されていなかったが突然発見された日記・紀行文学。古い世代の高名な翻訳者イリーナ・リヴォヴァ＝ヨッフェが翻訳したものがロシアで嵐のような歓喜をもって受け入れられたのだった。

我々は皆、道に迷ってしまった、いつ、どこで？
我々はいたるところで自分自身の足跡を探している……
我々は常に、どこであっても、同じ疑問に対する同じ答えを探す、そして見つけられず、
また草の中へと戻る……
しかし我々にとって、ホイットマンの『草の葉』のような生活の健全な喜びは他人事
我々はいつも悲しく、常に途方に暮れている……
涅槃の蓮の杯から転げ落ちてしまった、仏の迷子が再び輪廻の茂みに
深く絡み合ったカルマの蔓に絡まって……姉妹よ、それはあたかもあなたのみだれ髪、
悲しい歌のようだ。
悲しみに満ちたあなたの日々、秋の森にいる鹿の声も悲しく、
雨に濡れくしゃくしゃに乱れた牡丹の花も悲しく、秋の芦も悲しく、
山の頂やそこに登っていく煙もまた悲しい――何の煙か――この世からの退去か、
誕生から死まで、あなたはひとつかみの灰と悲しい笛の音……すべてが仏の輝く顔の下で
孤独に満たされている。
仏の蓮の経典が我々を救えるのか。
私は知らなかった、あなたは経典を必要な回数だけ書き写したのだろうか、
なぜならあなたには寺に寄進するものが何もなく、この儚《はかな》い世にあなたは自分のたわいない宝物のすべ
てを、体を、服を、手紙のための素晴らしい道具を捧げてしまい、すべてのものがあなたから去って行
った、殿方たちも、子どもたちも去り、何もあなたのものになりえなかった。

それは熱情の痕跡であり、正当な立場ではなかったから。
でもあなたは小銭ではなく、あなたは従順さの世界の反乱者、そして多分
そのために私は誰よりもあなたを理解する……
天皇やその兄弟、僧正や大臣は、あなたがどんな人なのかを知っていたのだろうか、
女性の知力の枠を超えたあなたが。
あなたは、恐れを知らぬ西行法師の人生を辿りたかった、あなたは常に知っていたから
すべてが儚いものであり、死が忠犬のようにあなたにつき従っていたことを
死はあなたを裏切ることはなかった、ある意味で我々は皆、死に嫁いだ者、しかしあなたの死は忠実な
夫だった。
私はあなたの生涯をすべてよく覚えている、自分の人生よりも。ある意味であなたは私の代わりにその
人生を送ったのだ　いったい私はその世界にいたのか、ただあなたが私の中で眠り、それから目覚め、
号泣の中で生まれたのか。
あなたに会うまでの私は、どんなだったのか？

これは、素晴らしい作品のほんの一部である。詩の全文は、以下のアドレスによりロシア語で読むことができる。http://www.proza.ru/2014/10/29/1571

この章の終りに。
「ロシアでは誰がなぜ日本文学を好きなのか？」という疑問に、私は答えたと思う。……その疑問に一義

的に正確に答えることは、おそらく不可能だろう。それぞれの人が、日本文学に何か自分なりのものを見ており、想像の砂の上に、その人にしか分からない絵を書いているのだ……。その絵は、女性詩人アンナの霊感に満ちた詩『二条姉への乞われない書簡』、ロシア人女性による二条への「とはずがたり」、日本の姉へのロシアの妹からの手紙のように……。

第4章　霧に包まれた成らざる夢の岸辺

遅かれ早かれ、老年あるいは人生の絶頂期において、成らざる夢がわれわれを呼ぶ。そしてわれわれは、その呼び声がどこから飛んできたのかをさがし、あたりを振りかえる。そのとき、自分の世界のただなかにありながら、われわれは人生にじっと目をこらし、全身全霊の力をかたむけて見とどけようと願うのだ。成らざる夢が成就しはじめるのではないか？　その姿がはっきり見えはしないか？　その見え隠れする微かな影を掴み、とり押さえるために、いまこそ手をさしのべるときではないのか？

アレクサンドル・グリーン『波の上を駆ける女』（安井侑子訳）より

いまだ成らざる夢がわれわれを呼ぶのは、普通、人生の晩年のことである。しかし私がそこへ——ごく幼い時を過ごした、湿気が多い宵へ——引き寄せられたのは、道の出発点にいたときだった。その湿気の多い宵から、いまだ成らざる夢たちのはっきりしない声が届く。どうやら、それらはその時すでに知っていたようだ、それがすぐには叶わない運命にあるということを……。

街を——私の子ども時代をすごした街を、私は毎晩夢に見ている。それは、望みの生まれた時にいた街。まぎれもない地方都市であり、大きな楡の木々のせいで窮屈そうな狭い小道の中で立ちすくんでいる街。私は道をはっきりと覚えている。抜けられない濃いぬかるみの中で、まわりが街灯の、黄色くどうしようもなく哀しい光に照らされている。それは塀の王国だ——隙間のない、身長の一・五倍の高さの塀。その後ろで凶暴な犬の鎖が鳴り響いており、外からは見えない独自の生活が続いていた。秋の夕闇の中で前方に、ひとつだけの誰かの影がちらつき、急ぐようにくぐり戸の金属製の太いかんぬきが重い音を立てる——そして再び外には誰もいない、ただ風が枯葉を散らしながら、もうもうと黄色い塵を追いたてているだけ。

当時、私は泣きたくなるほど自分の生まれた街を憎んでいた。私は出て行きたかった。出て行けるなら、どこでもよかった！（何年もたって、申し分ない巨大都市のセメントの塔の中ですべて同じことが繰り返されると、その時に知っていれば……）しかし私は功名心に燃えていたのに、街は私をがんじがらめにし、まさにべとべとするクモの巣のように、前へ行こうとするのを放してくれなかった。

しかしまもなく、その街から解放され、私は舞い上がった。知名度が上がり、私は出生地をアンケートに書くとき、肩身の狭さを感じていた。私は、都会の洒落者として、田舎の血縁を恥じていたのである。

でもその後、子ども時代の街は私を呼んだ——さびしい凶暴な力で。朝ごとに私はつきまとう同じ考えを抱えて起床していた——何かが違う？

私は思い出を、砂利のように篩《ふるい》にかけた。すると見えなかったものが見えた。

生まれ来る太陽の乳白色の光の中にある、魅惑的で形容できないほど素晴らしい街、塀に垂れさがるライラックの重い房で紫にけむる街、晩夏の晴天《バービエ・レータ》の白い光の中でクモの巣が煌《きら》めいていて、静かに音を立てる落ち葉に踝まで埋もれる街、青さを感じるほどに白い氷の表層に覆われた雪だまり、むき出しの木々の黒く悲しい指、まさにビーズのようにちりばめられた鷽《うそ》の深紅の粒……。そのすべてが、高価な若いワインのように私の子ども時代の血液中を彷徨《さまよ》っていた。私は自分の希望を熟させなかった——それらを生まれなかったものとして投げ捨てた！　自分が人生で何を求めているのかを理解できなかったほど、私は急いで生きていた！

そして隙間のない塀に囲まれた夢の中を歩き、だらりと乱れ豊かに香りを漂わせているライラックの房をもぎ取り、水溜りの氷を壊し、まき散らされた金色の落ち葉をつま先で蹴散らかす……。私は橋に立ち、生まれて初めての流氷を見ている。緑がかった氷の塊が逆さになったり積み重なったりお互いに脇へ押しのけあったりし、老朽化した木橋の痛みかけの桁《けた》が静かに軋み、重い打撃を受けてため息をついている。氷の下から濁った流れがやっと抜け出し、木や枝、そして水草やおぼろげな不安と混ざった泥を岸辺に運ぶ。私は奇妙で魅惑的な、甘ったるい匂いを、子ども時代、春、そしてさらに何か名前のないものを吸い込み、そして街が静かに私を呼びとめるのを聞く。「お前は何をしたのだ？ 何ができた？ 私がお前に与えた春や冬、土砂降りやしずく、流氷の代償として、私に何をしてくれた？ 私はもうずっとお前に会っていない……。別れていた時間に、お前はどんな者になったのか？」

私は沈黙している、なぜなら話すことがないから。そうだ、私は成功を手にした。しかし幸せにならなかった。おそらく、不必要な成功だったのだろう。私は有名になったが、しかし有名であることなど、もみの木を飾る金銀モールでしかない。私は、ならなくてはいけなかった者にならず、なりたかった者（でも、私は何になりたかったのだろう？）にもならなかったのだ。私は自尊心の輪舞でくるくる回されてめまいを起こし、緑がかった氷が逆立ったりお互いに押し合っている、希望の橋から連れ去られてしまったのだ……。

成らざる夢が呼ぶのは、暖炉で乾燥した薪が時々心地よくぱちぱち弾けている時ではなく、退屈な秋の雨が老婆の手のひらのように窓をたたき、不眠症がぬるぬるするヒキガエルのように心臓に横たわるときだ。窓の外では風が木々を苦しめ、窓には物憂げに葉がくっついている。いきなり、すべてに興味が持てないとつぶやき、明日にでも、少なくとも明後日には、子ども時代の街へ行き、古い橋の上に立ち、橋桁にぶつかる流れを眺め、かつて何を望んでいたか、何を夢見ていたのかを思い出し、それから戻って、ならなければならなかった者になる……。この考えは元気をくれる。これは小さくてあたたかいバラ色の真珠に似ている。

甘ったるいまどろみに耽溺する前に、私はそれを掌で転がす、寝返りを打ちながら。すると隅から顔を出していた憂鬱――この悪意に満ちたネズミは、いやらしい尻尾を引きずって退却する。

しかし朝が過ぎ、また次の朝も過ぎる。そして私はまた何らかの仕事に走りまわり、私に必要のない人々と会い、不必要な出張に行き、実はどうでもよいものを書いている――そして突然、何かパニックのような恐怖心で立ち止まる、掌で救いの真珠玉を触ってみながら。失くしていないだろうかと。

一日がまた別の日にとってかわり、一年がまた別の一年にとってかわり、幸せの真珠が掌を転がる。街は待ってくれている。辛抱強く。街は待つことができる。遅かれ早かれ、街は我々を、自分の、道にはぐれた子どもたちを待っていてくれる。いつか我々は街に、その霧深い岸辺へと戻るのだ。そこでは湿気の多い霧の中に、私たちの成らざる夢が隠れている……。

子ども時代の夢

私がこのエッセイを書いたのは、二五歳の時だった。私はこの悲しく心が痛むものを書いたが、私が自分自身に嘘をついていることを、心の底では分かっていた。というのは、私は自分が何になりたかったのかを良く知っていたから。しかし私に足りなかったものは何だろう？　勇気？　根気？　では私はなぜ常に迂回路を、誇りや自尊心を傷つけることなく私を定められた目的地へ導くであろう道を探しているのだろうか。すべてのことがひとりでに実現されるように。ただ、そのような迂回路は、あまりにも長い……ほとんど一生が終わってしまう……。

私は少々変わった子どもだった。普通、女の子はお医者さんや先生、または女優やバレリーナになりたがる……。私は、ごく小さなうちから、自分が作家になりたいということを知っていた。私はまじめに、「作家の役」をやり、夢中で詩や短編小説を書くことさえしていた。もちろん、下手くそな子どもの作品だ。当時はうまくいかなかったが、私は言葉で遊ぶことや、言葉を色とりどりの小さなガラス片のように組み替え、それで「模様」を作ることが気に入っていた。

しかし運命には、私についての特別なプランがあったようだ。

私の子ども時代にはもうひとつ特別なことがあり、それについて私は最近まで疑問に思わなかった。私が幼い時代をすごした家は、少し通常とは異なっていた。ロシアの僻地では珍しい、ほぼ平らな屋根がついていて、広間には出窓があり、何かロシア的ではない居心地の家であった。私の同級生たちが住んでいた家とは非常に異なっていた。最近になって初めて分かったのだが、その家は戦後、一九四六年にその地に連れてこられた日本人抑留者が建てたものだった。そして私が連れて行かれていた幼稚園も、故郷での仕事や家族を恋しく思う日本人たちの手によるものであり、おそらく彼らは、それらの建物にも、自分たちの心から出る何かを込めていたのだろう。いずれにせよ、学校を卒業した後、文学大学に行って自分の夢をかなえる代わりに、私は突然心が揺らぎ、疑問を感じ……これという理由もなくアジア・アフリカ大学の日本語科に、しかも人文学ではなく歴史学科に入学したのだった。その後、このような奇妙な振る舞いを自分に説明するために、様々な説を考え出さなければならなくなった――異国情緒への熱情、小さい頃に祖母が私に読んでくれた日本のムジナや月の昔話、作家になる前に、日本の長編小説の翻訳で自分の力を試したかった、など……。今なら分かるが、実際のところ理由はなかった。おそらく、私が育った家が、私にその法的権利を行使したのだ。私に与えてくれた幸福な子ども時代の代わりに……。そしてその名は「カルマ」という……。

私は学校を首席で卒業したので、大学入学試験では五科目のうちの一つであるロシア文学だけを受ければよく、難なく合格した。しかし私に日本語が与えられなかったなら、最も権威ある首都の大学のひとつからでも、私は去っていただろう。私が欲しいものでなければ、何も要らないのだ。

私が生まれ、幼い頃の数年を過ごしたのは、ロシア南部の地方都市、タンボフだった。戦時中、そこに両親が疎開していたのである。地方都市だったが、非常に興味深い都市だった。帝政時代には、専制に不満を持つ貴族たちが移住させられていた。スターリン時代には、思想的要注意人物たち、つまりモスクワやレニングラードの知識階層の芸術家たちがタンボフに流されていた。というわけで、この街は伝統的に、高い精神文化と反抗的精神が特徴的であった。それは空気の中に漂い、血の中にしみ込んでいた。タンボフ出身者に優れた人々は少なくなく、天才的な作曲家のラフマニノフもそうだ。パスポートでは私はロシア人だが、私の中には沢山の血が混ざっている。母方の祖母はロシア北部の白海の出で、おそらく、コミ＝ズィリャン民族などの北方民族の血が多く混合している。我々の血筋にはヴァイキングがいたとも言われている。父方の祖母は、伝統的にタタール民族が暮らしていたカマ川沿岸地域の出身である。私の外見は北方系だが、心はどうも、アジアとヨーロッパが半分ずつで構成されているようだ。自分の人生の紆余曲折について考えを巡らせると、私は、多くのものが、まさにこのロシアの国民的性格の矛盾で説明がつくという結論に達した……。

実は、私の夢に至る道は、曲がりくねっていて簡単ではなかったが、息がとまるほど面白いものであった。(自分の運命についてこのように詳細に書くのは、長い年月にわたって、さらに人生の様々な時期に、私がロシアで日本文学を広げる上で主要な「道標」の一人となることが運命づけられていたからである……。そんなわけで、私の伝記は、出版者のスモリャコフの伝記同様、この本のテーマとは切っても切れない関係にある。おそらく、すべてが実際にどのように起こっていたのか、読者の方々には興味深いだろう……。日本文学に職業として携わっていた人々が、どんなきっかけで、なぜそうなったか。)

大学を卒業し、私はゴステレラジオ（国営テレビラジオ）の日本向け放送部に入り、そこで記者やアナウンサーとして数年間働いた。私は若者向けコーナーの司会をし、その後日本から契約で来た最初のアナウンサーである西野肇氏と一緒に音楽番組「リクエスト音楽番組」の画面に出るようになった。私はマイクに向かって日本語の原稿を読む最初のロシア人アナウンサーだった。発音に訛りがあることは重要ではなかった。視聴者に気に入られて、私は手紙攻めにされた。すぐに私は日本からの賓客——日本のテレビのキー局の社長夫妻の随行をよく頼まれるようになった。（華奢な金髪女性はその役目にぴったりだった……。）NET（後のテレビ朝日）の社長であった高野氏が私を、史上初、モスクワから一週間行われるテレビ生放送マラソンに司会者として招いてくれた。というわけで、まる一週間というもの、私は日本時間の正午きっかりに（番組名は「アフタヌーンショー」）日本の人気アナウンサー川崎敬三氏とテレビに出ることになった。私には大きな栄誉が降ってきた。この番組には伝説的な岡田嘉子さんや、日本映画界の美人スター栗原小巻さんも参加したのである（彼女と一緒に撮った写真が手元に残っているが、私はそれを宝物として大切に保管してある）。

そこにあったのは本物の興奮だ！　生中継では準備がなく、リハーサルもない。分からない、何を言えばいい？　できるだけがんばって！　ここでは微笑むこと、美しく動くことを忘れずにね、だってあなたのことを日本人の半分が見ているのだから！　あなたがテレビカメラを生まれて初めて見ることを心配している人なんて、誰もいない……。それに、ほら、今日本語のフレーズが分からなくて、日本中に恥をさらすのではないかと考えてびくびくしていることも……。振り返ってみると、私自身が当時の大胆さに驚く。おそらく、無知から来る蛮勇だったのだろう。「アフタヌーンショー」の放送は日本時間の十二時開始だったので、時差のため、朝四時に起床しなければならなかった。車が迎えに来て、オスタンキノのテレビスタジオに乗りつけると、そこではメイク係が待っている。それから美容師の手を経て、撮影グループと十分間の打ち合わせ、そしてカメラ！この放送のあと、私はモスクワの特派員たちに招かれることが多くなった。日本のテレビ用に様々な番組の収録をするためだった。その中には、日本の視聴者に大変な人気を博したソビエトの超能力者たちの番組があった（プライムタイムで視聴率が三五パーセント）。私は文字通り、おとぎ話の中に入った。しかし、長い年月が経った今、それがシンデレラがあっという間にプリンセスになるチャンスだったということが分かる。当時は今とは違う時代であり、禁止事項を破れるのは地位の高い両親がいる子どもたちだけであった。ゴステレラジオも、私の運命を私の代わりに決定した。彼らは私を天から地へ突き落した。一年後になって初めて私は偶然知ったのだが、NET社長の高野氏が、私に日本で劇映画を撮るために招待状を送ってくれていたのだ。私の上層部はその招待状を私に見せてもくれなかった。ちなみに撮影に対して一コペイカも私に支払わなかった。こんなふうに、私の最初の「パラシュート」は閉じてしまい、着地は全く不運だった。というのも、私の人生はそのとき、全く違ったふうになり得たのだから……。

　放送ジャーナリズムは私の気に入っていた。当時、大学を卒業したての若い娘にとっては、重要人物にインタビューしたり、マイクを手にして外を走り回ったりすることは、非常に重要なことだった。しかし創作

アフタヌーンショーの中継で栗原小巻さんと

活動への抑えがたい渇望はおさまらず、私は少しずつ日本文学を翻訳し始め、最初は雑誌『今日のアジア・アフリカ』のために短編を、それから外国文学ライブラリーのために本の短評を書き始めた……。

いかにして私は翻訳者になったか

いいわ、と私は思った。作家になる希望が私からなくならないうちは、日本の文学作品の翻訳者になりましょう、と。しかしながら、そうも行かなかった。私の翻訳がまずかったためではなく――私は上手く翻訳していたのだが、ソ連邦において文芸作品の翻訳者たちは巨額のお金を稼いでいた当時限られたカーストの上位にあり、アウトサイダー、特に様々な新参者を入れてくれなかったのだ。私はジャーナリスト同盟には容易に入り、複数の雑誌に翻訳を載せていたが、大出版社への突破口はどうやってもうまく開かなかった。何年かの間、私は文字通り「壁に頭をぶつけていた」のだが、この障害物を越えるには、これを内部から爆破しなければならないと後で分かった。つまり出版社に就職するのである。そこへちょうど、最大の出版社プログレスから当時としては非常に良い給料で、東洋編集部の上級編集者として働かないかというオファーがあった。運命はやはり私を見捨てなかったのだ……勝利？　そうではなかった！　すでに一度私の人生を台無しにしたゴステレラジオの幹部は、またそれを駄目にしようと決めたのである。一年間ラジオを辞めさせてもらえなかったのだ。どうやら、そのようなおいしい欠員は一年で私から「去っていく」と考えられていたようだ。私にあきらめさせるために、あらゆる提案がなされた！　例えば、地区の人民代議員になる（二五歳で！）とか、順番を待たずにソ連共産党に入党するとか、昇格するなど。しかし、私が同意したとして、特に入党に同意したなら、出版社が私を受け入れなかったことは明らかだ。なぜなら、党の規律は大変厳しく、ソ連共産党員は上層部の意に反して職場を変わる権利がなかったからである。一年後、三度目に辞表を出してやっと本懐を遂げることができた。空席も埋まっていなかった。この間ずっと、私のために空けてくれていたのだ。どうやら、将来有望な働き手だと考えられていたらしい。私は日本文学を担当し始め、そしてアジア・アフリカ大学のかつての先生たちの原稿を編集・照合することになった。最初、彼らはひどく異議を唱えたが、その後、この事実を受け入れざるを得なくなった。私には素晴らしい上司、中国学者のファインガルという百科事典並みの知識人がいた。彼が私の先生となり、紛争がおきると私を助けてくれた。実のところ、これが私を本物のプロフェッショナルにしたのだった。

その後、私はなんとか本望を遂げた。何とか翻訳者になったのだ。すぐになれたのではなく、大きな戦いがあったのだが、それでも本望を遂げた。この時期、私は文字通り、「言葉」を楽しんでいた。私は仕事のテクストで身体的にも満足を得、フレーズのひとつひとつを綿密に推敲していた。翻訳者のカーストに入るのがどんなに大変だったかを覚えていたので、私は若い同業者たちに助力することを自分の務めにした。そしてその誓いを守った。事実上、私は日本語からの翻訳の新しい一派を作った。現在の多くのベテラン日本文学翻訳者が日本文学に来たのは、私の援助あってのことなのである。当時の私は全くの小娘であったが、国内唯一の、日本語ができる書籍編集者であった（時が過ぎ、チハルチシヴィリも現われたが）。私は自分で、日本のどんな作家のどの本を出版するかを選んでいた。もちろん、編集委員会もあったが、計画は承認されていた。大きな名誉と大きな責任！　一年に四点（出版計画のノルマ）というのは非常に少なく、私は、作品集やアンソロジーをより多く出すよう特に努力していた（出版リストは第3章「日本、わが愛！　ロシアで誰がなぜ日本文学を愛好しているか」に出している）。というのは、アンソロジーにすることで一度に多くの若い才能ある人に良いチャンスを与えることができ、同時にロシアの読者に多数の現代日本作家を紹介することにもなる。こちらには、精神的および職業的な結束に関する、独特の翻訳者の「友好関係」があった。おそらく、この頃が、私の人生のうちで最も安定し幸福な時期だった。出版社プログレスおよびラドゥガで主任編集者として勤めている間に、私は二〇点以上の日本文学を出版したが、それは一〇〇以上の新しい日本人作家、ロシアで初めての日本の古典的アンソロジー『古今和歌集』も含まれている。私は自分の仕事の成果を誇っても良いだろう。

出版社で組織的および生産的諸問題について話し合うための出勤日が週一日あった。残りの日は在宅で仕事をしていた。編集のノルマは非常に速くこなしていたので、翻訳のための時間は多くあった。望めば時間は見つかるものである。徹夜で翻訳し、そのまま出勤する時もあった。さらに私は翻訳するだけではなく、作品集を編み、序文や解説も書いた。渡辺淳一の『無影燈』にはじまり、詩——現代詩、短歌——の翻訳がその後に続き、そして重厚な作品——遠藤周作『沈黙』、上田秋成『春雨物語』、日本の怪談集——そして瞬く間にロシアで国民的人気作家になった江戸川乱歩の作品集に移った。全部は書ききれない。特に興味深いのは、遠藤周作の長編『沈黙』の翻訳にまつわる物語である。私の師であり、『太平記』や『とはずがたり』の偉大な翻訳者であるイリーナ・リヴォーヴナ・ヨッフェが思いがけず癌を患ってしまい、想像を絶する苦しみのなかにあって、そのような長編小説を翻訳するのは精神的につらくなっていた。死の直前に私に電話をくれて自宅に招き、自分の代わりに残りの半分を翻訳してほしいと私に託したのだった(「この作家を信頼して託すことができるのはあなただけなの、ガーリャ」と彼女は言った。これは私にとって最上の褒め言葉だ。この作品は、偉大なスコセッシ監督が映画化しており、二〇一六年にアメリカで、二〇一七年には日本で『沈黙——サイレンス』として公開されている。ロシアでももうすぐスクリーンで自分が訳したものを見ることができると期待している。スコセッシ監督の解釈と私の感覚を比べるのは興味深い)。

江戸川乱歩と日本の怪談に、私は特に夢中になった。私は神秘小説や、いろいろな魔物が好きで、日本の怪談はロシアの「恐怖小説」（十九世紀のロシアのロマン主義的作品、ロシアの幻想的作品）に非常に似ていると考えている。ロシアの恐怖小説にも、日本の怪談と同じように、二重信仰による非常に豊かな化け物の世界がある。二重信仰とは、ロシアでは異教の神とキリスト教、日本では神道と仏教である。また、ロマン主義的伝統が両国の類似性を強めているが、ゴシック様式の小説や中国の一四世紀の伝奇とは違いを見せている。何名かの作家が、文字通り一致しているのだ、ロシアの作家と日本の作家が。例えば、ザゴスキンは上田秋成、ソモフは田中貢太郎、ブリューソフは江戸川乱歩……ストーリーの一致さえある。もちろん、このようなことは双方が共通する情報フィールドにいる状況でのみ起こりうるのだが、当時、ロシアと日本の作家たちの交流はなかった。日本の怪談の発生史をテーマにした私の学位論文は承認されたのだが、私はそれを三ヵ月で書き上げ、承認を得るためのすべての手続きにかかったのは三ヵ月だった。普通は数年かかる。日本のお化けが私を助けてくれたのだと皆は笑ったものだ、関心を持ってくれたことでお化けが私を気に入ったのだと。でも江戸川乱歩は私にとても近くて、次のフレーズが何か、常に知っている気がするほどだ。翻訳のプロセスでは、ただ作者と交信するかのようにする必要がある……。そうすると翻訳は単なる翻訳ではなく、イメージを伝えるものとなる。そんなわけで、江戸川乱歩はロシア人読者に愛され、読者は翻訳作品としてではなくロシア的現象として受け入れたほどだった――翻訳者のことはすっかり忘れて。一方では腹立たしいが、他方では仕事がうまくいったことを誇らしく思う気持ちもある。

日本文学と並行して、英国やアメリカの作家の作品も私は翻訳していた。日本語を翻訳するのと英語を翻訳するのでは、受ける感じが違うことを言わねばなるまい。それは野菜と果物の違いだ。

おおよそ三十過ぎまでに私の出世と人生は完成された――出世は順調に進み、将来も保障されていた、と言えよう。私は「有名な翻訳者」、別の言い方をすれば五本の指に入るトップ翻訳者であった。私は頂点に達しており、私の「パラシュート」は今度はうまく開き、私を待っていたのは平らで暗い影のない台地——私の未来だった。退屈を覚えることさえあった。なんと退屈なこと、と私は思った。すべてのことが予定通り。すべてのことがもう分かっている。意外なことや冒険も全くない……。しかし、そこへペレストロイカが雷鳴をとどろかせるように現われ、ロシアも、それとともにすべてのものが崩れてしまった……。

二つの椅子の間に座るのが私は好き

私の書いたものを読むと、私がしてきたことは仕事だけだと思われるかもしれない。このブルーストッキングよ、と。しかし、そうではない。すべては普通の女性たちと同じだ。子ども、家族、家、友人たち、ロマンス……。事実上、私の周囲はみな日本学者、または日本と緊密な関係を有していた人だった。少し前に、突然私はこのことを考えてみた。なぜこうなったのだろう？　そして結論に達した。おそらく、私は無意識のうちに日本との職業的関係のなかに自分個人の生活を入れこんでいたのだ。そしてその関係はずっと発展し、研究から熱中へ、そして自分でも気がつかないうちに、日本そのものが私の人生になったのだ。私が息をしている、その空気に。そしてその枠に入らないものすべてに関心はなかった。必要もなかった。日本に関係のないことをするには、単に時間が足りなかったのだ。あるいは、もしかすると、またカルマの問題かもしれない。私が生まれた家、日本人抑留者に建てられた家、その中のものすべても、やはり日本につながっているのだろうか？

しかし、おそらく、日本にずっと住むのは、私には困難だっただろう。日本への愛情すべてをもってしても。日本ではすべてがあまりにも厳しく規定され、抑えられている。言葉、ジェスチャー、振る舞いのひとつひとつ、感情のひとつひとつまで……。私にはそれは耐えられなかった。日本においてうまく存在するためには、「中の中」でいなければならない。でも私はまるで噴水のようであり、私のすべてが「過度」なのだ――感情も、言葉も、振る舞いも……。そして、大体において私は「二つの椅子の間に座る」、つまり二つの国の間にいる方が好きなのだ。ロシアを日本に、日本をロシアに紹介すること。おそらく私は、「狭間の」人間なのだ。常に国民文化どうしの継ぎ目、ジャンルとジャンルの継ぎ目、様々な専門分野の継ぎ目にいる……。そういえば私の心に絶対的な幸福、絶対的な平安があるのは、狭間にいるときだけだ。例えば、飛行機での長いフライト時――離陸と着陸の間など……様々な仕事と仕事の間……。やはり継ぎ目だ。

「二重生活」

しかし、個人的生活の問題に戻ろう。ある時期、私にはひとつ夢中になっていたことがあった。それを知っていた人はわずかしかおらず、理解していた人はさらにわずかだった。実のところ、私は二重生活を送っていたのである。一年のうち十一ヵ月は普通のモスクワ人として暮らし、一ヵ月（休暇の時期）は別の次元に「落ち込んでいた」。私は北方――白海沿岸の完全なるタイガに行っていたのである。最初は夫と二人であったが、後には三者――夫と猟犬、狼に似たライカ犬と一緒だった。そこは閉鎖された国境地帯であったが、私たちはいつも許可がもらえた。私たちには素晴らしい猟銃があり、私は大人の男性たちに少々ばつの悪い思いをさせて試験を受け、全ソ猟銃家同盟に入会しさえした。

人のいない、全く野生そのものの場所。二〇キロメートル四方に、生きている人間は一人もいない。私たちは土地の猟師が湖や海の岬に建てた持ち主のない小屋に逗留した。猟をし、魚を釣り、茸やベリー類を採り、つまり自然の恵みで暮らした。ヘンリー・ソローよりも激しく、テレビの体験バラエティーより少し大変だった。なぜなら、本当に一切の文明から遠ざかっていたのだから。助けはどこからも期待できなかった。それは本物の極限状態であり、サバイバル生活だった。夜の間は小屋の周りを熊が徘徊し、森ではいつも狼の足跡に出くわし、海で嵐に遭って溺れかけたことも二度ほどある。その地の美しさは、胸が締め付けられるほどだった。熱情的な交響曲のように壮大かつ厳かで、北方地方は驚くほど奔放な美にともなわれていた。湖には白い浅瀬や、水が黒くよどんだ湾があった。白夜のクライマックスは夕暮れで、それが夜の十二時だった。トルコ石色の空、ばら色の雲、黄色い杯のような睡蓮の花。夜明けまでは、わずか二時間。燃え盛る地平線の深紅の端が左側から、金色の光の筋が右側から。一気に太陽が二つ昇っているように思えた！　海には、異なる光景があった。岸には海の波が舐めて清めた大きな丸石があった。淡黄色や黄色いもの。大きな丸石の後ろに杜松《ねず》が這う白い砂丘があった。水際には幼子のように大きな瞳をした白いマーガレットの帯。空はいつも独自、海もいつも独自、ふたつの色が混ざり合うことは決してない。ばら色の海、青い空、明るい真紅の太陽、金が溶かされた水の道。引き潮のときは、萎《しぼ》んだヒトデやイチゴジャムのような赤色のクラゲに覆われた潟の砂底がむき出しになった。海で我々はコマイやヒラメを釣り、鴨や雁を撃ち、隣の針葉樹林ではヤマドリダケを採り、湖では一メートルほどの大きさの、金色に輝き、身が全く泥臭くないカワカマスや、白くておいしい肝臓を持ったカワメンタイ、金色と空色のカワスズキを釣った。魚は、漁業関係者が岸辺に捨てていった軽油の大きなドラム缶で燻製にした。周囲では、私たちの犬は知っているが我々にはわか

猟犬のシベリアン・ライカとタイガで

らない森の生活が進行しており、時々我々はのどをかみ裂かれた子ギツネのまだ温かい死骸や、縄張り争いで殺されたクズリに出くわした。ある年、五月に到着したときに本物の北の冬にあたってしまい、二週間小屋に閉じ込められてしまった。悪天候で村から遮断され、乾パンだけを食べていた。それも生活であり、それは本当の幸福で、我々は二人とも、数年後にすべてが終わってしまい、私と夫が敵同士のように別れてしまうなどと、悪い夢の中にいるときでさえ想像することもできなかった。あの場所は、観光客や密猟者が踏み荒らしてしまった……。昔どおりの国や生活も、今後はないだろう……。今、あの数年のことは私には嘘のようで、まさにハリウッド映画のようだ。

もちろん、創作意欲は私をそっとしておかなかった。その数年の間中、私は日記をつけており、カメラを放さなかった。私の夢は、写真のスライドをデジタル化し、日記風の記録とともに世に出すことだ。

「スターの道」のはじまり

さて、ソ連邦の崩壊後、私の平坦な、数十年先も見通せたような、満ち足りた「退屈な」生活は終わってしまった。ロシアは東洋と縁を切り、狂ったように西側に夢中になり、日本学者や日本文学は誰にも必要とされなくなってしまった。国営の大手出版社は困窮し零落してしまい、その場所には個人資本を携えた新しい出版社が現れた。それらは馬鹿げたアメリカの推理小説だけを出版した。目先の利く者は外国へと去ったが、私は自分の一人娘を置いていくことはできなかった。ロシアを捨てていくこともできなかった。生存競争が始まった。厳しい闘いだ。しかし、時々私にはこう思えることがある——誰かが天上で私の生活をじっと見ていると。どんなときも、私が沈んでしまうことはないのである。「落下」でさえ私には故意に来るようだ、後でより高く飛び上がるために。一九九一年、人生が闇に包まれたとき、私にひとつの出来事があったのだが、それが私の生活全体を一変させることとなった。その出来事は、一見、大したことではなかった。当時、ロシアではそれまで発禁であった本が大量に出版され始めた。その中で、私の手元にきた一冊が、二十世紀初頭に書かれたロシア人宗教思想家ニコライ・ベルジャーエフの『ロシアの運命』だった。ベルジャーエフはロシアの運命を決めているロシア人の国民性の矛盾について思考していた。ロシア国民は「男性的な建設者になることを望まず、生来は女性的であり受動的で国家のことにおいては従順であり、常に許婚、夫、支配者を待っている」と彼は書いている。その理由をベルジャーエフは、ロシア的精神において女性的要素と男性的要素が相容れないことに見ていた。男性的要素の不足こそが、永遠の従順さや個人の未熟さ、そして集団の暖かさの中で生きようとする希求を説明するのだという。一方、それゆえにロシア国民の極度の自由さは常に、際限ない隷属に化けている。ニコライ・ベルジャーエフの「ロシア人論」を簡略化するとこのようになる。

これが余りにも私の感覚と共鳴したので、私は文字通り一目散に机に向かい、ベリャーエフの理論をロシアで起こっているプロセスに当てはめ、自分の考えを書きとめた。ロシアには当時、「花嫁」をかけて闘っていた「許婚《いいなずけ》」が正式に二名いた。画一主義で、逃げを打ち、ラジカルな決定を嫌うソ連大統領ゴルバチョフは、受動的な女性的要素の具現である。ロシア大統領エリツィンは、明らかに男性的性質と力の体現者で、指導の厳しいスタイルのラジカリスト、カリスマ性のある政治家であった。脆い均衡が長く継続することはない、と私は考えた。ロシアがその許婚を選ぶために足踏みをしている間に、誰か第三の許婚が現われ、力ずくで花嫁を奪っていく可能性もある。翌日、私は記事を読売新聞のモスクワ支局に送った。記事は掲載されることになった。しかし私が「予言した」ことが、一週間もたたないうちに起こってしまった。八月十九日に国家的クーデターの試みがなされたのだ。

クーデターの朝を、私は別荘で迎えた。そして二時間後にモスクワに到着して、通りに戦車の縦隊がいるのを見た。私の勤務先であった出版社プログレスの向かいに位置していたノーボスチ通信社の屋根には照準器付きのライフル銃を手にしたスナイパーが複数いた。まさにそこに国家非常事態委員会が潜伏していたのであった。数日間、ホワイトハウスと民主主義の擁護者が生きた壁となって、丸腰で戦車と向かい合っていた。数日間、モスクワには闇が、雷と流血の戦いが予想される真っ暗な恐怖をはらんだ黒雲が垂れ込めていた。そしてこの間ずっと、私の父はヒステリーを起こしていた。「新聞社に行って、編集部から記事を回収してきなさい！」と叫んでいた。「すぐに捕まってしまうぞ！」と。確かに、以前のソ連体制なら、あのような記事で逮捕されることは十分あり得た。いずれにせよ、嫌な事は避けられそうになかった。「もうそこにはないわよ」と私は頑固に言った。「私が臆病者だったことは一度もないわ。書いたことは書いたことよ。私が恥をかくことはない。……それに、あとから振り返ったら、これが私のスターへの道の始まりだったってことになるかもしれないじゃない？」

そして実際、数日後に恐怖は四散してしまった。クーデターは消えうせてしまったのである。私の方はと言えば、記事に効果的な結末を付け加えたものが一九九一年九月三〇日付の読売新聞に掲載されたのであった。

数ヵ月後、私に新潮社の編集部からオファーが届いた。出版社の編集者である伊藤貴和子さんが飛行機の中で私の記事を読み、私にロシアについての本の執筆を依頼してきたのだった。

この本を、私は日本の「日記」形式にし、そこに私の生活や日本の本の出版における仕事で実際にあったことと、ロシアの政治状況や私の周囲の人々の話、新聞やテレビからの抜粋とを織り交ぜた。指摘する必要があるのは、一九九二年はロシアにとっても私個人にとっても、まことにドラマチックな年であったことだ。

価格自由化、荒廃、貧窮、飢え、路上犯罪、汚職、流血を伴う政治ゲーム——これらすべてが、雪崩《なだれ》のようにおそいかかった。価格が「解放された」日のことを私は覚えている。新しい価格表を見て、年配の人々が売り場カウンターで発作を起こして倒れたり死亡したりしていた……。この年の春、私の元夫が——私の娘の父親だがすでに私とは離婚していた——溺死した。彼はトヴェリ市近郊の湖へ春の狩猟に行き、雪嵐に遭遇して乗っていた小舟が転覆したのだった。まる一ヵ月後に亡骸が発見された。棺の蓋は閉められたまま葬られた。なぜなら、見ることはできない状態だったから。髪は全部白髪になっていたという。死を前にした最後のときに、彼が何を見て何を感じていたのか、誰も知らない。私や娘のことは思い出しただろうか？ちょうどこの時期に、日本の怪談をテーマにした私の准博士号論文が審査されており、そんな訳で私は、今日は元夫の葬式に、明日は論文審査のために東洋学大学へ行くといった具合だった。総じてそれは悲劇とドラマの「すごい」カクテルだった。しかしその悲劇的な年、私個人に天は非常に寛大だった。私のもとではすべてがうまく行き、まるで私に青信号が点灯しているようだった。本も、まるで急行列車のように前へと「飛んでいった」。毎月、私は二〇ページずつをファックスで送信し、それが訂正もされず、すぐに大変才能豊かな翻訳者の吉岡ゆきさんに送られた。というわけで、私が最後の一ページを書き終えると、間をおかず印刷に回された。そして出版社の新潮社は、『ミステリー・モスクワ——ガーリャの日記1992』のPRのため、私を一ヵ月日本へ招いてくれた。

ミステリー・モスクワ
ガーリャの日記1992
G・ドゥトキナ著
新潮社、1993年

それは「スターのひと月」だった。起こっている現実が私自身信じられなかったほど、この本は成功した。一日にインタビューが二、三回、有名なジャーナリスト、政治家との懇談、一流学者たちを前にしたペンクラブでの講演、外国語大学での講演会、NHKラジオへの出演、通信社のニュース、朝日新聞の「ひと」欄を含む、日本の主要紙への記事掲載……。おそらく、自分より倍の年齢で経験豊富な人々に拍手されると、どんな人でも天にも昇る心地がするだろう。書評は全部で二〇〇近く。これは非常に大きな数字だ。ひとつ腹立たしいニュアンスで書かれたものもあったのは本当のことだ。私が自分の本を「日記」形式にしたのはうまいやり方であり、自然に書かれていたので、多くの読者（数名のジャーナリストも含む）が、それを私の本当の日記だと信じたほどだというのだ。私の個人的生活のある出来事、特にラブストーリーが編集部の依頼ででっち上げられたものだとか。この強いられた「嘘」で私に対し腹立たしい思いをした人もいた。

そうだ、これは力強い発進だった。幾多の長編小説に書かれているように「目が覚めたら有名になっていた」。

私がひどく驚いたことに、飛んだ距離はそんなになかった。急発進だったのだが、短かったのだ。私は事実上、すぐに下に、罪深い地上へ引っ張られた。嵐のような成功には続きがなかった。突然人気が出た作家がフル回転することは、出版社には利益をもたらすと私は常に思っていたのだけれど。読者からの手紙を沢山いただいた。私はモスクワの日本大使館に招かれるようになった。私の本は仕事でモスクワに来るすべての外交官にとって、ロシアの実情がわかる必読書となったのだ。ある期間、日本の政治家やジャーナリストとの懇談が続いたが、それで終わりだった。新しい本のオファーはなかった。日本での講演依頼も、誰からもなかった。収入は確かにあったが、でも期待したほどではなかった。とはいえ、当時のロシアの困窮状況を考慮に入れれば、私の生活は悪くなかった。

しかしながら、曖昧さの感覚が私を苦しめていた。まるでお菓子を見せられて、すぐに取り上げられたようだった。私は精神的に、それまでの仕事――英語圏のファンタジーや推理小説のひどい翻訳原稿を編集することがもうできなかった。ロシアで日本文学はすでに末期的とも言えるほど衰退していた。しかし運命は手をこまねいていなかった。運命はすでに新しいサプライズを用意していたのだった。

頑固な火の鳥

私が日本から戻ったのは十月末だった。正月が過ぎて、一九九四年の春が来たが、私はまだ虚脱状態にあった。まるで平原の真ん中にいて空だけに囲まれ、どこへ行くべきか分からないという感じだった。覚えているのは、私が物思いにふけって電話のそばに座っていたことだ。夜中だった。何かが起こるはずという予感があった。そこへ電話のベルが鳴った。受話器からは英語を話す、快い男性の声。どういうわけか、私は驚きさえしなかった。三分ほど私と話し、話し相手は名乗った。講談社アメリカの副社長の淺川氏で、私にロシアについての新しい本を、今度はアメリカ向けの本として執筆してほしいとのことだった。

講談社アメリカの本は、世界の首都三つ――ニューヨーク、東京、ロンドン、そして英語圏のすべての国々で販売されている。「でも、『日記』というジャンルにはしないで」と、会話の終りに淺川氏は言った。「あなたご自身が、何か面白いものを考えて下さい」という。そして電話は切れた。私は残りの夜を昏迷の中で過ごしたかのようだった。第一に、それは本当に名誉あることであり、私などよりずっとビッグネームの政治学者でさえ、夢見ることしかできないチャンスでもある。私が火の鳥の尻尾をつかまえた、とも言える。しかし出会った「火の鳥」は頑固であり、しきりと逃げようとしている。なぜなら、それをどうすればよいか、はっきりしていないからだ。もうすぐ四月で、一年の三分の一が過ぎてしまったのに、一九九四年全体のロシアの実情を書くことが私に求められていたのだ。多くの出来事を復活させるのはすでに不可能であり、従って記録風の記述はうまくいかないだろう。そこへふと浮かんだのは、テーマを決めたエッセイを書かなければならないということだ。経済について、政治について、若者について、女性について、ロシア人の国民性について、宗教について、普通の人々について、自分について。そして軽く、外国人読者にとって分かりやすい形式で、新聞の抜粋やインタビューやその他、読み飽きないようにさせるための「飾り」を入れる。でも主要なのは、正直に、そして不快なステレオタイプは入れないこと。

このような出版では、ひとつひとつの言葉が十回ずつ吟味され、協議され、「ルーペ越しに」詳しく見られることが分かりきっていた。しかし断ることは……。否、これは私の力が及ぶところではない。私の子どもの頃の夢であった「作家になること」が、実現したように感じられた。正確には、ほとんど実現した——これはつまり時事評論であり、私が密かに夢見続けていた小説ではないのだから。それにロシアではなく、外国で出されるのだ。出版条件は厳しいものだった。毎月一章、そして本の完成は一九九五年一月三一日だったのだ。

一九九四年もロシアにとっては悲劇的な年であり、ただもう耐えがたいほど重苦しかった。ロシアの人々が、文字通り笑うのを忘れ、冗談を飛ばすことをやめたほどだ。それは、恒久的ショックの年だった。そんなことで、私は自書を「笑わないロシア」と名付けたかった。しかし出版社はなぜか強情を張り、全く表現

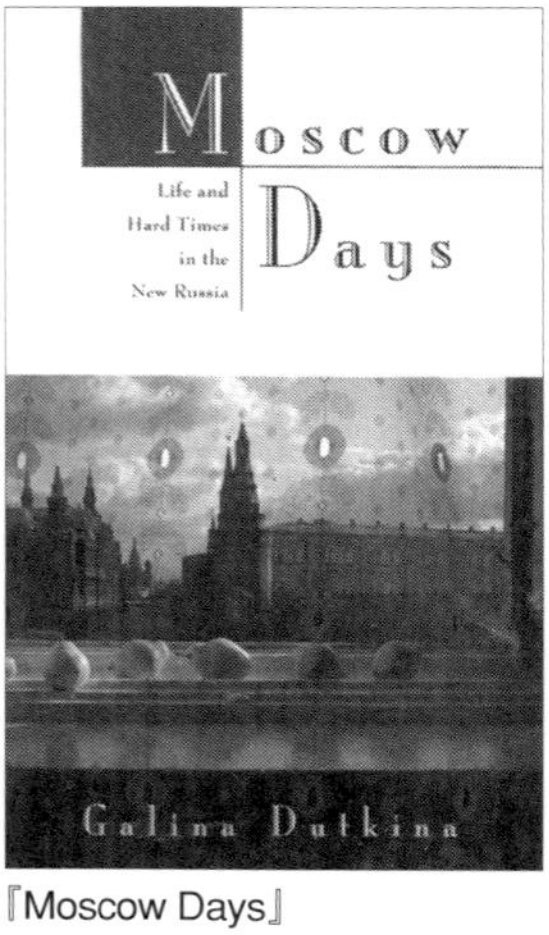

『Moscow Days』
G・ドゥトキナ著
講談社アメリカ、1995年

に乏しい退屈な『Moscow Days』という題名をつけた。

我が国はエリツィンと最高会議の対立危機を終結させた一九九三年のホワイトハウス砲撃の後、まだ正気に戻っていなかった。そしてモスクワから秘密裏に運び出された屍が忘れられておらず、この流血の戦いで息子たちを失った母たちの涙が乾ききらないまま、また始まったかのようだった。

一年中国は常軌を逸し、一年中我々は亡霊たち――内戦、国家的クーデター、飢餓、寒さ、疫病、そして失業の亡霊たちに支配されて暮らしていた。腫れ物が破れたのは十二月中旬のことだが、そのとき我々はチェチェンでの戦争が始まったという新たな驚きにふるえさせられたのだった。途切れることのない悪夢の中で最も強く記憶に刻まれたのは新年の夜だ。我々はモスクワで、輝くもみの木の隣で明るく光るテレビのそばに座っていたが、チェチェンの首都では戦闘が行われ、何の罪もない人々、ロシア人の青年兵士やチェチェンの民間人が死亡した。テレビで映されたシーンを覚えている――朝、弾丸で吹き飛ばされた塀越しに、カメラは無人のアパートの荒らされた内部をとらえている。テーブルにはささやかな新年のご馳走が置かれ、おもちゃのようなモミの木の装飾の銀の糸が風に揺れているが、その部屋の主たちはもういない。彼らの声がまだ響き、影が揺れているような感じがしているのに……。「ああ、きっと耐えきれないほど悔しかっただろう、新年の夜に死ぬなんて！」と私には思われてならなかった。

今でも、その日々のことを思い出すと、私の眼には涙があふれる。

ほぼ一年の間、私の生活はその本一色だった。その本に病んでいたとも言える。私はその本を血で書いたようなものだ。そして成功を期待した、輝かしい成功を。なぜなら私は挑戦したから、なぜならロシアについてのそんな本は誰も書いたことがなかったから。私はニュアンスのひとつひとつを推敲した。言葉のひとつひとつに苦しみぬいた。

ほとんど推理小説のように

そして、私の期待は裏切られなかった、しかしそれが分かったのは何年も経ってからのことだった。自分の成功について私が知ったのは、ほとんど偶然の産物だったのだ。これには、まるで推理小説のような物語が先行する。私が最後の一章を送った後、担当の編集者であるジョンから手紙を受け取った。彼は手紙で私の本に大きな未来を予言していた。その後、彼は私に何の説明もなく唐突に辞職し、そして私と講談社アメリカとの繋がりは事実上途切れてしまった。後になって著者用の見本が送られてきたが、何のコメントもついていなかった。こちらの文学エージェントから、いくつかのニュースをもらって、ありがたかった。例えばアメリカのプレスの多くの記事のコピーや、アメリカの民間機構「ゲイル・リサーチ」からの成功に対する祝いの言葉。同機構の審査委員が私の名前を現代における最も意義ある作家のリスト「現代著述家《コンテンポラリー・オーサーズ》」（これは図書館員や学術研究者、学生および一般の人々向けの世界的な便覧であり、軽文学や時事評論分野の最も優れた著者についての情報を載せている）に加えたという通知が書かれた手紙や、便覧の「国際的著述家・作家名士録《インターナショナル・オーサーズ アンド ライターズ・フーズフー》」から私の名前をリストに載せる提案を受け取ったりなど。各紙の記事は非常に好意的で、感動的でさえあった——ひとつを除いて。それはニューヨーク・タイムス紙の大きな記事であり、それは、ただもう破壊的で（そして虚偽の！）、同紙モスクワ支局の共同支局長アレクサンドラ・スタンレーの署名入りだった。それから沈黙がおとずれた。

これは病気になりそうなほどの打撃だった。なぜなら私はそれだけの気持ちをこの本に込めたのだから。誰かがインターネットショップのアマゾンのサイトを覗くよう助言してくれたときの、私の驚愕といったら！ 私はそこで、自分の『Moscow Days』（星四つ半）の、ハードカバー版だけではなくペーパーバック版も見つけたのだ！　「バーンズ・アンド・ノーブル」のサイトでは、本はほぼ満点の星五つだった――しかもそれが出版から十年たってからのことだ！

レビューはただもう感動的で、著者にその正直さを感謝してくれた読者もいた。レビューのひとつを引用せずにはいられない。「レンガで殴られたような気がする。息をのむような、そして非常に痛みに満ちた語り口が、驚くほど素晴らしい読み物にしている。外国人としてモスクワに暮らして仕事をしても、私とロシア観が全く違う。おそらく私は馬車馬に付けられるような目隠し皮を装着させられ視野を狭められていたのだろうが、自分の目や耳で何を得るべきだったかを著者に示してもらった。見たり聞いたりすることを拒否する西側のしつけによってフィルターをかけて物事を見ていたのだ」（エド・オースティン）――現在、このレビューは削除されているが、過去にはあった。

そしてまた幾ばくか時が過ぎ、私はまたも偶然に英語版グーグルを閲覧し、そこに『Moscow Days』への莫大な数のリンクを発見したのである。私は文字通りショック状態に陥った。何年間私は、本を書く代わりに自分を悩ませているのだろうか、ほとんど全世界で私は有名なのに！　なぜなら本は、ニューヨーク、東京、ロンドンで出版されたのだから……。私の本は事実上、すべての国際的インターネット書店で売られていたのだ!!!　グーグルの情報を辿ると、私の本はトップ・ブックスに入っており、各章が、教材および学術用材料として推薦され、ネット上の百科事典ウィキペディアの、ロシアに関する六冊のうちの一冊に入っている……。世界の多くの国々の――講談社インターナショナルの本が販売されている国々だけではない――ジャーナリストたちが、私の本について書いている。つまり、私の作品は全世界を凱旋したのだ、ただし私抜きで。非現実的な、奇妙な感じを私は覚えた。これらすべてのことが、ゴーゴリの短編小説『鼻』を思い起こさせた。鼻がその持ち主から離れ、かしこまって好き勝手にネフスキー大通りを歩きまわる……。現在、さらに五年経過し、リンクは非常に少なくなり、多くのレビューが削除された。しかし、正義は復活したのだ、私は百万長者にはならなかったけれど（笑）。

「草の根」

しかし私は残っていた力をかき集めて、立ちあがった。なぜなら日ロ協会で働かないかと招かれたのである。そこには、私が若いころにモスクワ放送の日本部門で一緒に働いていた友人たちがいた。そして、本当に面白い仕事がどういうものかを知った。私は文化的プロジェクトに携わったり、ロ日協会のパートナー諸氏や在モスクワ日本大使館と仕事をしたり、日本ユーラシア協会やその他の出版社のために記事や本を書いたりしはじめ、総じて、私は気に行った。正直に述べると、私はコンピューターに向かい言葉を操ること、特に翻訳することに疲れてしまっていたのだった。常に、他者の言葉、他者の考え、他者の運命が自分を通り抜けていくことに……。何かが記憶の壁に積もり、自分が自分でいることを邪魔していた。それに、翻訳では私の創作的ポテンシャルをすべて発揮することはできないのである。協会での仕事は非常に多面的で、活力に満ち、そこにも私の好きな熱中がある。

私は日本側のパートナー諸氏、一番に日本ユーラシア協会との文化交流をコーディネートし、機関紙「日本とユーラシア」のために連載記事や、ロシアの女性についてのブックレット『転換期の肖像――現代ロシアの女性たち』や、その他を書き、国際交流基金と協力し、日ロ文学プロジェクトに携わり、それから文化庁後援のＪＬＰＰのロシア側コーディネーターになり（このプロジェクトについては、第三章「日本、わが愛！」で詳しく述べたので繰り返さない）、芥川龍之介の『地獄変』に基づくバレエのリブレットを創作した。残念ながら、現在までスポンサーが見つからず、バレエはまだ公演されていない。日本の伝統文化やスポーツの助けを借りた障害児の居住環境の整備やリハビリの問題に携わり、モスクワでの日本文化フェスティバルの枠内で、目の見えない人のための車いすなしの国際テニストーナメント実施に参加したりした。ロシア文化フェスティバルIN JAPANの枠内でいくつかの展覧会を統括することもやった……。二〇一一年には、ロシア文化フェスティバル IN JAPAN日本組織委員会により出版された『ロシアの文化芸術』のロシア側担当部分のコーディネートもした。そして今はこの本だ、こんなに大きな名誉……。つまり、人生には面白いことが沢山ある！

霧に包まれた成らざる夢の岸辺

総じて、やったことは少なくない。私の翻訳は、インターネットショップ「オゾン」で見ることができる（http://www.ozon.ru/person/290311/）。ここでは英語からの翻訳および日本語からの翻訳も含めて六九点あがっている。誰かが私に代わって仕事をしてくれて、注意深く私の本を集めてくれたが、これがすべてではない。いくつか抜けている。もし、他の作品集に収められて世に出ている別個のものや、再版されているものを数えるなら、本の数は百点ほどになるだろう。

しかし、子どもの頃の夢はいまだに私に平安をくれない。そうだ、私は日本文学の翻訳者としてロシアで名声を得た。トップに出ている。二冊のベストセラーを出し、いくつか人気連載記事を書いて、国外でも名声を得た。しかしそれは文芸作品ではないのだ、多くの人は時事評論家となって幸せに暮らしているけれど……。それに私はロシアの作家ではなく、世界の一員として生きている。私のパラシュートは、人もうらやむほど素晴らしい周期性で開くけれど、時代の風がなぜかそれを隣の領域に運んでしまうのだ……。

一方、自宅の机の引き出しには、詩や、完成させた短編や未完成の短編、未来の作品のための材料が置かれている……。

　この本を書いている間に突然分かったのだが、成らざる夢の霧がかった岸辺に戻る時が来たのだ。とりわけ、今は夢を実現するのがかなり容易になり、そのための新しい手段もある。コネも金銭的負担も必要ない、ネット出版だ。

　第二章で私がボリス・アクーニンの発言を引用したのを覚えていらっしゃるだろうか。彼の創作活動において起こる困難についてのものだ。もう一度引用しよう、なぜなら非常に正確だから……。

「周期的に頭が天井にぶつかって、そこを突き抜けることができないような感覚が生じることがあると言わねばならないが。そのときは、何らかの強い手段に頼らなければならない。例えば、新しいペンネームをつけて、別人として執筆するとか。私の手作業には停滞の危険性がある。〔中略〕執筆の途中で頭のスイッチが切れ、すべてがオートマチックに進むことがあるほどだ。それは最悪である。それをすべて壊し、自分に何らかの追加的障害物を設ける必要がある」。

　人生のサイクルが終わった——そして、すべてを改めて始める時のようだ。

　そしてついに、私の成らざる夢が今も、ひそひそ声で静かに何かをささやきながら私を待っている、自分の幼かった時代の都市へ戻る。

　ああ、日本文学は、私の中に永遠に残る。我々翻訳者は他者の人生を自分の中を通して表に出すが、決まって何かが心の壁に積もるのだ……。

　もしかすると、私は思想的にはいくらか日本人になっているのかもしれない。私の子ども時代の街や家は、そんなふうにも私を放していないのだ。

「成らざる夢がわれわれを呼ぶ。そしてわれわれは、その呼び声がどこから飛んできたのかをさがし、あたりを振りかえる。そのとき、自分の世界のただなかにありながら、われわれは人生にじっと目をこらし、全身全霊の力をかたむけて見とどけようと願うのだ。成らざる夢が成就しはじめるのではないか？　その姿がはっきり見えはしないか？　その見え隠れする微かな影を掴み、とり押さえるために、いまこそ手をさしのべるときではないのか？」

そして最後に、小さなサプライズを用意した。

この本では各章をインタビューまたは詩で締めくくるのが良き習わしとなっているので、それから外れないことにしよう。私は読者のみなさんとのお別れに、私が好きで夢中な江戸川乱歩の初期の短編のスタイルで書いた、少々怪談めいた小さなエッセイを贈りたいと思う。このエッセイは、半ばトランス状態でひとりでに書きあがったものだ。我に返ったら、一行も覚えていない。もしコンピューターにテキストがなければ……。まさに誰かが口述したのだろう。

エッセイ『黒い龍』

これは空想ではなく、かきたてられた想像力の産物でもない、本当の話である。私の言葉に疑いを抱く人もいることだろうが。いや、懐疑論者を説得することもないだろう。誰かに読んでもらい、私が見てとることができた美に驚いていただければ、それで私には十分である。また、この世の風変わりな装飾について思いを巡らせていただければ……。

電話がヒステリックに鳴った。

時として、それによって我々の感情が伝わることがある……。

「すぐに来て」と母が興奮して言う。「庭で『黒い龍』が咲き始めたの……。あんなのはもう見られないわよ」

「黒い龍」とは何か、はっきり分からないまま、そして何故そこに飛んで行かなければならないのかと頭を悩ませつつも、自分を別荘に「引っ張って」行った。すでに夜になろうとしていた。すると……ああ、奇跡だ！　それは、ベルベットのようでも繻子のようでもある、ブルーグレイとも言える、青みがかった黒い、風変わりな翼のような花弁を縦に削ぎ、まさに私を待っていたかのようだった。その花は、私が木戸をくぐった時に、私にお辞儀をしたかのようだった。

少し前に降った激しい雨の後で、花は全体が輝くダイヤモンドのような水滴で濡れていた。滴《しずく》は大きな凸レンズを形作って合流していた――その中で、沈みつつある太陽の傾いだ光線が炎の舌となって燃え上がり、滴は竜の持つ宝珠のように燃えていた……。光線がレンズに集中していたところでは、花弁の色が急激に変わっていた――暗青色から茶色へ、ところどころは麦藁色にさえ変わっており、花全体はヒョウの毛皮のような、輪郭のはっきりしない斑点に覆われ、つまり全く花らしくなく、天上から地球という惑星の小さな草地に舞い降りた、風変わりな創造物であった……。その幻想的な、不吉でさえある過剰なほどの美しさは心をつかみ、私は上着も脱がず、家にも入らず、跪いてゆっくりと近づき始めた……。まさにそうすることが、この奇跡に近づくにふさわしいやり方だと思われたのだ。その途中で、私はほとんど機械的な動作でバッグからニコンのカメラを取り出した。

それから我を忘れ、真っ暗になるまで、私は花に対し、角度を変えたり、上から覆いかぶさったり腹ばいになったりしながらシャッターを切っていた……。

私はこの花の正体を突き止めたい、本当の名前を知りたい、本質を捉えたいと強く思った……。しかし花は、あちらこちらと向きを変え、様々な、それぞれに矛盾する分身を現わし、文字通り私をからかっていた……。ハーレムの浅黒い肌の物憂げな美女のふりをしつつ、古代生物のジェホロプテルスのように獰猛に鼻面をのばし、気楽な蝶の、花粉に覆われた無邪気な小さな翼を寄せ集めていた。そして、花がどんな顔を見せている時も私はそれがお決まりの嘘で、本質や本当の名前は他にあり、深く、私にはどうあっても見せたがっていないことを理解した。花も刻々と変化した、分ごとに、秒ごとに変化したが、それがカメラの自動調整によるものなのか、遠近撮影法によるのか、それとも光の具合によるのか（太陽は急いで沈もうとしていた）私には分からなかったが、花が生きていて知恵のある存在であり、自分の考えや感情を、通り過ぎていく色の波や、やっと感じられるほどの微かな揺れによって現わしているように感じていた。花はときどき、文字通り微笑みさえしていた……。そして完全に閉じてしまった、私に自分自身を見せずに。

完全に暗くなったとき、打ちひしがれ感動した私は、この世のものならぬ花の美しさを思い描きつつ、床に就いた。

朝、太陽が最初の弱々しい光線を地上にやっと伸ばすとき、私は飛び起きてアヤメの生えていた、窓の下の草場に突進した。すべてが変わりなく――すべて？　いやすべてではない。草は変わらず青々とし、意地の悪さを覚えるほど鋭い茎が上に向かって伸び、鮮やかな緑色をした肉厚の葉を四方に伸ばしていたが、花自身が……昨日のアヤメがなかったのである。その代わりにあったのは、全く別の花だった――同じくらい美しかったが、しかしあの花ではない。ベルベットの繻子のような様子もなく、あの謎めいた、扇情的で挑戦的なところもきらめくような色の転調もなく、訪れようとしていた夜の気だるい淫蕩さもなかった……。花も別物であった――太陽の光を通し、少し乾いたアヤメは、藤色のベルベットの豊かな濃密さをなくし、月並みな赤味がかった赤紫色になり、秘密の王国の優美さを失ってしまっており、私には平凡なものに見えた……。念のため私は何枚か写真をとり、そして画像を見て驚いた。そこにあったのは奇跡だ――それは外貌を変えていたのだ。

詐欺師アヤメは自分の魅力の一部を隠し、再び私をからかっていた……。

そこで私は強い好奇心を覚えた。このあと花は何をやってのけるのだろう？　一日中、出発するまで、私は花の周りをうろつき、時々記録用の写真を撮ったが、何も起こらなかった。夕闇のときが来て、いくらか失望した私は、花を振り返りながらのろのろと車のほうに歩いた。そのとき沈みゆく太陽の斜めの光線が再び花に落ちると、酷暑の昼間の太陽の下でうつむいていた黒いアヤメが、復活したのである！　ベルベットの繻子の花びらが私に向かい別れの挨拶に手を振るように身を震わせ、猛々しさを感じさせるほど美しい頭は垂れた、文字通りお辞儀をするように……。私は頭の中で花に別れのキスを送った。

それは本当にお別れとなった。その後、夜中に突然炎が上がり、火の馬車が一戸建ての大きな家とその住人をまたたく間に天上へと連れ去ってしまった（母も父も……）。私が焼け跡に到着したとき、傍屋の草地のアヤメもなかった、炎の舌はその場所まで届いていなかったのに。近隣のならず者が掘り出したか、あるいは魔法の花を踏み荒らしたかしたのかもしれない。あるいは、もしかすると、花に愛情深く接していた人たちの魂を連れて、夕べの星へと昇っていったのかもしれない。いずれにしても、地面に窪みはなかった……。ああ、お前は誰なのだ――私の心に浮かんだ。――「死の天使」！　それがお前の本当の名前……。なぜ私はすぐに分からなかったのだろうか？……。

このように黒い龍の花は私の記憶と、人間の記憶力同様に信頼の置けないコンピューターのメモリだけに残ったのであった……。

そして私の頭の中では、自然と詩ができた——

黒い繻子の影……
その翼を誇らしげに伸ばした
龍のアヤメ、
雨滴の鱗を光らせて……
隠された世界からの密使……

訳者あとがき

ロシアと聞いて、あなたは何を思い浮かべるだろうか。

演劇の好きな人ならチェーホフ、純文学が好きな人ならドストエフスキーなどを念頭に置いて「ロシア文学」を挙げる人も多いだろう。

この本は、今日のロシア文学についての本だ。そう書くと、かえって内容が分かりづらくなるかもしれない。テーマが大きすぎて漠然とした印象を受けることでしょう。

翻訳の話をいただいたとき、「今のロシア文学についての本ということだけど、そんな大きなテーマを、果たしてひとりの人が一冊の本にまとめられるのだろうか？」と危ぶんだ。

なぜなら逆の立場で、ロシア人に「日本では今も『源氏物語』とか『とはずがたり』が読まれているの？」とか、「村上春樹以外に、どんな作家が人気あるの？」とか、あるいは「今日本では、何が読まれているの？」と質問されたら、あなたはどうしますか。

私が尋ねられたら、古典文学が読まれているかどうかは何とか答えられるとしても、今日本で読まれている本や作家については語れない。毎年莫大な数の本が新しく出版されていて、さらには種類・ジャンルも多岐にわたっているからだ。大手書店の「売上トップ一〇」にしても、毎週様変わりしている。自分の好きな作家について話すのが精一杯だろう。しかしひとりの作家について話すにしても、その作家がミステリー作家に分類されるのかファンタジー作家とされるのか、はっきりと言うことはできない。人気ミステリーのシリーズで知られる作家の最新作がファンタジーに分類されうる、というのもよくあることだ。

ではロシアでは、文学はどうなっているのだろうか？　ドストエフスキーなど世界的に有名な十九世紀のロシア文学は、今も読まれているのだろうか？　現代ロシアの人々は、どんなものを読んでいるのだろう？

――そうした疑問に対するすばらしい回答となりうるのが、『夜明けか黄昏か』だ。

この壮大なテーマに果敢に挑んだのが、ガリーナ・ドゥトキナ女史（私は敬意と親しみを込めて「ガリーナさん」と呼ばせていただいている）だ。

ガリーナさんの経歴は本書の四章に詳しいのでここでは述べないが、彼女はモスクワ大学卒業、准博士号を持つ才媛である。日本でも『ミステリー・モスクワ――ガーリャの日記１９９２』（一九九三年、新潮社刊）が出版され、一躍「時の人」になった。

訳出作業を始めてからは、ガリーナさんの眼力、そしてエネルギーに圧倒された。

第一章では、ロシアの古典文学とロシアの現在の人々との関わり方が、まずはソビエト時代との対比で書かれている。そして、ロシア古典文学の映像化の話、インターネットを利用した古典文学復権の試みの話、現代ロシアの教育現場ではロシア文学がどのように扱われているかなど、様々なデータを盛り込み、実に多面的に述べられている。

第二章は、現在のロシア文学の「図」である。ここだけで一冊の本にしてもよいくらいの情報量だ。ソビエト時代からの文学史概論、現代文学の細かな分類とその内容が詳らかに述べられている。現代のロシア文学をこれから読みたいが、まず何を手にとって良いか分からない人には、絶好の手引きとなるだろう。なにしろ、純文学はもちろん、ミステリー、ファンタジー、はては「読み捨て」の本まで言及されているのだから。

　第三章は、ロシアにおける日本文学。日本とロシアの文化交流史の概略から、日本のどんな小説がロシアで翻訳出版されているかなど。村上春樹が社会的ブームと言えるほど読まれている今のロシアでは、日本文学もロシアの文学の重要な一局面なのだ。

　また訳出作業を終え校正作業中に気付いたのだが、この本は、ソビエト時代からペレストロイカを経てロシア連邦が誕生しその直後の経済危機を乗り越えたという、世界史上類を見ない変革や変化を経た国に生き、そして今も生活している人々の声をも伝えてくれる。各章の終わりに、その章のテーマに沿ってインタビューや回想録が収められ、第四章にはガリーナさんご自身の回想が書かれているのだが、そのひとつひとつが生きた歴史、生の声なのである。

　「本を通して、今のロシアの人々が見えるように書きました。分かり易く、面白く読んでいただけるように努力しました」とガリーナさんはメールを下さった。それが読者の方々に伝われば、訳者として幸甚である。ガリーナさんは訳出作業中もこちらの質問メールにその都度即時に回答してくださり、大変ありがたかった。

　本書の翻訳の話を私に下さった株式会社ロシアン・アーツ代表取締役にしてロシア文化フェスティバル組織委員会事務局長の長塚英雄氏、拙い訳文を根気強くチェックし、鋭いご指摘および実に的を射たご助言を下さった群像社の島田進矢氏、そして訳語などについて優しくアドバイス下さった富山大学名誉教授の矢澤英一先生に、格別の感謝を申し上げます。

ガリーナ・ドゥトキナ

日本学者、歴史研究者、広範な分野の文化研究者。モスクワ国立大学付属アジア・アフリカ大学卒。人文科学准博士（1992年取得、ロシア科学アカデミー東洋学研究所）。ジャーナリスト、日本語および英語の文学作品の翻訳家でもある。訳書に遠藤周作『沈黙』、宮本輝『錦繍』、円地文子『女川』や江戸川乱歩作品など多数。著書に『ミステリー・モスクワ』（新潮社、1993年）、『Moscow Days』（講談社インターナショナル、1995年）がある。

訳者　**荒井雅子**（あらい　まさこ）

富山大学人文学部卒業、同人文研究科修了。現在、関東学院大学経済学部ロシア語非常勤講師、2007年よりロシア文化フェスティバル日本組織委員会嘱託。訳書に『ロシアの演劇―起源、歴史、ソ連崩壊後の展開、21世紀の新しい演劇の探求』（生活ジャーナル）など。

夜明《よあ》けか黄昏《たそがれ》か　ポスト・ソビエトのロシア文学について

2018年2月9日　初版第1刷発行

著　者　ガリーナ・ドゥトキナ
訳　者　荒井雅子
企画・編集　株式会社ロシアン・アーツ
責任編集　長塚英雄（ロシア文化フェスティバル日本組織委員会事務局長）

発行人　島田進矢
発行所　株式会社群像社
神奈川県横浜市南区中里1-9-31 〒232-0063
電話／FAX 045-270-5889　郵便振替 00150-4-547777
ホームページ http://gunzosha.com Eメール info@gunzosha.com
印刷・製本　モリモト印刷

カバーデザイン　西英一

Галина Дуткина
ВОСХОД ИЛИ СУМЕРКИ? О постсоветской русской литературе
Galina Dutkina, VOSKHOD ILI CUMERKI?

ISBN978-4-903619-84-2